L'amant d'un bal

*

Séduite malgré tout

BELLA MASON

L'amant d'un bal

Traduction française de
ANNE-LAURE PRIEUR

AZUR

HARLEQUIN

Collection : Azur

Titre original :
AWAKENED BY THE WILD BILLIONAIRE

HARPERCOLLINS FRANCE
83-85, boulevard Vincent-Auriol, 75646 PARIS CEDEX 13
Service Lectrices — Tél. : 01 45 82 47 47 - www.harlequin.fr
ISBN 978-2-2804-8879-2 — ISSN 0993-4448

Composé et édité par HarperCollins France.
Imprimé en mars 2023 par CPI Black Print (Barcelone)
en utilisant 100% d'électricité renouvelable.
Dépôt légal : avril 2023.

FSC www.fsc.org
MIXTE
Papier issu de sources responsables
FSC® C159065

Pour limiter l'empreinte environnementale de ses livres, HarperCollins France s'engage à n'utiliser que du papier fabriqué à partir de bois provenant de forêts gérées durablement et de manière responsable.

1.

Inspire. Expire.

Emma Brown se décida à franchir le seuil de la somptueuse salle de bal. Pour la énième fois, elle rajusta son masque et lissa nerveusement sa robe, tout en cherchant son amie parmi la foule. Les invités rivalisaient de sophistication dans leurs splendides atours, dissimulés derrière leurs masques aux styles variés. D'élégantes tentures ornaient le plafond autour de grands lustres en cristal. Tout un mur vitré donnait sur un bassin à la surface duquel dansaient les reflets de centaines de guirlandes lumineuses. L'ambiance était féerique. Un sourire flotta sur les lèvres d'Emma. Cet hôtel tenait toujours ses promesses. Melbourne était vraiment sa ville préférée au monde.

Subjuguée, elle ne regardait pas où elle allait. Jusqu'à ce qu'elle se heurte à un mur de muscles et perde l'équilibre. Un bras robuste la rattrapa à temps.

— Désolée, bégaya-t-elle.

— Tout va bien ? questionna une voix grave, résolument masculine.

Des papillons voletèrent dans son ventre. Était-ce le délicieux accent anglais ou les yeux d'un bleu perçant ? Sans doute les deux. La main dans son dos diffusait une vive chaleur à travers son être. Le sang afflua à ses joues.

— Oui. Toutes mes excuses, répondit-elle avec un petit rire gêné. Passez une bonne soirée.

Elle s'éloigna, non sans un dernier regard par-dessus son

épaule vers l'homme en smoking et simple masque noir… Qui ne la quittait pas des yeux. Son cœur s'emballa. Elle se rembrunit en repérant ses deux sœurs parmi la foule lui faisant signe de les rejoindre. Dieu merci, une silhouette familière vint à sa rescousse.

Hannah, sa colocataire et meilleure amie. C'était son idée d'assister à ce bal de charité. Emma venait de fêter ses vingt-huit ans, et Hannah avait proposé de prolonger les festivités. Après son bref échange avec le séduisant inconnu, Emma se félicitait d'avoir accepté.

— Waouh, tu es magnifique ! s'exclama Hannah en la serrant dans ses bras.

— Merci.

Elle tritura pour la énième fois son masque en filigrane d'argent.

— Toi aussi. Tu vas encore faire tourner les têtes ce soir.

— J'y compte bien, repartit son amie avec un clin d'œil malicieux.

— Tu es incorrigible.

— Absolument.

Hannah lui tendit une flûte de champagne.

— J'ai vu que tes sœurs étaient là. Tu vas en avoir besoin. Au fait, enchaîna-t-elle sur un ton de conspiratrice, qui est ce bel apollon qui n'arrête pas de te regarder ?

— Lord Alexander Hastings, je crois, chuchota Emma.

— Tu crois ?

— Le masque sème le doute.

— Alors dissipe-le en allant te présenter, suggéra son amie. Tu sembles beaucoup l'intéresser.

— Ça m'étonnerait. C'est juste que je viens de lui rentrer dedans tête la première.

Hannah s'esclaffa.

— Idiote, va. Tiens, en parlant d'idiote… Voilà Lauren.

— Génial.

Emma scotcha un sourire sur ses lèvres, imitée par son

amie. Lauren, sa sœur aînée, était une indéniable beauté : grande, blonde, avec de grands yeux noisette pailletés d'or ensorcelant quiconque la regardait. Maddison, sa petite sœur, avait les mêmes yeux. À côté d'elles, Emma faisait figure de vilain petit canard. Lauren avait tout pour elle. Et, comme si cela ne suffisait pas, elle était aussi la préférée de leur père.

— Bonsoir, Lauren, lança Emma. Où est Maddie ?

— Elle arrive. Je vois que tu as fait un effort, pour une fois, commenta sa sœur en la détaillant de haut en bas.

Mais Emma n'écoutait pas, captivée par l'homme qui titillait ses instincts les plus primitifs. Il échangeait avec un groupe de personnes, une main dans sa poche, un sourire nonchalant aux lèvres. Elle savait qu'il la regardait aussi. Ou prenait-elle ses désirs pour des réalités ?

L'esprit ailleurs, elle n'avait pas remarqué que Maddie les avait rejointes.

— Emma !

Le ton agacé de Lauren l'arracha à sa rêverie.

— Pardon. Tu disais ?

— Je te demandais ce que tu faisais là. N'étais-tu pas censée rester chez toi avec ton chat ? répéta sa sœur avec hauteur.

— J'ai changé d'avis. Figure-toi que moi aussi j'ai reçu une invitation.

Seigneur, cette soirée virait au cauchemar. Elle aurait mieux fait de s'abstenir.

— Oui, enfin… N'oublie pas que c'est moi qui représente l'entreprise familiale.

Emma roula des yeux.

— Aucun risque, Lauren. Sois tranquille. Je n'ai aucune envie de m'imposer des discussions barbantes avec de potentiels clients ce soir.

— Les filles, peut-être devrions-nous continuer dans un coin plus tranquille, intervint Maddison.

— Inutile, Maddie. Nous ne faisons que discuter.

Lauren rejeta ses longs cheveux en arrière et se mit à siroter son champagne.

La vaste salle résonnait du brouhaha des conversations. Partout, les gens bavardaient en riant. Personne ne prêtait attention à Emma. Sauf une personne. Elle surprit le regard du bel inconnu sur elle tandis qu'il s'éloignait de son groupe pour aller s'asseoir.

— Et si nous nous mélangions ? suggéra-t-elle afin de désamorcer les tensions naissantes.

Et fausser compagnie à ses sœurs. Avec Hannah, sa belle humeur reviendrait vite. Hélas, Lauren semblait avoir remarqué qui distrayait son attention et glissa d'autorité un bras sous le sien.

— Excellente idée, approuva-t-elle. Allons-y.

2.

Alex vit les deux jeunes femmes approcher du coin de l'œil. Il aurait préféré que la jolie brune vienne seule. Étrange… Ils avaient à peine échangé deux mots, mais ses regards furtifs l'émoustillaient. Il était sous le charme, sans s'expliquer pourquoi. Qu'avait-elle de plus que toutes les autres inconnues masquées ?

Il ravala sa déception lorsque la blonde sculpturale lui adressa la parole en premier.

— Bonsoir. On peut se joindre à vous ? lança-t-elle, ouvertement aguicheuse.

Classique. Il ne comptait plus les femmes de ce genre à qui il avait eu affaire.

— Je vous en prie.

Il désigna l'unique siège libre à ses côtés. La blonde s'y assit en s'arrangeant pour que la fente de sa robe dévoile sa jambe. Alex l'ignora et offrit son propre siège à la séduisante brune. Mais celle-ci n'eut pas le temps de le remercier que sa compagne tendait sa main.

— Lauren Brown. Et voici ma sœur, Emma.

— Enchanté.

— Cet accent… Anglais, je présume ? Êtes-vous nouveau en ville ? s'enquit-elle en lui effleurant le bras.

Alex s'obligea à sourire.

— On peut dire cela.

— Eh bien, quoi de mieux qu'une danse pour faire plus ample connaissance ?

Sa sœur serra les dents. Il observa avec fascination la jeune femme fermer les yeux en prenant une grande inspiration. Lorsqu'elle les rouvrit, elle semblait plus calme. Intéressant.

— Excellente idée, répondit-il. Emma, m'accorderez-vous cette danse ?

Elle contempla sa main offerte d'un air stupéfait, avant d'y placer la sienne.

— Avec plaisir.

Emma se laissa guider vers la piste de danse, sous l'œil assassin de sa sœur. C'est à peine si elle prêta attention à la musique tandis que son cavalier l'enlaçait. Il l'avait choisie *elle* plutôt que Lauren. C'était une première. Sa main se posa sur sa chute de reins, et un frisson la traversa. Leurs corps se mouvaient en parfaite harmonie, comme aimantés l'un à l'autre. Cela aussi, c'était nouveau.

— Je ne me suis pas présenté. Je suis Alexander Hastings.

— Oh ! tout le monde à Melbourne sait qui vous êtes. Votre arrivée a fait sensation.

Pas seulement dans le monde des affaires. Les groupes dédiés au ténébreux play-boy de trente-deux ans, milliardaire et fils d'un comte anglais, étaient légion sur les réseaux sociaux. Chaque photo le montrait en compagnie d'une femme différente, toutes des mannequins élancés aux jambes interminables. Maintenant qu'elle se retrouvait dans ses bras, elle comprenait pourquoi. Elle brûlait d'enfoncer les doigts dans ses cheveux de jais et faire courir ses lèvres le long sa mâchoire volontaire. Son regard sur elle avait quelque chose de prédateur qui la troublait.

Il fit l'étonné.

— Sensation ? Vraiment ?

— Vous le savez très bien, dit-elle en souriant.

— J'aime attirer l'attention, je l'avoue.

Il la plaqua contre lui, les yeux dans les siens. Jamais elle n'avait autant eu envie d'être embrassée…

Alex vit la jeune femme se mordre la lèvre. Pour un peu, il l'aurait prise là, en pleine salle de bal. Où était passé son self-control légendaire ?

— Venez, allons nous rafraîchir, proposa-t-il pour rompre le charme.

Sa voix était devenue dangereusement rauque. Il attrapa deux flûtes sur le plateau d'un serveur et entraîna Emma vers la terrasse. Elle s'appuya contre la rambarde, l'air émerveillé devant la ville scintillante sous le ciel d'encre.

— N'est-ce pas magnifique ? commenta-t-elle.

— En effet.

Il lui tendit une flûte de champagne. Une brise légère balaya la terrasse et la fit frissonner. Sans hésiter, il retira sa veste qu'il drapa sur ses épaules.

— Merci, murmura-t-elle.

Son sourire le captiva. Comment faisait-elle cela alors qu'il ne l'avait même pas encore vue à visage découvert ? De nouveau, il eut envie de l'embrasser. Peu importait qu'ils soient en public ou qu'il la connaisse depuis moins d'une heure. Demain, il serait parti.

— J'adore cette ville. Pas vous ?

La voix d'Emma le ramena à la réalité.

— Elle ne m'a pas encore dévoilé tous ses secrets, répondit-il.

— Dans ce cas, Alexander, peut-être pourrais-je être votre guide ?

Cette promesse échauffa ses sens. Il la rejoignit contre la rambarde. Jamais il n'avait été aussi impatient de s'éclipser d'une soirée avec quelqu'un. Le regard brillant de la jeune femme suggérait qu'elle partageait son ressenti.

— Puis-je vous offrir un verre, Emma ?

— N'est-ce pas ce que vous venez de faire ? repartit-elle avec un petit rire cristallin.

— Je pensais à un endroit plus tranquille. Vous verrez, la vue y est sensationnelle.

Les papillons dans le ventre d'Emma se réveillèrent. Le sourire d'Alexander lui donnait envie d'y mordre à pleines dents. Elle n'était pourtant pas du genre impulsif. Mais il était si proche et son odeur masculine l'étourdissait. Au fond, qu'est-ce qui la retenait ?

— Pourquoi pas ?

Ils posèrent leurs flûtes sur une desserte. Alexander la ramena à l'intérieur, une main dans le creux de son dos. Une onde brûlante lui remonta l'échine. Le visage de Lauren se décomposa lorsqu'elle les vit quitter la salle de bal. Emma réprima un rire, ivre d'excitation.

Ils traversèrent le hall d'entrée et émergèrent dans la rue, où Alexander adressa quelques mots au voiturier. Dans la minute, une luxueuse berline noire apparut devant eux. Il l'aida à monter avant de s'asseoir à côté d'elle sur le siège arrière. Alors qu'il donnait son adresse au chauffeur, elle commença à retirer son masque. Mais il arrêta son geste.

— Non. Gardez-le.

La promesse charnelle dans ses yeux la fit obéir. Puis il tourna la tête, comme absorbé par les lumières de la ville défilant derrière la vitre. Emma en profita pour admirer son profil. Que n'aurait-elle donné pour dévorer de baisers cette mâchoire ciselée ! Mais le chauffeur risquait de les voir. Elle savait se tenir en public.

Quelques instants plus tard, la voiture se garait devant l'immeuble d'Alexander dans le très chic quartier de Port Melbourne. Il l'aida à descendre, et ils filèrent droit vers l'ascendeur. Le cœur d'Emma s'emballa comme les portes se refermaient sur eux. Alexander noua un bras autour de sa taille, les lèvres déjà dans son cou. Un soupir s'échappa des siennes. C'était si agréable… Le ding de l'ascenseur les interrompit. Emma s'éclaircit la gorge, encore étourdie, ce qui fit rire Alexander. Il ouvrit la porte de son penthouse, et elle le suivit à l'intérieur.

3.

Emma retint son souffle. Alexander n'avait pas menti. Les murs vitrés offraient un magnifique panorama à trois cent soixante degrés. Elle s'en approcha sans prêter attention au reste de l'appartement, hypnotisée par les lumières des ferries s'éloignant vers le large. Où qu'elle se tourne, la vue appelait le regard. L'endroit devait être baigné de lumière en journée. Un écrin de verre et d'acier, ultramoderne et accueillant. À l'image d'Alexander, lui sembla-t-il.

Elle sentit sa présence derrière elle et se retourna. La bouche sèche, elle l'observa enlever son masque et le poser sur une console. Les photos dans les magazines ne lui rendaient pas justice. Il était indéniablement l'homme le plus séduisant qu'elle ait jamais vu. Déjà, il plongeait une main dans ses cheveux, tirant délicatement sur le ruban de soie. Le nœud se défit, et son masque d'argent tomba.

— Depuis le temps que j'attends ce moment, susurra-t-il.

Il plaça le masque à côté du sien. Lorsqu'il lui fit face de nouveau, un sourire sensuel incurvait ses lèvres. La main d'Emma la démangeait. Elle aussi avait attendu ce moment. C'était plus fort qu'elle…

Les doigts de la jeune femme effleurèrent ses lèvres. Il s'en empara et les embrassa un à un, avant d'aspirer l'index dans sa bouche. Elle poussa un soupir et ferma les paupières. Non, il voulait qu'elle le regarde. Il lui mordilla le doigt, juste assez fort pour la faire tressaillir. Elle rouvrit brusquement les yeux et tenta de retirer son index, mais il prenait un malin plaisir à le maintenir entre ses dents. L'expression d'Emma oscillait entre amusement et excitation. À lui de faire pencher la balance du bon côté.

D'une main, il captura sa taille, de l'autre sa nuque. À peine libérait-il son doigt qu'elle posa les deux mains sur son torse. Leurs regards se happèrent. Le temps parut se suspendre, puis il pencha la tête et frôla ses lèvres des siennes. Lorsqu'il voulut reculer, elle passa à l'action et s'empara de sa bouche.

L'air devint électrique. Il resserra son étreinte tout en approfondissant leur baiser. Les battements erratiques de leurs cœurs emplissaient le silence de l'appartement. Dans un élan de passion, il la poussa contre la vitre, son corps plaqué contre le sien. Leurs langues dansaient un sulfureux ballet. Emma l'embrassait comme s'il était tout l'air dont elle avait besoin. Ses mains habiles tirèrent sa chemise de son pantalon et se faufilèrent en dessous pour explorer ses abdominaux. Il laissa échapper un son rauque qui les surprit tous les deux. La férocité de son désir le déstabilisait. Ce n'était pas les conquêtes qui manquaient à son tableau de chasse. Mais aucune ne lui avait jamais fait cet effet. Il rompit leur baiser, soucieux de rétablir un peu de distance.

— J'étais censé vous offrir un verre, rappela-t-il.

Sans pour autant la lâcher. La lumière donnait au gris de ses yeux de saisissants reflets argentés. Il ôta les épingles retenant ses cheveux, qui dégringolèrent sur ses épaules en une cascade de boucles châtains. Elle était absolument sublime.

Elle lui adressa un sourire mutin.

— Oh ! je peux m'en passer.

Emma ne se reconnaissait plus. Quand la timide rédactrice publicitaire s'était-elle métamorphosée en vamp délurée ?

Cette nouvelle facette d'elle lui plaisait. Ce soir, elle se sentait… *vivante*.

Alexander émit un petit rire et défit son nœud papillon qu'il jeta sur le canapé.

— Qu'est-ce que je vous sers ? demanda-t-il en s'approchant du bar.

— Surprenez-moi.

Elle le regarda préparer leurs cocktails avec un étonnant savoir-faire.

— Quel talent. Avez-vous été barman ?

Il s'esclaffa.

— Non. J'ai seulement appris à faire certaines choses utiles.

— Dois-je comprendre que vous savez cuisiner ?

— Rien de très sophistiqué, mais oui.

Il versa une boisson ambrée dans deux verres remplis de glaçons et lui en tendit un.

— Je vous avais également promis une vue, n'est-ce pas ?

Sa main reprit la sienne, et il la guida vers un ascenseur menant à une terrasse privée sur le toit. Si la vue était époustouflante depuis l'appartement, ce n'était rien à côté d'ici. Melbourne scintillait d'un côté tandis que la mer s'étendait à l'infini de l'autre.

— Waouh ! s'extasia-t-elle. Si j'avais une terrasse pareille, j'y serais sans arrêt. Pas vous ?

— Non. Je ne mélange jamais travail et plaisir.

Un coup d'œil vers la piscine turquoise clarifia le sous-entendu.

— Vous êtes très à cheval sur les règles, je me trompe ?

— Disons qu'elles facilitent la vie.

Emma ne pouvait qu'approuver. Elle but une gorgée de son cocktail. Sucré, avec une touche de menthe. Un délice.

— Je ne vous aurais pas cru amateur de stinger, commenta-t-elle.

— Pour être honnête, je préfère le whisky. Mais il faut toujours que je cherche à épater les demoiselles.

Cet aveu la fit rire. Comme s'il avait besoin d'artifices pour séduire les femmes. Son physique et son charisme suffisaient amplement.

— Oubliez les cocktails. Personne ne résiste à un accent aussi sexy.

Un sourire étira ses lèvres.

— Vous croyez ?

— Vous le savez très bien.

Cette soirée prenait un tour beaucoup plus plaisant que prévu. Elle se sentait plus détendue ici, loin des mondanités du bal. Mais ni la vue exceptionnelle, ni le succulent cocktail ne lui faisaient oublier la troublante proximité d'Alexander. Semblant lire dans ses pensées, il proposa de retourner à l'intérieur, où elle fut invitée à se mettre à l'aise sur le confortable canapé. Il prit son temps pour la rejoindre, sirotant son verre avant de le poser vide sur la table basse. Il déboutonna son col et, enfin, s'assit à côté d'elle.

Emma frémit d'anticipation comme il la débarrassait de son verre à son tour. Ses lèvres couvrirent les siennes, fermes et légères à la fois. Elles glissèrent le long de sa mâchoire, butinant son cou. Elle ramena sa bouche sur la sienne, et sa langue caressa lascivement ses lèvres, qui s'entrouvrirent pour lui livrer passage. Ses baisers avaient un goût de menthe. C'était très doux et délicieusement grisant. Une chaleur agréable se répandait dans son ventre. Puis il inclina la tête et leur baiser gagna en intensité. La passion consumait Emma, qui lui agrippa les cheveux pour mieux se perdre en lui.

Avec un grognement, Alexander la renversa sur les coussins. D'une main, il lui souleva une jambe, et Emma gémit en sentant le renflement dur contre son sexe. Ses baisers devenaient de plus en plus affamés. Elle pantelait déjà, alors qu'ils étaient encore tout habillés.

— Dis-moi ce que tu veux, Emma…

— Toi. C'est toi que je veux.

La main d'Alexander disparut dans son dos et tira sur la

fermeture de sa robe. Les pans de satin s'écartèrent. Elle frissonna en sentant ses doigts se promener sur sa peau nue. Il l'embrassa sur l'épaule après avoir abaissé la fine bretelle. Bon sang, qu'attendait-il pour lui enlever cette fichue robe ? Elle voulait ses lèvres partout sur elle ! Il dut deviner son impatience, car il fit glisser le fourreau le long de son corps jusqu'à ce qu'il tombe à ses pieds dans un amas de tissu.

Il s'attaqua ensuite à ses sandales à talons. D'abord l'une, puis l'autre. Elles heurtèrent le parquet avec un bruit sourd. Mais sa bouche était déjà sur elle, parsemant ses jambes de baisers, remontant sensuellement vers son ventre, puis ses seins. Il dégrafa alors son soutien-gorge, qu'il jeta par-dessus son épaule sans se soucier d'où il atterrissait. Emma laissa échapper un gloussement. Il mourut dans sa gorge quand les lèvres d'Alexander se refermèrent sur son téton. Une exquise tension se déclencha entre ses cuisses. Son nom serait bientôt tout ce qu'elle serait capable de prononcer.

Ses doigts s'aventurèrent sous sa petite culotte, le long de sa fente humide. Peu après, le morceau de dentelle échouait par terre alors qu'Alexander reprenait sa bouche avec passion. Personne ne l'avait jamais embrassée ainsi. Comme si elle n'existait que pour le rendre fou.

Il s'empara d'un glaçon dans le verre sur la table basse et le pressa contre ses lèvres.

— Ouvre, intima-t-il d'une voix bourrue.

Elle obéit sans hésiter et suça le carré de glace. Puis il le promena le long de sa gorge, traçant un sillon humide entre ses seins et autour de ses mamelons, qui durcirent instantanément. La sensation était étourdissante. Elle en avait la chair de poule, parcourue de frissons. Le cube glissait toujours plus bas, jusqu'à disparaître entre ses cuisses. Son petit cri déchira le silence. La bouche d'Alexander reprit la sienne. Ce mélange érotique du feu et de la glace mit ses sens en fusion. Le glaçon remontait maintenant le long de son corps.

Alexander allait le reposer sur la table basse. Mais elle arrêta son geste et le porta à ses lèvres. Il l'embrassa avec fougue. Leurs langues s'entremêlèrent, et le cube passa d'une bouche à l'autre. Emma sourit. Elle qui voulait s'amuser, elle était servie.

À son tour de mener la danse. Sa langue explorait la bouche d'Alexander en quête du glaçon. Elle parvint à le lui reprendre. Pas pour longtemps. Il sourit, dévoilant le cube entre ses dents. D'un coup sec, il le croqua et Emma sut que les choses sérieuses allaient commencer. Elle en eut la confirmation lorsqu'il s'agenouilla devant le canapé et la saisit par les hanches.

— Alexander…

Sa tête plongea entre ses cuisses. La caresse glacée de ses lèvres sur son sexe la chavira. Seigneur, c'était si bon ! Alexander usait de sa langue comme personne. Les plaintes d'Emma se répercutaient contre les murs. Elle en avait la respiration coupée. Alexander semblait prendre autant de plaisir qu'elle à lui en donner. Il était si différent des quelques amants qu'elle avait connus avant lui. Emma n'était pas prude. Elle aimait le sexe. Mais personne ne l'avait jamais embrasée de cette façon.

C'est un play-boy, lui rappela une voix dans sa tête. *Entre vous, ce n'est qu'une aventure d'un soir.*

Elle l'ignora pour s'abandonner à la cascade de sensations qui l'assaillait. Elle s'envolait toujours plus haut. La délivrance n'était plus très loin. Les ongles d'Alexander s'enfoncèrent dans ses hanches, et elle s'accrocha aux coussins comme l'extase la submergeait. Alexander se redressa et la serra dans ses bras le temps qu'elle reprenne son souffle.

— Si nous passions dans la chambre ? proposa-t-il en écartant ses cheveux de son visage.

Elle acquiesça de la tête. Il la souleva dans ses bras et, pieds nus, l'emmena dans sa chambre au bout d'un couloir. La pièce était spacieuse et chaleureuse, donnant sur la ville d'un côté et l'océan de l'autre. En d'autres circonstances, elle se serait extasiée devant une telle vue. Mais, ce soir, la seule vue qui l'intéressait était Alexander au-dessus d'elle, ivre de désir. Il l'assit au pied du lit et déposa un baiser sur ses lèvres.

— C'est injuste, maugréa-t-elle. Tu es encore tout habillé.

— Alors qu'attends-tu pour y remédier ?

Des étincelles crépitèrent sous sa peau. Comment faisait-il cela rien qu'avec sa voix ? Elle fut tentée de déchirer sa chemise. Mais elle semblait vraiment coûteuse, aussi se contenta-t-elle de la déboutonner, avec une lenteur délibérée pour mieux le mettre sur des charbons ardents. Sa musculature d'athlète la laissa sans voix. Il devait vraiment s'imposer des règles strictes, car un tel corps ne s'obtenait pas sans une discipline de fer. Elle pressa les lèvres sur son ventre ferme. Mais, lorsqu'elle voulut faire glisser la chemise le long de ses épaules, il arrêta son geste et déboutonna lui-même une manchette, puis l'autre. La chemise touchait à peine le sol qu'elle s'attaquait au pantalon, qui tomba sur ses chevilles, suivi de près par son boxer. Alexander les écarta d'un coup de pied.

Il était magnifique. Tout en lui l'excitait : son torse sculpté, son timbre profond, ses baisers enivrants… Et son impressionnante érection. Elle avait hâte d'y goûter. Elle posa la bouche sur lui et se mit à le lécher partout. Son grognement bestial lui plut. Elle saisit son sexe entre ses mains, le caressant sur toute la longueur, avant d'aspirer l'extrémité dans sa bouche.

— Emma…

La voix étranglée d'Alexander aiguillonna son audace. Elle le taquina de sa langue, consciente d'effriter dangereusement son self-control. Le plaisir crispait ses traits et tendait tous ses muscles. Que lui arrivait-il ? Elle n'était jamais aussi délurée au lit. Elle se sentait entreprenante, libérée de toute inhibition.

— Emma, gronda Alexander. Je veux te faire l'amour. Si tu continues…

C'était ce qu'elle voulait aussi. Alors elle le laissa se dégager et l'allonger sur le matelas. Lorsqu'il tendit la main vers le tiroir de la table de nuit, son regard se posa sur son omoplate. Le très convenable Alexander Hastings avait un tatouage. Un globe dans un gyroscope. Emma traça le délicat motif de l'index. Le contraste de l'encre noire sur sa peau pâle était si sexy qu'elle ne put s'empêcher d'y presser les lèvres.

— C'est superbe, murmura-t-elle.

— C'est toi qui es superbe.

Il déchira l'emballage et mit en place le préservatif. Aussitôt, elle se positionna de manière à le chevaucher. Lentement, centimètre par centimètre, elle s'empala sur lui. La sensation était inouïe. Pour lui aussi, à en juger par sa respiration hachée. Sous son regard de braise, elle se sentait puissante et sûre d'elle. Il lui donnait l'initiative. Il la laissait se servir de lui, et elle adorait cela.

Ses précédentes expériences pâlissaient en comparaison. Être avec Alexander était une révélation. Chaque caresse, chaque grognement l'ancrait dans l'instant, la forçant à absorber la moindre goutte de plaisir. Ses yeux ne quittaient pas les siens tandis que sa chair palpitait au creux de la sienne. Il aimait ce qu'elle lui faisait et le montrait ouvertement.

Mais, lorsque le rythme de ses hanches ralentit, il la fit basculer sur le dos et reprit le contrôle.

Alex plaisait à la gent féminine. Il n'avait aucun effort à faire pour séduire. Pourquoi se donner du mal ? Ce n'était qu'un simple besoin physique à assouvir. Ses conquêtes savaient à quoi s'en tenir, même si toutes espéraient plus. Lui, jamais. Elles ne lui manquaient pas quand leurs chemins se séparaient.

Emma était différente. Avec elle, une nuit ne suffirait pas. Elle était une drogue à laquelle il était devenu accro au premier baiser. Il s'enfonça tout entier en elle. Le plaisir fusait dans ses veines à chaque coup de reins. Jamais le sexe n'avait été aussi bon.

— Tu es fabuleuse, susurra-t-il.

Il la sentit frissonner contre lui. Il l'embrassa avec volupté tout en accélérant ses va-et-vient. Bientôt, son corps se tendit comme un arc. Emma aussi approchait du point de non-retour. Ses muscles intimes se contractèrent autour de lui. Elle luttait pour prolonger le plaisir.

— Emma…

Son nom sur ses lèvres parut avoir raison de ses dernières résistances. Sa tête se renversa en arrière sous la force de son orgasme. Il lâcha prise à son tour dans un râle guttural, le visage enfoui dans son cou. La violence de sa jouissance le prit au dépourvu. Cela n'avait jamais été aussi explosif, avec personne d'autre.

Lorsqu'il recouvra ses esprits, les lèvres d'Emma étaient sur son épaule. Il se retira d'elle et, spontanément, déposa un baiser dans ses cheveux et la serra contre lui.

— C'était incroyable, murmura-t-elle.

— Je ne sais… Mieux vaudrait réessayer pour être sûr.

Elle lui donna une bourrade dans les côtes. Il en profita pour lui attraper la main et caressa du pouce la silhouette de chat dans le creux de son poignet.

— Tu croyais être le seul à avoir un tatouage ?

— Pourquoi un chat ? s'enquit-il.

— Pas n'importe quel chat, le mien. Je me suis fait tatouer quand je l'ai recueilli. Lucky est mon premier animal de compagnie. Et toi ? demanda-t-elle.

— Quoi, moi ?

— Tu as des animaux ?

— Nous avons deux airedale-terriers au manoir des Hastings. Mais je n'y vais presque jamais.

Alex se mordit la langue avant d'en dire trop. Depuis quand se laissait-il aller à des confidences sur l'oreiller ? Il n'évoquait jamais sa famille. Le sujet était trop sensible.

— Assez parlé de moi.

Se hissant sur elle, il la bâillonna d'un baiser.

4.

Emma fut réveillée par la lumière du jour entrant à flots dans la chambre. Le soleil lui chauffait agréablement le dos. Elle roula dans le lit… Bien trop grand pour être le sien. Tout lui revint d'un coup. Elle se redressa comme un ressort et serra les cuisses en se remémorant la nuit précédente.

Parmi toutes les femmes présentes au bal, Alexander l'avait choisie *elle*. Emma n'en revenait toujours pas. Elle effleura l'espace vide à ses côtés. Alexander était déjà levé, sans doute depuis longtemps. Ils s'étaient bien amusés, mais la nuit était finie. Il était temps de redescendre sur Terre. Elle redevenait Emma, éternelle célibataire, à part, dans sa bulle. Et cela lui convenait très bien.

Elle sauta du lit et chercha ses vêtements des yeux. *Zut*. Ils devaient toujours joncher le sol du salon. Par chance, la chemise d'Alexander, elle, traînait sur la moquette. Elle l'enfila et passa à la salle de bains. Histoire de faire un brin de toilette avant d'affronter l'inévitable gêne du lendemain.

Alex s'affairait dans la cuisine lorsque Emma apparut, seulement vêtue de sa chemise de la veille. Le sang afflua dans son aine. Elle était si sexy qu'il faillit tout planter pour la ramener au lit. D'où venait cette emprise qu'elle exerçait sur lui ? Il avait désiré de nombreuses femmes dans sa vie. Mais jamais comme cela. Jamais avec une telle intensité. Ce qui s'était passé la nuit précédente le dépassait. Il était trop tôt pour qu'elle s'en aille déjà…

Il voulait plus.

Il avait toujours considéré son appartement comme son sanctuaire. Tant à Londres qu'à Melbourne. Ses conquêtes, il les amenait toujours à l'hôtel. Une façon de leur rappeler la nature éphémère de leur relation. Il gardait le contrôle en décidant quand il partait. Ses amantes d'un soir ne laissaient aucune trace chez lui. C'était sa règle d'or, qu'il avait enfreinte avec Emma. Le plus déroutant était qu'il n'avait aucun regret.

— Je t'ai fait du café.

— Merci, dit Emma en prenant le mug qu'il lui tendait.

Elle huma le riche arôme avant de boire une gorgée.

— Et toi ?

Il souleva une délicate tasse à thé en porcelaine. Cela la fit rire. Alexander ne parut pas s'en formaliser. Son regard ne la quittait pas tandis qu'il sirotait son thé. Le cœur d'Emma s'emballa.

Bon sang, qu'est-ce qui t'arrive ? Reprends-toi ! se sermonna-t-elle.

Elle alla ramasser sa robe par terre un peu plus loin.

— Tu sais que je viens dans ce quartier tous les week-ends ? dit-elle sur le ton de la conversation.

— Vraiment ?

— Oui. J'aime me promener sur la plage avant d'aller boire un café.

— Peut-être me joindrai-je à toi, la prochaine fois.

— Avec plaisir.

Elle sortit son portable d'une poche intérieure de sa robe. Il y avait un message de Hannah demandant si elle était toujours vivante, et un autre la fustigeant de son silence. Emma s'empressa de lui envoyer un texto pour s'excuser, la rassurer et prendre des nouvelles de son chat. Lucky lui ferait certainement la tête de l'avoir délaissé toute la nuit. Son téléphone bipa de nouveau dans sa main. Elle se rembrunit en lisant le message.

— Petit déjeuner ?

Dans la bouche d'Alexander, cela sonnait comme une proposition indécente. Mais le texto de Lauren la contrariait. Elle la convoquait à la villa de leurs parents, dans le quartier huppé de Toorak. Changement d'ambiance garanti. Elle savait déjà ce qui l'attendait : une énième réprimande de son père. Très peu pour elle. Tout cela parce que Alexander n'avait pas choisi Lauren. Dieu sait quels mensonges cette vipère lui avait racontés ! Pour sa sœur, tout lui était dû. Emma ne méritait pas que de belles choses lui arrivent.

La haine de Lauren à son égard ne datait pas d'hier. Née la première, elle avait l'habitude d'être le centre de l'attention. Jusqu'à ce qu'elles entrent à l'école. Sage et studieuse, Emma avait impressionné tous ses professeurs. Contrairement à Lauren. Sa bonne image n'avait cessé de grandir au fil de ses études. Lauren s'était mise à la dénigrer, y compris au sein de l'entreprise familiale. C'était elle qui succéderait à leur père à la tête de Brown Hughs. Hors de question pour elle de se faire éclipser par sa cadette. Ce qui n'empêchait pas Emma de se dévouer pleinement à l'entreprise, elle aussi. C'était son devoir en tant que Brown de contribuer à son succès, même sans grand espoir d'avancement.

Mais, depuis le bal, elle vivait un véritable conte de fées. Et elle n'était pas encore prête à troquer son carrosse contre une citrouille. Elle ferma les yeux et prit une grande inspiration. Elle se sentait déjà plus calme. Cette nuit avait été une révélation. Qui aurait cru que le sexe puisse être aussi époustouflant ? Elle n'avait aucune envie d'aller chez ses parents…

Après tout, qu'est-ce qui l'y obligeait ?

Alex observait Emma avec perplexité. Il aurait dû chercher à se débarrasser d'elle au plus vite. Mais, à vrai dire, il n'était pas pressé de la voir partir. Il l'imaginait nue contre chaque surface de son penthouse…

— Tu sais quoi, Alexander ? Va pour le petit déjeuner.

Un sourire joua sur ses lèvres. Il contourna l'îlot et lui entrouvrit les doigts. La robe qu'elle tenait tomba dans un frou-frou de soie. La jeune femme se mordit la lèvre. Elle était vraiment irrésistible.

— Tu es sexy dans ma chemise. Mais je te préfère sans.

Joignant le geste à la parole, il défit les boutons et baissa la chemise sur ses épaules. Sa peau laiteuse était une invitation aux baisers. Elle frémit sous ses lèvres avides. La chemise glissa au sol, et il hissa Emma sur l'îlot. Le marbre froid contre ses fesses lui arracha une plainte. Mais ses mains partout sur elle ne tardèrent pas à mettre son corps en fusion. Sa bouche n'était pas en reste. Il glissa la langue entre ses lèvres, tout en l'allongeant sur le marbre. Il voulait prendre son temps avec elle. Savourer chaque seconde avant qu'elle ne disparaisse de sa vie.

Mais ses instincts primitifs prirent le contrôle. Étalée nue sur l'îlot, elle était un festin dont il se repaissait, encore et encore. Elle haletait en ondulant entre ses mains, réduite à une masse de désir palpitant.

— Tu es si belle, Emma…

Le compliment lui donna le vertige. Rien d'étonnant à ce que les femmes lui tombent dans les bras. Elle n'était qu'une conquête de plus à son tableau de chasse. Cette pensée la rongea tel un poison. L'aurait-il déjà oubliée demain ? Elle avait beau fuir les histoires sérieuses, une part d'elle rêvait d'être spéciale pour quelqu'un.

Un flot de sensations renversantes la ramena au présent. Lorsqu'il lui happa un téton, elle pressa son visage plus fort contre sa poitrine. C'était si bon ! La langue sur ses seins envoyait des flèches de feu entre ses reins. Alexander lui saisit les poignets qu'il cloua contre le marbre et l'embrassa fougueusement.

— Alexander, s'il te plaît, gémit-elle d'une voix qu'elle ne reconnut pas.

— S'il te plaît quoi ?

Elle se cambrait contre lui pour l'encourager. Son petit rire l'excita encore plus. Quand lui parvint le bruit d'un emballage qu'on déchire, elle s'aperçut qu'il avait lâché ses poignets. Mais elle n'eut pas le temps de se redresser qu'il la pénétrait en douceur en la maintenant contre l'îlot. Elle ferma les yeux, et il s'immobilisa.

— Regarde-moi, Emma.

Ses pupilles étaient si dilatées qu'elles mangeaient le bleu de ses yeux. Il commença à bouger tandis que sa main remontait vers son visage. Son pouce caressa sensuellement ses lèvres. Elle l'aspira dans sa bouche et le suça jusqu'à ce qu'Alexander grogne son nom. C'était si érotique de le regarder lui faire l'amour alors que le plaisir la poussait inexorablement vers l'abîme. Soudain, elle convulsa autour de lui, et Alexander s'envola avec elle au septième ciel.

Il leur fallut un moment pour reprendre leur souffle.

— Le petit déjeuner attendra, décréta Alexander en l'aidant à descendre de l'îlot.

Elle rit et se laissa guider vers sa chambre. Être avec lui était trop addictif pour en rester là.

5.

L'appel du ventre finit par l'emporter. Alexander, torse nu, son pantalon de jogging bas sur les hanches, la ramena à la cuisine. Hélas, le réfrigérateur était vide.

— Désolé. Ma gouvernante n'est pas encore passée.

Il l'attira dans ses bras.

— Tu n'avais pas parlé de me faire visiter Melbourne ?

Emma se voyait mal déambuler en ville en robe de bal. Mais pas question non plus de le faire venir chez elle, où Hannah les bombarderait de questions. Le mieux serait de s'en aller. Le problème était que les mains de son amant sur elle parasitaient sa raison. Son désir pour lui semblait insatiable. Prendre l'air leur ferait du bien, tout compte fait. Ils en avaient tous les deux besoin.

— Ce serait avec plaisir. Mais je n'ai rien à me mettre, pointa-t-elle.

— Laisse-moi arranger ça.

Alexander sortit son téléphone de sa poche, tapota sur son clavier et rangea l'appareil, tout cela en quelques minutes.

— Voilà. Problème réglé.

— Alexander…

— Emma.

Son nom sur ses lèvres sonnait comme une caresse.

— Ne me regarde pas ainsi, ou je vais devoir te ramener au lit et nous allons tous les deux tomber d'inanition.

Sa proposition était tentante. Lui faire autant d'effet la

flattait, elle d'ordinaire invisible. Mais elle n'avait rien mangé au bal et mourait de faim.

— Si tu allais prendre une douche ? suggéra Alexander.

— Bonne idée.

La vaste salle de bains incluait une douche à l'italienne. Emma tourna le robinet d'eau chaude, un peu déçue qu'Alexander ne vienne pas l'y rejoindre. Il y avait largement la place pour deux… Elle fronça les sourcils. Que lui arrivait-il ? Elle n'était jamais aussi accro, d'habitude. Le mariage de ses parents l'avait vaccinée contre les relations. La seule fois où un homme lui avait vraiment plu, il avait choisi Lauren. C'était de l'histoire ancienne, aujourd'hui. Mais la blessure restait toujours aussi vive. Personne ne l'avait jamais préférée à Lauren avant hier soir. Avec Alexander, elle se réinventait. Où était le mal à en profiter ? Ni lui ni elle ne cherchait le grand amour.

Elle ferma le robinet et attrapa deux serviettes, l'une qu'elle noua autour de sa poitrine, l'autre dont elle se fit un turban. Puis elle regagna le salon, où elle trouva Alexander assis sur le canapé, le nez sur son téléphone. Même en simples jean délavé et T-shirt à manches longues, il était à se damner. Une paire de lunettes de soleil était accrochée à son col et ses cheveux étaient encore humides. Comment diable faisaient les hommes pour être prêts en quelques minutes ?

Il leva la tête. Le désir sans fard dans ses yeux l'électrisa. Un sac était posé à côté de lui, qu'il vint lui remettre. L'odeur de son shampooing l'enveloppa. Et une autre boisée, relevée d'un soupçon d'épices…

— Hum, merci, bredouilla-t-elle.

Elle s'éclaircit la gorge.

— Je vais me changer.

De retour dans la chambre, elle enfila le jean, la chemise et les baskets contenus dans le sac. Puis elle donna un rapide coup de brosse à ses cheveux mouillés avant de rejoindre Alexander à la hâte. Elle l'avait assez fait attendre comme cela.

— Bravo, tout est à ma taille, lança-t-elle en riant. Comment as-tu fait ?

Le regard d'Alexander étincela.

— Je t'ai déshabillée, tu te souviens ?

Le feu lui dévora les joues. *Oh ça, pour s'en souvenir…*

— Prête ?

Elle acquiesça et le suivit dans l'ascenseur, en ayant soin de garder ses distances. Être trop proche de lui était dangereux pour sa libido. Alexander sourit, signe qu'il n'était pas dupe de son manège.

— Par ici, dit-il en indiquant une Porsche SUV rutilante.

Ligne aérodynamique, rebord sur la lunette arrière, roues adaptées… Une voiture clairement faite pour la vitesse.

— Adepte des SUV ? observa Emma.

— C'est mon côté pratique.

— Pratique ?

Elle s'esclaffa.

— Peu importe le modèle, du moment que ça va vite ?

— Et tout ce qui va vite est pour moi.

Emma éclata de rire. Avec Alexander, elle se sentait légère. La tête lui tournait quand il lui souriait ainsi, de ce sourire éclatant qui illuminait toute sa physionomie. Galant jusqu'au bout des ongles, il lui ouvrit la portière. Personne n'avait jamais eu ce geste pour elle. Pas même son père, bien qu'il ne manquât jamais de le faire pour Lauren ou Maddison. Elle l'observa à la dérobée tandis qu'ils quittaient le parking. Il maniait le volant avec une parfaite dextérité. Seule avec lui dans l'habitacle, elle se sentait succomber à nouveau, captive de son puissant magnétisme. Alexander, par contraste, semblait totalement maître de lui-même. Il gardait toujours le contrôle, même quand il lui avait laissé l'initiative au lit. Elle ne s'en plaignait pas. Ses talents d'amant lui avaient fait vivre la plus fabuleuse expérience de sa vie.

Il lui jeta un regard en coin, un sourire aux lèvres. Comme s'il devinait l'effet qu'il lui faisait. L'air se chargea de tension sexuelle. Mais ils étaient arrivés, et Alexander descendit de voiture. L'instant d'après, il lui ouvrait la portière.

— J'ai pensé que Fed Square serait un bon point de départ.

— Excellente idée, approuva Emma.

C'était un endroit où elle venait souvent. Après une énième querelle avec sa famille, elle aimait se fondre dans la foule et siroter un cocktail en admirant le coucher de soleil sur les gratte-ciel.

Avec Alexander, c'était encore plus agréable. Il serait si facile de combler l'espace entre eux. Peut-être lui prendre la main… Elle enfonça fermement les poings dans ses poches. À quoi jouait-elle ? C'était censé être une aventure sans lendemain ! Leurs chemins auraient déjà dû se séparer. Mais le fait est qu'elle n'était pas pressée d'en arriver là.

Elle l'entraîna dans un restaurant à l'ambiance décontractée, où on les conduisit à une table à l'écart. Alexander prit place en face d'elle.

— Alors ? Que me conseilles-tu ? demanda-t-il en parcourant le menu.

Emma n'en avait aucune idée. Elle avait l'esprit si embrouillé qu'elle indiqua un plat au hasard quand le serveur vint prendre leur commande, en croisant les doigts pour que son choix lui plaise.

Soucieuse de meubler le silence, elle se mit à énumérer les diverses attractions de la ville. Elle radotait, elle en avait conscience. Mais Alexander buvait ses paroles, comme contaminé par son enthousiasme. Le bip de son portable l'interrompit.

Qu'est-ce que tu fabriques ? Ça fait des heures qu'on t'attend !

Lauren. Alexander dut percevoir son changement d'humeur, car il la dévisagea d'un air curieux.

— Ma sœur, dit-elle avec un sourire forcé.

Elle rangea son téléphone dans sa poche.

Que lui avait-il pris de proposer à Emma de sortir ? C'était dans son lit qu'Alex la voulait. Cela ne lui ressemblait pas. Il n'avait aucun mal à quitter ses amantes, d'habitude.

Mais Emma l'intriguait. En particulier ses réactions vis-à-vis de sa sœur. Déjà au bal, puis de nouveau ce matin quand elle avait lu ce message, sans doute de Lauren. Ses épaules s'étaient affaissées et un inexplicable instinct protecteur l'avait envahi. Il avait eu envie de se dresser entre elle et quiconque lui faisait du mal. Même maintenant, il était tenté de la questionner à ce sujet. Il s'en abstint. C'était contraire à ses règles. Surtout ne jamais se mêler de la vie de ses partenaires d'un soir. Plaisir et sentiments étaient deux choses différentes. Une relation était la dernière chose qu'il souhaitait. C'est pourquoi il veillait à ne jamais donner de fausses idées aux femmes avec qui il couchait.

Mais son mystère était ce qui l'attirait chez Emma. Pour venir à bout de son désir, il devait la percer à jour. Le tout était de manœuvrer avec prudence.

— Alors dis-moi, Emma… Que fais-tu au juste chez Brown Hughs ?

Emma dissimula sa surprise derrière un petit rire. Évidemment, il savait où elle travaillait. Il était riche et puissant. Il avait dû se renseigner sur elle.

— Je suis rédactrice publicitaire, répondit-elle avec raideur.

— Ce travail ne semble guère te passionner.

Perspicace, avec cela.

— Je pourrais faire mieux. Mais mon père estime que c'est là que je suis le plus utile. C'est lui le patron. Je n'ai pas mon mot à dire.

Contrairement à Lauren et Maddison, travailler dans l'entreprise de son père n'avait en rien aidé sa carrière. Des années après, ses mots la blessaient toujours autant.

« Tout le monde dit que tu es intelligente. Je dois être le seul à ne pas le voir. »

Elle chassa ce souvenir. Pourquoi gâcher une journée qui avait si bien démarré ?

— Si tu penses mériter mieux, lance-toi, dit Alexander. Saisis ta chance.

— Facile à dire. Est-ce ce que tu es venu faire à Melbourne ? Saisir ta chance ?

Et fuir les fantômes du passé.

Il en avait fini avec Londres. Il n'avait aucune envie de penser à sa mère. Surtout pas maintenant.

— Oui. Hastings International a une longue histoire. Sa création date de l'après-guerre, quand il a fallu reconstruire le pays, expliqua Alex. Mais durant toutes ces années son potentiel n'a jamais été pleinement exploité. Sa croissance s'est limitée à l'Europe.

— Et tu veux changer cela ?

— Oui. Je veux développer la société à l'échelle mondiale en l'implantant sur chaque continent.

La jeune femme sourit.

— Je parie que tu vas y arriver.

— Moi aussi.

Alexander lui fit un clin d'œil. Sa passion était contagieuse. Il émanait de lui une telle assurance… Il était un soleil éclipsant tout le reste, auquel Emma ne demandait qu'à se brûler les ailes.

Il se pencha au-dessus de la table.

— Je peux te poser une question ? Pourquoi les messages de ta sœur te hérissent-ils autant ?

Et elle qui croyait avoir réussi à donner le change… Elle hésita sur la réponse à donner. Pas question de lui avouer à quel point elle enviait l'amour et l'attention que recevait Lauren. Ni combien cette dernière la détestait. Elle opta donc pour une version édulcorée :

— Oh ! entre nous, c'est un peu l'amour vache. Ma mère aurait sans doute dû intervenir. Tu sais ce que c'est.

Non que Lauren l'eût écoutée. Elle aurait pris leur père à partie, et Helen aurait aussitôt jeté l'éponge.

— Pas vraiment, répondit Alexander. Je n'ai pas de mère.

Emma s'empourpra.

— Désolée. Je ne voulais pas être indélicate…

— Pas du tout.

Sa désinvolture avait quelque chose de forcé, comme s'il regrettait d'en avoir trop dit. Il y eut un instant de flottement, qui se dissipa lorsque leurs plats leur furent servis. À un moment, il essuya du doigt une goutte de sauce au coin de ses lèvres et le lécha consciencieusement. Le cœur d'Emma s'emballa.

— C'était bon ? demanda-t-elle, les joues en feu.

— Oui…

Il se pencha plus près.

— Mais pas autant que toi.

La chaleur de ses joues se propagea à tout son corps. Ils expédièrent leur repas, histoire de ne pas finir au commissariat pour outrage public à la pudeur.

Alex régla l'addition et se tourna vers Emma. Il tenait à éviter tout malentendu.

— Emma, je préfère être franc. Les relations sérieuses, ce n'est pas mon truc. Toi et moi, on se fait plaisir, puis chacun repart de son côté.

L'amour n'existait pas, il en était convaincu. Le désir, oui. Le désir était réel. Tangible. Quelque chose d'irréfutable qui s'évaporait une fois assouvi.

Les protestations auxquelles il s'était préparé ne vinrent pas.

— Tant mieux, dit la jeune femme. Moi aussi, j'aime quand les choses restent simples. Sans prise de tête.

— Dans ce cas, mademoiselle Brown… Après vous.

Alors qu'ils quittaient le restaurant, Alex la vit enfoncer les mains dans ses poches. Dommage, il aurait bien mêlé ses doigts aux siens. Il avait envie de la serrer contre lui bien qu'ils fussent en public. Qu'est-ce qui lui arrivait ? Il n'était pas ce genre de personne. Alors il mit de la distance entre eux. C'était un supplice. Son corps était tendu comme un arc sous ses airs décontractés.

Ils allèrent admirer les bateaux à l'embouchure du Yarra, accoudés contre la balustrade. La même impulsion le reprit. Ils étaient si proches que la chaleur de la jeune femme s'insinuait en lui. Il dut lutter pour ne pas l'enlacer comme s'ils étaient… en couple. Un comble après sa petite mise au point. Emma ne devait pas savoir combien il brûlait de l'embrasser devant tout le monde. Il se redressa abruptement. Il était temps de repartir, ou son self-control n'y survivrait pas.

Il baissa ses lunettes de soleil sur son nez, avec un dernier regard vers le fleuve. Ce n'était pas les plaisirs simples qui manquaient dans la vie. Des plaisirs qu'il avait l'habitude d'apprécier seul. C'était mieux ainsi.

Emma l'emmena flâner dans les jardins d'Alexandra et le fit passer devant l'Arts Centre. Mais sur le chemin du retour il avait cessé de prêter attention à ce qui les entourait. La proximité d'Emma le rendait fou. Il n'avait qu'une envie, la ramener chez lui où plus rien ne l'empêcherait de faire ce qu'il voulait.

— Emma…

N'y tenant plus, il la plaqua contre le mur dans une ruelle couverte de graffitis aux airs de fresque urbaine.

— Il faut que je te dise… Je me fiche de visiter la ville. Rentrons chez moi faire l'amour.

Jamais il n'aurait cru dire cela un jour. S'arrêter là serait plus raisonnable. Mais pourquoi se brider ? Emma et lui étaient sur la même longueur d'onde. Il n'était pas question de sentiments ou de relation. Ce n'était que du sexe.

— Reste ce week-end. Je te promets que tu ne le regretteras pas.

Elle savait à quel point il avait envie d'elle, il le lisait dans ses yeux. Avec son corps plaqué contre le sien, elle devait le sentir aussi.

— Pourquoi pas ? souffla-t-elle.

— Ça ne change rien entre nous.

— Ça me va.

C'était le feu vert qu'il attendait. Il captura sa bouche avec force. En l'embrassant, il eut l'impression de respirer à nouveau après des heures en apnée. Ses mains se faufilèrent sous la ceinture de son jean pour se refermer sur ses fesses.

— Rien à faire… Je te préfère nue.

Cela la fit rire. Des voix se rapprochaient. Il la lâcha à contrecœur. Loin de tempérer ses ardeurs, ce baiser n'avait fait que les attiser au contraire.

6.

Ils n'avaient pas fait un pas dans l'appartement qu'ils se jetaient l'un sur l'autre en laissant une traînée de vêtements jusqu'au canapé.

Plus tard, alors qu'ils profitaient d'un moment de relâche, Alex se surprit à s'interroger sur Emma. Pourquoi ne voulait-elle pas de relation sérieuse ? D'après son expérience, c'était le but de toute femme. Même ses maîtresses, conscientes qu'il n'offrait rien de tel, espéraient toutes secrètement être celle qui le ferait changer d'avis. Cela n'arriverait pas. L'illusion de l'amour faisait des ravages, il était bien placé pour le savoir. Il n'avait aucune intention de finir comme son père.

Mais Emma était différente. Que lui était-il arrivé pour la rendre aussi cynique que lui ?

La caresse de la jeune femme sur son torse balaya ses questionnements. Il attrapa ses doigts et les embrassa tour à tour. Ses lèvres rosées étaient encore enflées par leurs baisers. Sa propre odeur imprégnait sa peau diaphane. Il aimait cela, l'idée de l'avoir marquée. Cela le troubla. Depuis quand était-il possessif avec ses amantes ?

Lorsqu'il tenta de se lever, elle attira son visage vers le sien et lui mordilla la lèvre, dans un savant dosage entre plaisir et douleur.

— Sorcière, susurra-t-il, envoûté malgré lui.

La sonnerie de son téléphone sur la table basse rompit le charme. Il l'ignora. Le portable sonna de nouveau.

— Tu devrais répondre, conseilla Emma.

— Ils rappelleront.

La sonnerie retentit pour la troisième fois. Agacé, Alex saisit son portable et le mit en silencieux, relevant au passage le nom de l'appelant. Robert Hastings. Avec une pointe de culpabilité, il reposa l'appareil sur la table. Il aimait et admirait son père. Ce n'était pas dans ses habitudes d'ignorer ses appels. Mais ce dernier pouvait difficilement se plaindre d'être négligé après l'enfance qu'Alex avait eue.

Il relégua ces souvenirs dans un coin de son esprit. Pourquoi ruminer le passé alors qu'il avait une sublime jeune femme entre les bras ?

— Bien. Où en étions-nous ?

Emma perçut le changement chez Alexander. Une ombre avait remplacé la lueur espiègle dans ses yeux bleus. Elle aurait voulu le questionner à ce sujet, mais ce n'était pas vraiment ses affaires. Parler sentiments ne faisait pas partie du contrat. D'ailleurs, il ne lui répondrait sans doute pas. Alors elle fit la seule chose en son pouvoir pour le réconforter et couvrit sa bouche de la sienne.

— À peu près là, je crois…

Le soleil sombrait à l'horizon. Emma était allongée sur le ventre, le drap bas sur les hanches. Alex la contemplait, assis contre la tête de lit. Il aurait voulu embrasser chaque tache de rousseur saupoudrant sa peau satinée.

À quoi tu joues, Hastings ?

Elle serait encore là demain. Mais un jour de plus lui suffirait-il ?

Trop à cran pour dormir, il se leva. Le travail était le meilleur remède dans ces cas-là. Il se rhabilla, prit son téléphone sur la table de nuit et quitta la chambre sans bruit. Dans le salon, il s'approcha du bar pour se servir un whisky. La sonnerie stridente de son portable perça le silence.

— Papa ?

Il s'affala sur le canapé où à peine quelques heures plus tôt, Emma criait son nom dans les affres de la passion.

Comme si c'était le moment de penser à ça !

— Alex, comment vas-tu ?

Le visage de son père emplissait l'écran. La bibliothèque en chêne derrière lui indiquait qu'il était dans son bureau au manoir familial.

— Bien, répondit-il. Et toi ? Tu es parti te mettre au vert ?

— Rien de tel que l'air vivifiant de la campagne, fiston.

— Il paraît.

— Et puis, il y avait ce gala qui ne me disait rien… J'avais envie d'un peu de tranquillité.

Alex décoda le sous-entendu. Sa mère Catherine y assistait aussi. C'était l'unique raison qui puisse inciter son père à manquer un événement mondain requérant à coup sûr sa présence. « En tant que Hastings, nous avons des obligations à honorer », lui répétait-il souvent quand il était enfant. Oui, seule sa mère avait le pouvoir de lui faire fuir ses responsabilités. Mais, le sujet étant sensible, Alex s'abstint de tout commentaire.

— Je sais pourquoi tu appelles, papa. L'expansion en Australie s'annonce bien. Tout se passe comme prévu.

— Exactement ce que je voulais entendre.

Alex et son père avaient toujours eu une relation cordiale, quoiqu'un peu guindée. À eux deux, ils formaient une bonne équipe. Si, plus jeune, Alex avait souvent eu l'impression d'être mis sur la touche, cela ne l'avait pas empêché de gravir les échelons. Il connaissait les limites de son père, et Robert lui faisait confiance. À tel point que lorsqu'il avait pris sa retraite la question de son successeur ne s'était pas posée.

Alex continuait néanmoins à inclure son père dans la gestion de Hastings International, une société spécialisée dans l'ingénierie et l'architecture. Robert appréciait l'attention, il le savait. Et parler affaires avec son père lui faisait du bien. Un retour à la normale bienvenu après ces dernières vingt-quatre heures de pure débauche. La société était toute sa vie, d'habitudc. Alors pourquoi était-il impatient de raccrocher pour filer retrouver Emma et lui faire l'amour jusqu'à épuisement ? Il ne se laissait jamais gouverner par ses pulsions. Logique et self-control étaient ses maîtres mots. Cela le déconcertait, ce pouvoir qu'avait Emma de la rendre esclave de ses instincts les plus primaires.

Il allait mettre fin à l'appel quand son père l'arrêta :

— Avant que tu partes… Est-ce que tout va bien, Alex ?

— Oui, pourquoi ?

— Je te sens préoccupé…

Alex passa une main fébrile dans ses cheveux.

— J'étudie une proposition risquée. Je pèse le pour et le contre.

Qu'Emma soit la proposition en question était un détail qu'il préférait taire.

— Fiston, plus le risque est grand, plus le jeu en vaut la chandelle.

— Pas toujours, marmonna Alex.

Son père parut deviner qu'il n'était pas question d'affaires.

— Non, pas toujours, convint-il. D'où le risque. Mais tu es moins tête brûlée que moi à ton âge, Alex. Suis ton instinct. Tu finiras bien par trouver la réponse.

Alex raccrocha et avala son whisky d'une traite, savourant la brûlure de l'alcool dans sa gorge. Oui, il trouverait la réponse. Personne ne l'obligerait jamais à fuir la queue entre les jambes. *Personne.* Il y veillerait.

L'aube du lundi pointait, et leur désir mutuel ne montrait aucun signe d'essoufflement. Au contraire. Le moindre contact rallumait l'étincelle. Mais le week-end était fini. Le soleil qui se levait sonnait le glas de leur aventure.

Un baiser dans son cou amena un sourire aux lèvres d'Emma. Alexander l'embrassa voluptueusement. Sa main disparut sous le drap pour se perdre entre ses cuisses. Elle s'arqua en gémissant, transportée par ses caresses. Les doigts d'Alexander lui infligeaient le plus délicieux des tourments. Les yeux fermés, elle s'abandonnait aux lèvres de son amant errant sur elle, consciente que l'orgasme approchait. Elle ne savait plus où ni qui elle était. Sa seule réalité était Alexander. Sa peau contre la sienne. Son odeur musquée. Ses bras solides entre lesquels elle se sentait en sécurité. Elle se délectait de toutes ces sensations, s'y raccrochait pour mieux les graver dans sa mémoire.

— Emma, laisse-toi aller, lui souffla-t-il.

Elle lâcha prise dans un sanglot étouffé, propulsée vers des sommets inédits.

Elle mit longtemps à redescendre. Alexander était là pour elle. Il la berça et l'embrassa jusqu'à ce qu'elle recouvre ses esprits. Ses yeux bleus brillaient d'un éclat intense. Les papillons s'affolèrent dans son ventre. Avec lui, elle devenait la personne qu'elle rêvait d'être. Forte. Sûre d'elle. Souvent, elle se sentait obligée de museler ses émotions. Jamais avec Alexander. Elle ne risquait pas de le décevoir car leur relation ne se fondait sur aucune attente. C'était une parenthèse à part, coupée d'une réalité où elle n'était jamais à la hauteur. Mais la parenthèse se refermait. Bientôt, elle serait de nouveau seule, sans personne à part Hannah et son chat.

— Emma, je veux plus qu'un week-end, dit Alexander. Toi et moi n'en avons pas encore fini.

Son instinct cria au danger. Prolonger leur aventure était tentant. Jamais elle n'avait éprouvé pareille affinité avec ses quelques anciens amants. Des liaisons qui lui semblaient soudain tristement insipides. Avec Alexander, c'était comme si elle découvrait la couleur après n'avoir connu que le noir et blanc.

— Alexander...

— S'il te plaît, dis oui.

— Oui, murmura-t-elle au mépris de toute prudence.

Pourquoi ne s'accorderait-elle pas un peu de bon temps, pour changer ? Elle faisait toujours ce qu'on attendait d'elle. Et ce qu'elle voulait, *elle* ? Là, tout de suite, elle voulait Alexander. Le monde n'allait pas s'arrêter de tourner pour autant. Elle aussi méritait sa part de bonheur.

Elle n'avait pas plus tôt dit oui qu'Alexander prenait sa bouche dans une magistrale démonstration de force. C'était un baiser possessif, dénué de tendresse. Un baiser nourri par un désir sauvage que rien ne pouvait dompter. Alexander saisit son téléphone et appuya sur une touche. Emma distingua une voix de femme – sans doute son assistante.

— Reportez tous mes rendez-vous, ordonna-t-il sans la quitter des yeux.

Lorsqu'il eut raccroché, elle envoya un texto à Greg, son responsable. Elle était une Brown. Il était grand temps qu'elle profite des avantages attachés à son nom. Que les mauvaises langues aillent au diable ! Pour la première fois, elle faisait quelque chose pour elle. La sensation était libératrice.

Son portable glissa d'entre ses doigts comme ceux d'Alexander plongeaient dans ses cheveux.

— Tu es toute à moi, murmura-t-il.

Il n'en fallut pas plus pour embraser son être.

7.

Emma se réveilla seule au lit. Alexander n'avait pas ménagé ses efforts pour lui prouver qu'elle avait eu raison d'accepter sa proposition. Épuisée, elle avait fini par sombrer dans le sommeil. Un bruit de jet d'eau lui parvint de la salle de bains. Et si elle lui rendait la pareille ? En le surprenant sous la douche, par exemple… Alors qu'elle repoussait le drap, son téléphone bipa sur la table de nuit. Un message de Maddison.

Où es-tu ? Papa est furieux.

Pour changer. Quelle raison avait-il de l'être ? Qu'elle soit là ou non, il ne lui prêtait aucune attention. Elle pourrait aussi bien être une plante verte. Emma avait obtenu son diplôme avec les honneurs et ne comptait pas ses heures au bureau. Mais tout le monde savait qu'elle n'était pas la fille que Peter Brown voulait au conseil de direction. Son « devoir », comme il disait, n'était qu'un prétexte pour qu'elle obéisse sans broncher. Quoi qu'elle fasse, elle serait toujours un fardeau et il ne se gênait pas pour le lui faire savoir.

Trois petits points indiquaient que Maddie tapait un autre message.

Si on me pose la question, je dirai que je ne sais pas. Appel vidéo dans dix minutes pour discuter de l'annonce.

Emma jura entre ses dents. Cela faisait une semaine qu'il était question de cette fameuse annonce. Le stress la gagna. Elle ramassa ses vêtements éparpillés au sol et se rhabilla à la va-vite, avant de faire un saut dans l'autre salle de bains afin de se rendre présentable. Puis elle alla s'asseoir à la table de la salle à manger. Lorsque son téléphone sonna, elle prit une grande inspiration. Quoi qui l'attende, elle resterait impassible. Surtout ne trahir aucune émotion.

Son père présidait la réunion en bout de table, avec son associé à sa droite et Helen à sa gauche. Maddison était assise à côté de cette dernière. Lauren lui faisait face et le DRH occupait la dernière place.

— Bonjour tout le monde, lança Emma.

L'anxiété lui nouait l'estomac. Au bureau, elle assurait ses fonctions sans battre d'un cil. C'était ce à quoi l'avaient préparée ses études : diriger l'entreprise un jour. Mais elle avait beau s'efforcer de séparer famille et travail, les deux étaient inextricablement liés. Impossible d'échapper au poids de son nom. Il lui suffisait de regarder son père pour que sa confiance en elle s'évanouisse.

— Emma.

Peter Brown était un homme imposant aux tempes grisonnantes et au regard acéré. Il n'y avait aucune chaleur dans ses yeux noisette. Seulement de la colère. Emma connaissait bien ce regard pour l'avoir souvent vu dirigé contre sa mère lors de leurs disputes. Mais des années de dédain à son égard l'avaient endurcie. Elle était capable de lui faire face sans paraître affectée le moins du monde.

— Demain, nous ferons une annonce, déclara-t-il. Toute la famille devra être là.

— Entendu, répondit-elle après une hésitation.

Elle ignorait ce qui se tramait. Mais, les connaissant, cela n'allait pas lui plaire.

Alex fut déçu de trouver le lit vide en sortant de la salle de bains. Cette réaction le fit sourire. Alors qu'il cherchait des vêtements propres dans son dressing, un bruit de voix lui parvint. Celle d'Emma, entre autres. Elle devait être au téléphone. Rien d'anormal à cela. Pourtant, un inexplicable pressentiment le saisit.

Il s'habilla en vitesse et suivit sa voix jusqu'à la salle à manger. Emma était assise à table, concentrée sur son téléphone. Un pli soucieux barrait son front. Elle n'avait pas remarqué sa présence dans l'embrasure de la porte. La politesse lui dictait de respecter son intimité. Lui-même n'aimerait pas qu'on espionne ses conversations. Mais sa posture rigide et sa voix étrangement dénuée d'émotion l'interpellèrent, et il continua à l'observer depuis le seuil.

— Nous avons décidé de promouvoir Lauren à la fonction de vice-présidente…

Quelle surprise.

— … et c'est Maddison qui prendra sa place.

Emma serra les dents.

— Alors Maddison devient la supérieure de mon responsable ? remarqua-t-elle, plus acerbe qu'elle n'en avait eu l'intention.

Maddie lui adressa un regard confus. Mais la pilule passait mal. Sa petite sœur, moins qualifiée et moins expérimentée qu'elle, voyait sa carrière décoller alors qu'elle-même continuait à faire du surplace ! Une part d'elle se réjouissait pour Maddie. Son travail méritait d'être reconnu. Mais cette promotion démontrait une fois de plus qu'elle aurait beau se démener à deux cents pour cent, son père ferait toujours passer ses sœurs avant elle.

— En effet. Pouvons-nous compter sur toi pour remplir ton devoir ?

Cette question l'anéantit. Après tout ce qu'elle avait fait, il trouvait encore le moyen de mettre en doute son dévouement ?

— Bien sûr, dit-elle. Je ferai toujours ce qu'il faut pour Brown Hughs. J'ai juste une question… Quel a été le vote ?

— Unanime, ma chérie, répondit sa mère.

— Je vois.

Par miracle, elle parvint à garder une voix égale malgré sa cuisante désillusion. Unanime. Cela signifiait que même sa mère, dont elle avait toujours été proche, avait choisi Maddison. Elle se félicita d'avoir décidé de prolonger son séjour avec Alexander. Si elle avait eu mauvaise conscience au début, ce n'était plus le cas. C'était même une consolation.

— Bien. Ta mère t'expliquera le reste.

Son père refermait déjà son agenda en cuir. Emma serrait les poings si fort sous la table que ses ongles s'enfonçaient dans ses paumes. La douleur l'aida à faire bonne figure le temps de prendre congé. Mais ses émotions la rattrapèrent à la seconde où elle raccrocha. Elle jeta son téléphone sur la table et enfouit le visage entre ses mains, en respirant profondément pour tenter de se calmer.

Son portable sonna. Elle ne répondit pas. Elle n'était pas d'humeur à parler à sa mère. Dire qu'elle s'était épanchée auprès d'elle sur son manque d'opportunités professionnelles ! Helen l'avait encouragée à tenir bon, affirmant que son tour viendrait. *Tu parles*. Quelques secondes plus tard, ce fut Maddison qui appela. Elle l'ignora aussi. Elle n'en voulait pas à sa petite sœur. Son seul défaut était d'être un peu trop gâtée, comme tous les petits derniers. Emma aussi la couvait. Non, ce n'était pas contre elle. Elle n'avait simplement rien à dire à sa famille.

Pourquoi se mettre dans cet état ? Elle se doutait depuis longtemps que les choses se passeraient ainsi. Lauren et Maddison graviraient les échelons, favorisées par leurs parents, tandis qu'*elle* serait reléguée dans un coin où elle ne serait pas dans les pieds de leur père. Mais démissionner était impossible. Peter et Helen Brown attendaient de leurs filles qu'elles travaillent au sein de l'entreprise familiale. Partir serait un affront impardonnable.

— Emma ?

Elle tourna brusquement la tête.

— Alexander… Désolée. J'avais besoin d'un endroit calme pour prendre un appel.

— Que se passe-t-il ? demanda-t-il en s'asseyant à côté d'elle.

Elle força un sourire sur ses lèvres.

— Rien. Tout va bien.

— Emma… Parle-moi.

Elle croisa son regard. Il y avait une telle intensité dans ses yeux… Comme s'il lisait en elle. Soudain, elle éprouva le besoin de tout lui raconter. Toutes les vexations qu'elle subissait de la part de sa famille. Entre eux, ce n'était qu'une passade. Ses secrets n'avaient aucun intérêt pour lui. Ils seraient bien gardés. Elle pouvait lui dire ce qu'elle voulait.

— Je pensais qu'en travaillant dur, je pourrais devenir quelqu'un au sein de Brown Hughs, expliqua-t-elle. Je n'ai jamais espéré que tout me tombe tout cuit dans le bec. C'est pourtant ce qui s'est passé pour mes sœurs. Lauren a eu son poste par pur népotisme. Et voilà que Maddison vient d'être promue aussi ! Sais-tu l'humiliation que c'est d'être mise au placard dans sa propre entreprise familiale ? Je végète à la rédaction publicitaire car apparemment c'est là qu'on a besoin de moi et mon devoir est d'y rester.

Ce « devoir » familial n'était pas vécu de la même façon par les trois filles Brown. Si Lauren et Maddison embrassaient leur rôle avec plaisir, Emma, elle, se sentait prise au piège. Son seul réconfort était son association caritative. Mais même cela déplaisait à son père, pour qui l'argent passait avant tout.

— Devoir et épanouissement personnel ne sont pas toujours compatibles, commenta Alexander.

— Non. Mais je n'ai pas le choix. Je suis qui je suis.

Emma songea à la somptueuse villa de ses parents et au modeste appartement qu'elle partageait avec Hannah. Aux voitures de luxe de ses sœurs et à sa propre petite trois portes. Qui était-elle vraiment ? Une Brown, oui. Mais cela faisait plusieurs années déjà qu'elle se distanciait de sa famille, lassée des coups bas et des rivalités toxiques.

— Enfin, ce n'est pas comme si c'était une surprise, conclut-elle.

— Pour quelle raison ?

Elle repoussa sa chaise et s'approcha de la baie vitrée, trop vulnérable pour lui faire face. Seule Hannah savait à quoi avait ressemblé son enfance.

— Parce que Lauren a toujours été la préférée de mon père, dit-elle en soupirant. Il la met sur un piédestal. J'ai bien essayé de faire mes preuves. Mais les seules personnes impressionnées par mes compétences sont celles qui n'ont aucun pouvoir de décision. Je ne sais pas… Je dois trop lui rappeler ma mère, et il la déteste.

Son regard se perdit au loin. Garder les yeux fixés sur l'océan l'aidait à déballer ce qu'elle avait sur le cœur. Elle sentit Alexander s'approcher dans son dos, mais il ne la toucha pas. Il attendait qu'elle poursuive, alors c'est ce qu'elle fit.

— Mes parents ont eu Maddison pour combler les failles de leur mariage. « Failles » est un euphémisme, précisa-t-elle avec un rire dénué d'humour. Mon père était contre, au début. Mais, quand Maddison a failli mourir à la naissance, il a changé d'attitude. Il aurait pu la perdre, tu comprends.

Elle se décida enfin à se retourner.

— Comme tu vois, je ne fais pas le poids. Jamais il ne me donnera ma chance.

— Alors pars, dit Alexander. Pourquoi t'infliger cela ? Fais ce qui te rend heureuse.

— Ce n'est pas si simple…

Il encadra son visage de ses mains.

— La vie est faite de choix, Emma. Ta famille choisit de te rabaisser. À toi de choisir de l'accepter ou non. Tu vaux mieux que cela. Personne ne peut t'obliger à rester.

Il faisait preuve d'une telle bienveillance… Avec lui, elle se sentait enfin quelqu'un. Pourquoi cet homme qu'elle connaissait à peine se souciait-il autant d'elle ? Pourquoi fallait-il que les mots qu'elle rêvait d'entendre viennent d'une personne ne faisant que brièvement passer dans sa vie ? Elle détourna les yeux. Il remuait trop d'émotions en elle. C'était la dernière chose qu'il lui fallait dans l'état de fragilité où elle se trouvait.

Alexander pencha la tête. Ses lèvres planaient à quelques millimètres des siennes, dans l'attente d'un signal. Elle combla elle-même l'ultime espace. Peu importait si ce baiser les poussait sur une pente glissante. Elle avait besoin d'une distraction. Besoin de *lui*. Il l'enlaça tout en reculant vers la chaise qu'elle venait de quitter. Emma se hissa sur lui à la seconde où il se laissa choir dessus, à califourchon sur ses genoux. Alexander noua un bras autour de sa taille. Son autre main plongea dans ses cheveux, en même temps que ses lèvres s'emparaient des siennes. Sa langue passa à l'offensive, et Emma rendit les armes.

Cela. C'était tout ce qu'elle voulait. S'oublier dans le plaisir et ne plus penser à rien.

8.

Alex ne pouvait s'empêcher de ressasser les confidences d'Emma. Il ne devrait pas s'en mêler. C'était contraire à ses règles. Mais la voir si abattue avait réveillé en lui un instinct protecteur qu'il n'avait jamais ressenti avant. Et ce baiser… Encore une erreur, qu'il ne parvenait pourtant pas à regretter. Il en avait eu envie et refusait de brider son désir pour Emma. C'était ce qui l'avait incité à prolonger leur liaison. Quand la passion serait retombée, ils n'auraient plus de raison de se revoir. Autant en profiter tant qu'elle durait.

Emma avait subi un coup dur. Il avait donc décidé de l'emmener dîner dehors. Une façon de lui changer les idées, rien de plus. Elle en garderait un bon souvenir plus tard. Quant à la robe étalée sur son lit, c'était pour qu'elle ait quelque chose de décent à se mettre. En aucun cas pour qu'elle se sente spéciale.

Entre eux, ce n'était que du sexe. Rien n'avait changé.

Emma caressa de l'index la splendide robe de soie vert d'eau. Tout ce qu'Alexander lui avait dit était qu'ils sortaient dîner. L'endroit devait être très chic au vu de la tenue préparée à son intention. Depuis leur brève escapade en ville, ils n'avaient plus mis le nez dehors. Cette pensée la fit sourire. Quoi qu'Alexander ait planifié, ils passeraient à coup sûr un bon moment. Tout à fait ce qu'il lui fallait. Après le coup de poignard dans le dos de sa famille, elle ignorait de quoi demain serait fait. Raison de plus pour savourer cette soirée.

Elle enfila la robe, noua le lacet sur sa nuque et s'étudia dans le miroir. Waouh. La soie diaphane tombait jusqu'au sol en une cascade iridescente. Jamais elle ne s'était sentie aussi sexy et féminine. Plus que sa paire de sandales à talons du bal, et elle était prête.

Son souffle se suspendit lorsqu'elle entra dans le salon. Alexander se tourna vers elle, à tomber à la renverse dans un smoking d'un bleu faisant ressortir celui de ses yeux. Il avait l'air d'un homme capable de bâtir des empires – sur les cendres de ceux de ses rivaux. Il lui tendit sa main. Subjuguée, Emma traversa la pièce et lui donna la sienne. Sans crier gare, elle se retrouva plaquée contre lui, les poignets emprisonnés dans son dos. Les lèvres d'Alexander constellaient son cou de petits baisers.

— Je sauterais volontiers le dîner… Mais notre voiture est avancée.

Une vive chaleur se diffusa dans son ventre. Il l'embrassa à pleine bouche, promesse de torrides plaisirs à venir, avant de l'entraîner vers l'ascenseur.

Une limousine noire les attendait dehors. Le chauffeur en descendit pour leur ouvrir la portière.

— On sort le grand jeu, à ce que je vois ? gloussa Emma.

Alexander la gratifia de ce sourire charmeur qu'elle adorait. Il l'aida à monter, puis s'assit à côté d'elle et passa un bras autour de ses épaules.

— Où allons-nous ? demanda-t-elle alors que la voiture s'insérait dans la circulation.

— Dîner, répondit-il, énigmatique.

Il appuya sur un bouton, et une vitre teintée les isola du chauffeur.

— Ça, je le sais. Mais où ?

— Un peu de patience. Peut-être devrais-je t'occuper l'esprit en attendant… Il aventura une main sous sa robe.

— Alexander…

— Emma.Puis la glissa le long de sa cuisse, jusqu'à son sexe qu'il caressa lascivement avant d'écarter la culotte de dentelle faisant obstacle. Emma étouffa un petit cri comme un doigt s'insinuait en elle.

— Sois discrète, lui chuchota Alex à l'oreille.

Elle essayait, vraiment. Mais impossible de se contrôler quand il la stimulait avec une telle maestria. Il la bâillonna de ses lèvres, avalant ses gémissements de plaisir tandis que ses doigts opéraient leur magie sur elle. L'orgasme la projeta aux confins de la stratosphère. C'est la chaleur de ses bras autour d'elle qui, peu à peu, la ramena à lui. Lorsqu'elle rouvrit les yeux, deux océans d'un bleu limpide la happèrent.

— Te revoilà, dit-il avec un grand sourire.

Il défroissa sa robe et pressa un baiser sur sa tempe.

— Nous y sommes.

Emma regarda par la vitre. Ils s'étaient arrêtés devant l'un des plus hauts édifices de Melbourne, un géant tout en verre et acier. De nouveau, le chauffeur leur ouvrit la portière. Alexander sortit le premier avec une prestance qu'elle lui envia. Elle avait les jambes en coton après leur épisode coquin et accepta volontiers la main qu'il lui tendait. Un bras autour de sa taille, il la guida non vers le restaurant, mais une autre entrée juste à côté.

— Ne sont-ils pas fermés aujourd'hui ? demanda-t-elle.

— Pas pour moi.

Existait-il une seule porte qui ne s'ouvre pas devant lui ? Emma avait grandi dans un milieu aisé. Mais pas au point de jouir de tels privilèges. Alexander semblait n'avoir qu'à claquer des doigts pour que le monde se plie à sa volonté.

Ils franchirent une porte vitrée encadrée de panneaux jaune vif indiquant « Skydeck ». À l'intérieur, un employé les escorta vers l'ascenseur menant à la plate-forme panoramique.

Alexander appuya sur le bouton du quatre-vingt-huitième étage, et la cabine s'élança telle une fusée.

— Es-tu déjà venue avant ? s'enquit-il.

— Non, jamais. C'est le genre d'expérience qui se vit à deux, et Hannah a le vertige.

— Une première, alors ?

Le cœur d'Emma fit une embardée. Il y avait une première fois à tout, se raisonna-t-elle. Cela ne signifiait rien de spécial.

L'ascension ne dura que quelques secondes. Les portes s'ouvrirent, et Alexander lui offrit son bras. Ensemble, ils s'engagèrent dans un passage donnant sur un immense mur en verre. À leurs pieds s'étalait Melbourne, que le soleil couchant parait d'un halo d'or. La vue faisait voyager le regard très loin, jusqu'aux ferries dans le port, minuscules d'ici alors qu'ils semblaient si proches depuis l'appartement d'Alexander. Le Yarra serpentait à travers la ville, tantôt scintillant, tantôt plongé dans l'ombre. C'était époustouflant.

Elle avait presque oublié Alexander et tressaillit lorsqu'il lui chuchota à l'oreille :

— Le meilleur reste à venir.

Avec un sang-froid qu'elle ignorait posséder, elle le suivit le long d'une rampe fermée par des cordons, à l'extrémité de laquelle les attendait un autre employé. Ce dernier les invita à pénétrer dans une antichambre plongée dans le noir, menant à un cube obscur. Emma tremblait d'anticipation. Elle avait toujours rêvé de faire cette attraction. Grâce à Alexander, son vœu se réalisait. Ils étaient seuls au monde, sans personne pour les déranger.

— J'espère que vous apprécierez, dit l'employé en fermant la porte.

Le cube se mit à avancer. Emma prit appui contre la rambarde. Alexander vint se placer derrière elle et en fit autant, l'emprisonnant entre ses bras.

— Combien de temps avons-nous ? demanda-t-elle.

— Le temps que nous voulons.

Emma avait l'impression de se voir offrir la lune. C'était agréable. Trop, peut-être ? Elle n'eut pas l'occasion de s'appesantir sur la question. Le cube cessa de bouger et ses parois de verre s'éclaircirent soudainement.

Elle retint son souffle.

— Alexander…

La vue était spectaculaire. Il y avait tant à voir ! Impossible de tout appréhender d'un coup. Elle baissa les yeux vers le sol transparent et vacilla. À plusieurs centaines de mètres sous leurs pieds, la ville avait l'air d'une fourmilière. C'était à vous donner le vertige.

Alexander resserra son étreinte autour d'elle.

— Je suis là.

Emma se laissa aller contre lui. Ils restèrent ainsi à regarder le soleil sombrer à l'horizon, en silence dans les bras l'un de l'autre. Parler était devenu superflu.

À mesure que le soir tombait, les rues s'illuminèrent peu à peu. Sous ses yeux émerveillés, la ville se métamorphosa en tapis de lumière, reflété à l'infini dans les nombreuses structures de verre et de métal. Tout semblait si insignifiant vu d'ici. Son travail. Sa famille. Cela n'avait plus d'importance. Les gens n'étaient que de minuscules points, indiscernables les uns des autres. Eux seuls flottaient haut, très haut au-dessus de tout cela. Maîtres de l'univers.

Sa peine et sa déception de tantôt s'étaient envolées, chassées par la magie de l'instant. Par le paysage enchanteur à ses pieds. Un cadeau que seul Alexander pouvait lui faire. Elle pivota entre ses bras et l'embrassa, avec toute la passion qu'elle possédait en elle. Féroce et audacieuse comme elle savait l'être quand elle n'avait pas à faire profil bas. Alexander lui rendit son baiser, aussi possessif qu'elle. Ils pantelaient tous les deux lorsque leurs lèvres se détachèrent.

— Prête ? s'enquit-il.

Avec un dernier regard au panorama, Emma acquiesça. Alexander fit un signe, et le cube coulissa à l'intérieur du bâtiment. L'employé les attendait à la sortie avec deux coupes de champagne. Alexander en prit une et lui tendit l'autre.

— Merci, murmura-t-elle. C'était incroyable.

Ils trinquèrent et sirotèrent leur champagne, les yeux dans les yeux. Cela lui rappela leur premier verre en tête à tête chez lui. Et, à en croire la flamme dans ses yeux bleus, la soirée s'annonçait tout aussi inoubliable.

9.

Emma avait l'habitude des dîners chics. Elle ne comptait plus les inaugurations de restaurants et autres événements mondains auxquels elle avait assisté. Brown Hughs était une entreprise de marketing et relations publiques respectée. Cela faisait partie de ses obligations. Mais, ce soir, elle vivait un véritable rêve éveillé. Alexander et elle avaient la salle pour eux seuls, assis à la meilleure table devant une vaste baie vitrée, avec la ville scintillant sous le ciel nocturne pour toile de fond.

Alexander, Dieu seul savait comment, avait réservé le restaurant entier, ainsi que les services d'un chef multi-récompensé. Les plats s'étaient succédé, tous plus succulents les uns que les autres. Alors que le serveur débarrassait leurs assiettes, Alexander se laissa aller contre le dossier de son siège. L'éclairage tamisé jetait des ombres sur son visage, accentuant son côté carnassier. Emma s'imagina grimpant sur la table pour se jeter sauvagement sur lui. Alexander sourit, comme s'il lisait dans ses pensées.

Un plateau de fromages fut placé devant eux, ainsi que le dessert le plus artistique qu'elle ait jamais vu. Elle n'eut pas le temps de remercier le serveur qu'il avait déjà disparu. Alexander continuait à la fixer intensément. Emma s'arracha tant bien que mal à son regard envoûtant. Malgré la nature de leur relation, elle avait envie de mieux le connaître. La surprise qu'il lui avait faite ce soir était un trésor qu'elle chérirait toute sa vie. Mais elle en savait si peu sur lui…

Faire une recherche en ligne dans son dos serait déplacé. D'ailleurs, elle doutait que ce qu'elle trouve sur Internet reflète le vrai Alexander Hastings. Il y avait certains sujets qu'il évitait d'aborder, elle le sentait, ce qui aiguisait sa curiosité.

— Alors dis-moi, ai-je le droit d'en apprendre un peu plus sur toi ? lança-t-elle.

Alexander émit un petit rire.

— Que veux-tu savoir ?

Elle porta sa petite cuillère à ses lèvres et vit les yeux de son amant suivre son geste. Il déglutit, les pupilles démesurément dilatées.

— Ta famille possède un manoir. Tu as mentionné que tu n'y allais pas souvent. Pour quelle raison ?

Le regard d'Alexander se refroidit aussitôt. Un muscle tressauta sur sa joue.

— Alexander ? Les propriétés familiales sont-elles un sujet tabou ?

Elle avait injecté une note enjouée à sa question, soucieuse de préserver l'atmosphère légère de la soirée. Il y eut un long silence avant qu'il ne se décide à répondre :

— Ce manoir appartient à ma famille depuis des générations. Le fils aîné en hérite avec le titre de comte. C'est ainsi qu'il a échu à mon grand-père, puis à mon père, et un jour…

— Il te reviendra, termina-t-elle. Cela ne semble guère t'enchanter.

Alexander croisa les bras sur son torse.

— Je n'aime pas devoir suivre un chemin tout tracé.

Une ombre passa dans son regard. Une détresse muette qui interloqua Emma.

— Le manoir a son charme, à défaut d'être d'un grand intérêt, continua-t-il. Le problème est qu'il implique certaines obligations. On attend du maître des lieux qu'il perpétue la lignée en produisant un héritier…

— Et assume son rôle de comte Hastings ?

— En effet. C'est une pression énorme qui peut conduire

à faire des erreurs et accorder sa confiance aux mauvaises personnes. Je préfère être Alexander Hastings, brillant P-DG, que comte d'un domaine où je ne mets jamais les pieds. C'est un héritage empoisonné dont je me serais volontiers passé.

— Est-ce ce qui te fait dire que devoir et épanouissement personnel ne sont pas compatibles ?

Il garda le silence. Emma saisit le message implicite.

— Les gens pensent que tout t'a toujours été servi sur un plateau d'argent, n'est-ce pas ?

— C'est évident.

— Est-ce pour cette raison que tu travailles si dur à l'expansion de Hastings International ? demanda-t-elle.

— Pour faire mes preuves ? Pas seulement. La société possède un large potentiel inexploité. Je ne vois pas juste ce qu'elle est, mais ce qu'elle pourrait devenir.

— Alexander, personne ne peut t'accuser de penser que tout t'est dû. Tu n'as rien à prouver.

— Si seulement c'était vrai, murmura-t-il.

Emma devinait le fardeau pesant sur ses épaules. Celui d'un devoir indésirable dont il ne pouvait s'affranchir. Elle le comprenait mieux que personne. Mais ses confidences apportaient plus de questions que de réponses. Que voulait-il dire en parlant d'accorder sa confiance aux mauvaises personnes ? Évoquait-il sa propre expérience ? Ou faisait-il référence à son père ? Elle ouvrit la bouche pour l'interroger, mais il la devança.

— À mon tour.

Il saisit un cracker sur lequel il plaça un morceau de fromage, puis l'approcha de ses lèvres. Elle croqua dedans à pleines dents, et il avala l'autre moitié.

— Je conçois que tu n'aimes pas ta sœur. Mais elle ? Pourquoi te déteste-t-elle ? questionna-t-il.

— Lauren a l'habitude d'être la préférée, répondit Emma. Elle adore être le centre de l'attention. Cela la met hors d'elle quand j'ai quelque chose qu'elle n'a pas, ou quand on me félicite et pas elle. À l'école, par exemple, j'ai toujours eu d'excellentes notes alors qu'elle était moyenne.

Elle haussa les épaules.

— En grandissant, son sens de la compétition s'est encore exacerbé. Il fallait absolument qu'elle gagne, dans tous les domaines. Elle ne devrait pas se donner tant de mal. Je ne suis pas une menace. La réunion de ce matin l'a encore prouvé.

Elle joua distraitement avec sa petite cuillère.

— J'ai demandé quel avait été le vote. Unanime, d'après ma mère. Personne n'a proposé mon nom pour une promotion.

C'était cela qui faisait le plus mal. Emma connaissait l'attachement de sa mère pour Maddison. Elle avait failli la perdre à la naissance. Cet incident l'avait marquée, d'où une tendance à favoriser sa benjamine. Mais Emma avait espéré que pour une fois son mérite et son dévouement seraient pris en compte et se refléteraient dans sa décision.

— Cela ne m'étonne pas, conclut-elle. On apprend vite à rester à sa place.

Elle baissa la tête, faisant mine de se concentrer sur son dessert pour cacher sa peine.

— Longtemps, j'ai tenté de me rapprocher de Lauren. Ce n'est que lorsque je me suis mise en retrait que nos rapports se sont un peu améliorés.

Alexander hocha la tête.

— Si tu pouvais partir, que ferais-tu ? demanda-t-il.

— Je suis bénévole au sein d'une association de lutte contre l'illettrisme. Ils font un travail remarquable !

Emma s'anima en évoquant les cours de lecture donnés plusieurs fois par semaine. Elle décrivit les personnes captivantes qu'elle y rencontrait, issues de pays étrangers ou de quartiers défavorisés.

— J'essaye d'y consacrer un maximum de mes soirées et week-ends. Nous avons une petite équipe qui assure le gros du travail. J'aide comme je peux.

— Est-ce cela que tu aimerais faire ?

— Plus que tout ! Participer ponctuellement ne me suffit pas. Mais impossible de me libérer plus souvent du bureau. Mon père considère mon implication dans une activité non lucrative comme une perte de temps.

Elle n'oublierait jamais sa réaction le jour où elle avait annoncé sa décision de faire du bénévolat. Elle n'était pas une vraie Brown, avait-il décrété avec mépris. Si elle avait du temps à perdre dans ce genre de sottise, c'était la preuve qu'elle ne s'investissait pas assez dans l'entreprise. L'argent passait avant tout pour Peter Brown. Cela ne changerait jamais.

— Alors lance-toi, dit Alexander.

— Je ne peux pas…

— Pour quelle raison ?

— Parce que j'ai un devoir envers ma famille. Je ne peux pas tout plaquer du jour au lendemain pour me lancer dans le caritatif.

— Emma, la vie est trop courte pour se plier à ce que les autres attendent de soi.

Emma haussa les épaules.

— As-tu des frères et sœurs ?

— Non, dit Alexander avec un petit rire. Mais mon ami Matt est comme un frère pour moi. Avant que je parte en pension, c'était juste mon père et moi, et il était toujours très occupé.

— Tu as dû te sentir très seul…

Emma, au moins, avait eu Maddison, et sa mère aussi parfois. Imaginer le petit garçon délaissé qu'il avait été lui fendait le cœur.

Alexander eut un geste désinvolte de la main.

— Ce n'est pas facile pour mon père, d'être qui il est.

Il y avait de l'admiration dans sa voix. Elle, de son côté, n'avait jamais pu admirer son père. Elle ne discernait aucun mérite chez lui. Aucune qualité qui rattrape ce qu'il lui avait jeté à la figure, un jour…

« Tu es un accident. Je ne voulais pas de toi. Mais ta mère a refusé de faire ce qu'il fallait. »

Ces mots l'avaient convaincue qu'elle était indigne d'être aimée. Mais l'amour n'existait pas, alors quelle importance ?

Une main chaude sur la sienne la ramena au présent. Et à la perfection faite homme assise en face d'elle. Alexander la regardait avec un tel désir qu'elle ne demandait qu'à se perdre en lui. Dans ses bras, elle oubliait la désillusion quotidienne qu'était sa vie. Il était devenu, de loin, sa distraction préférée.

— Si on y allait ? suggéra-t-il.

— Excellente idée.

Quelques minutes plus tard, ils étaient de retour dans la limousine. Une scène devant la tour résidentielle attira son attention. Un homme s'approchait de l'entrée, tenant ses deux filles par la main. Il mit un genou à terre pour renouer le lacet de l'une d'elles, puis la serra dans ses bras, et la seconde en profita pour sauter sur son dos. Tout sourire, la petite famille disparut à l'intérieur de l'immeuble.

Emma fixait toujours l'entrée quand la voiture démarra. Comme elle avait rêvé de ce genre d'affection, enfant ! À regarder les autres, cela semblait si simple d'être heureux. Et peut-être l'était-ce. Peut-être était-ce elle, le problème. Après tout, elle était la seule de ses filles que son père ne parvenait pas à aimer.

Assez ruminé, se sermonna-t-elle. Elle passait une merveilleuse soirée. Rien, pas même sa famille, ne viendrait la gâcher.

— Emma ? souffla Alex dans le cou de la jeune femme.

— Désolée. Je rêvassais.

Elle tourna la tête et l'embrassa avec fièvre. Il aurait voulu accélérer le temps afin d'être déjà à l'appartement. Mais, quand la voiture ralentit devant son immeuble, il la lâcha à contrecœur. Leurs bouches ne se détachèrent que le temps pour eux d'atteindre l'ascenseur. Lorsque les portes s'ouvrirent, il la souleva dans ses bras et la porta jusqu'au salon, où il la reposa à terre.

— J'ignore à quoi tu pensais tout à l'heure, dit-il en prenant son visage entre ses mains. Mais je te préfère ici, avec moi.

Emma était une femme passionnée et pleine de vie. Il n'aimait pas la voir aussi mélancolique. Une sonnette d'alarme retentit dans son esprit. Ne commençait-il pas à trop s'attacher ? Non, il faudrait être un monstre pour rester de marbre. Il avait bien des défauts, mais l'indifférence n'en faisait pas partie. Il en avait assez fait les frais et ne souhaitait cela à personne.

Le but de cette soirée était de lui changer les idées. Alors il reprit ses lèvres, bien décidé à la conclure en beauté.

10.

Il la désirait toujours. Plus il lui faisait l'amour, plus il avait envie d'elle. Ce n'était pas censé se passer ainsi. Il l'enlaça par-derrière et l'embrassa sur la nuque. Tant pis, il s'en inquiéterait plus tard.

Savoir qu'on lui avait fait de la peine le mettait en colère. Il voulait la voir sourire à nouveau. C'était normal de chercher à la réconforter, se persuada-t-il. La solitude, il connaissait. Il voulait qu'elle s'embrase pour lui. Qu'elle s'oublie dans ses bras et *ressente* au lieu de penser. À quoi bon parler ? C'était un exercice futile. Dans quelques jours, ils reprendraient leurs vies chacun de leur côté. Elle passerait à autre chose. Une inexplicable bouffée de rage l'envahit à l'idée d'Emma avec un autre homme. Qu'est-ce qui lui prenait ? Bien sûr qu'elle irait de l'avant, avec qui elle voulait. Cela ne le regardait pas.

— Ferme les yeux.

Son souffle caressa sa peau douce. Il entendait déjà sa respiration se raccourcir.

La voix d'Alexander dans son cou.

Ses mains brûlantes sur ses épaules.

Emma sentit une chaleur diffuse se répandre dans son ventre. Le fait de ne rien voir était d'un érotisme inouï. Elle n'arrivait plus à réfléchir, comme s'il avait actionné un interrupteur décuplant sa sensibilité à la moindre sensation. Il baissa la fermeture dans son dos, puis dénoua le lacet sur sa nuque. Un courant d'air la fit frissonner comme sa robe glissait sur ses chevilles, dévoilant ses seins et le minuscule triangle de dentelle couvrant son mont-de-Vénus. Le murmure appréciateur d'Alexander ricocha sur sa peau en feu.

— Alexander…

Il lui mordilla le lobe de l'oreille.

— Dis-le encore.

— Alexander.

La bosse enflant contre ses fesses en disait long sur l'effet qu'elle lui faisait. Alexander guida ses bras autour de son cou. Le dos d'Emma se cambra, projetant sa poitrine en avant.

— Reste comme ça.

Un ordre que son accent rendait encore plus sexy. Emma déglutit. Elle était entièrement à sa merci. Et elle adorait cela. La friction de sa barbe de trois jours sur sa peau l'électrisait. Les doigts d'Alexander erraient sur ses seins, sur son ventre, allumant des étincelles partout où ils s'attardaient. Puis ils glissèrent sous l'élastique du string pour l'entraîner avec eux le long de ses hanches. Un bras vint ceindre sa taille, alors que l'autre main plongeait droit entre ses cuisses. Un son jaillit de sa gorge, mi-plainte, mi-soupir.

Ses jambes se dérobèrent sous elle. Une chance qu'il la tînt fermement. Il se mit à lui sucer le cou, dans le creux délicat où il rejoignait l'épaule. Le brouillard envahit son esprit. Elle ne pensait plus à rien. Elle n'était plus que sensations, poupée de chiffon entre ses bras. L'extase la foudroya dans une succession de spasmes auxquels elle s'abandonna sans retenue.

— Emma…

Elle haletait, trop hébétée pour répondre. Alexander la maintint contre lui jusqu'à ce qu'elle recouvre assez de forces pour se retourner. Ses yeux bleus brillaient d'un éclat sauvage. On eût dit une bête prête à fondre sur sa proie.

— Laisse-moi te toucher, dit-elle.

Accommodant, il se débarrassa de sa veste qui finit en

boule sur le parquet. Le reste de ses vêtements suivit le même chemin. Il se tenait là, torse nu, offert à ses fantasmes. Comment résister ? D'un coup de pied, elle envoya valser sa robe entravant ses chevilles et s'approcha. Ses mains tracèrent le relief des tablettes de chocolat, puis remontèrent vers les pectoraux, durs comme le roc sous ses paumes. Elle l'embrassa, sans pour autant interrompre son exploration.

— Encore, grogna Alexander, la voix éraillée.

Ce seul mot valait tous les compliments du monde. Il voulait plus. Elle détenait entre ses mains la clé de son plaisir. Un sourire incurva ses lèvres. Avoir le pouvoir était nouveau pour elle, et elle comptait bien en profiter.

Alex n'avait aucun problème avec le contact physique. Il en faisait l'expérience tous les jours. Avec les gens qu'il côtoyait au travail, les femmes qu'il mettait dans son lit… Mais Emma était différente. Quand elle le touchait, c'était comme si elle le marquait au fer rouge. La ferveur de ses caresses l'ensorcelait et faisait battre son cœur plus vite.

Une lueur malicieuse brillait dans son regard. Elle était si forte, Emma. Plus qu'elle n'en avait conscience, malgré les bâtons qu'on lui mettait dans les roues – ou peut-être *à cause d'*eux. C'était elle, la vraie Emma. Celle qui prenait ce qu'elle convoitait. Il aurait pu tomber à genoux devant elle, en cet instant. Mais il ne faisait pas dans le sentimentalisme. Cela et l'amour rendaient un homme faible. Il était incapable d'aimer. Mais il pouvait lui céder une part de contrôle, le temps qu'elle assouvisse ce désir qu'il voyait brûler dans ses yeux.

Il se pencha pour récupérer son portefeuille dans son pantalon et en sortit un préservatif qu'il ouvrit avec les dents.

— Toujours prêt, le taquina Emma.

— Avec toi, j'ai intérêt.

Elle lui prit le préservatif des mains et le déroula sur son érection. Alex serra les dents. Avec ce qu'il lui restait de self-control, il s'assit sur le canapé, le dos très droit, les pieds fermement plantés au sol. Puis il fit signe à Emma de le rejoindre. Sans se faire prier, elle se plaça à califourchon sur ses genoux tandis qu'il s'adossait aux coussins, les mains croisées derrière la nuque.

— Tu voulais me toucher ? Je suis tout à toi.

C'était un défi. Il l'encourageait à suivre ses envies pour leur plaisir mutuel. Et elle semblait toute disposée à le relever. Elle le regardait comme s'il était une friandise dont elle se délectait d'avance. Ce qu'il était peut-être... Mais elle aussi. Il s'obligea à rester immobile. Ce moment était celui d'Emma. Son tour viendrait.

Emma se sentait un peu intimidée. Alexander était un homme expérimenté. Chaque fois qu'il la touchait, c'était un feu d'artifice. Comment le satisfaire de la même façon ? Mais peut-être s'inquiétait-elle pour rien. N'avait-il pas toujours pris du plaisir à tout ? Alors elle l'embrassa fougueusement pendant que ses mains se promenaient partout sur son corps. Alexander émit un son étranglé. Ses doigts venaient de trouver son sexe, qu'elle guida en elle jusqu'à ce qu'ils ne fassent plus qu'un.

Elle commença à bouger les hanches et le sentit se contracter. L'air lui manquait lorsqu'elle rompit leur baiser. Elle saisit ses deux mains et les posa sur ses seins nus. Alexander poussa l'invitation plus loin. Ses bras glissèrent dans son dos tandis qu'il penchait la tête en avant pour lécher ses mamelons durcis.

— Ah... Je me demandais combien de temps tu tiendrais...

Elle rit. Jamais elle n'avait vu ses yeux bleus aussi sombres. Alexander émit un son rauque.

— Tu vois dans quel état tu me mets ?

Il s'empara de sa bouche. Elle continuait à le chevaucher, avec une ardeur allant crescendo. Les bras d'Alexander se crispèrent autour d'elle, et son râle guttural se répercuta contre les murs, rejoint par ses propres cris comme ils atteignaient ensemble la félicité ultime.

Lentement, elle rouvrit les yeux, qu'elle avait fermés au plus fort du plaisir. Ils étaient tous les deux essoufflés et en sueur. Alexander la serrait contre lui, toujours là pour elle. Soudain, les chaînes qui l'entravaient se brisèrent. Elle l'embrassa, déversant dans ce baiser tout ce qu'elle ressentait en cet instant. Un sentiment de plénitude absolue. Une liberté retrouvée.

Pourquoi le sexe avec Emma le secouait-il autant ? Serait-il jamais rassasié ? Ce n'était pas son genre d'être aussi dépendant. Mais Emma était comme une addiction. Le mieux serait de se lever, se rhabiller et lui demander de s'en aller. Au lieu de quoi, il la garda dans ses bras jusqu'à ce que sa respiration retrouve un rythme normal.

— Je dois aller travailler demain, murmura-t-elle.

— Comment vas-tu survivre à cette journée sans moi ? plaisanta Alex.

Mais peut-être devrait-il se poser la même question.

— Matt arrive demain aussi, ajouta-t-il.

— Alors c'est aussi bien que je parte.

— De quoi parles-tu ?

Il bougea de manière à l'obliger à le regarder.

— Le week-end est fini, Alexander. Aujourd'hui n'était qu'un sursis.

— Emma, je t'ai dit que je voulais plus.

— Mais si Matt arrive demain, qu'est-ce que ça signifie ?

— Que mon meilleur ami débarque à Melbourne et que nous aurons besoin d'un guide pour visiter la ville. Tu m'avais bien proposé tes services, non ?

Tout en parlant, Alex éprouvait un malaise grandissant. C'était une mauvaise idée. On ne présentait pas ses amantes de passage à ses amis. Il ne se contentait plus d'enfreindre ses règles, il les pulvérisait !

— C'est vrai, convint-elle. Je pensais juste que…

— Emma, je veux que tu sois là, décréta-t-il. Que dirais-tu de revenir demain soir après le travail ? Je dois aller chercher Matt à l'aéroport. Il risque d'y avoir des embouteillages, alors je vais te donner une clé. Tu n'auras qu'à faire comme chez toi.

— Tu es sûr ?

— Sûr et certain.

Il posa un baiser léger sur ses lèvres.

— Bien. C'est arrangé, conclut-il d'un ton sans réplique.

Quelques jours de plus avec Emma… La tentation était trop grande pour y résister.

11.

Emma s'installa sur un tabouret devant l'îlot tandis qu'Alexander sortait deux bouteilles d'eau du frigo. Elle ne se lassait pas d'admirer ses épaules robustes et son large dos. Il était vraiment la virilité incarnée.

Il y avait eu un temps où elle rêvait qu'un homme comme lui, grand, beau et musclé, tombe amoureux d'elle et la demande en mariage. Mais c'était avant que ses parents ne brisent ses illusions. Entre leurs disputes haineuses et les constantes infidélités de son père, Emma avait renoncé au conte de fées. L'amour n'existait pas. La seule fois où elle avait osé y croire, Lauren s'était empressée de réduire ses espoirs à néant. Jamais elle ne donnerait son cœur. Quelle raison aurait-elle de le faire ?

Et voilà qu'Alexander faisait irruption dans sa vie. Alexander, qui partageait la même vision des choses. C'était la première fois qu'elle ressentait une telle affinité avec quelqu'un. Si lui aussi pensait que l'amour n'était qu'une mascarade, ce devait être vrai. Et même si l'amour existait, pourquoi Alexander choisirait-il quelqu'un comme elle ? Personne ne la choisissait jamais. À bien y réfléchir, il prenait soin de maintenir certaines barrières entre eux. Pour autant qu'elle ait pu en juger, tout le monde l'appelait Alex, y compris son chauffeur. Tout le monde sauf elle. Elle en éprouva un certain dépit.

— Alexander, je peux te poser une question ?

— Bien sûr, dit-il en lui tendant une bouteille d'eau.

Emma traça distraitement du doigt les veines du marbre de l'îlot.

— Pourquoi laisses-tu tout le monde t'appeler Alex ? N'est-ce pas un peu familier étant donné qui tu es ?

Il arqua un sourcil.

— Tu veux dire, pourquoi je laisse tout le monde m'appeler Alex sauf toi ?

Toujours aussi perspicace. Elle baissa la tête sans répondre. Il contourna l'îlot, fit pivoter son tabouret et lui caressa la joue.

— Parce que tu es la seule à m'appeler Alexander, répondit-il. Et que j'adore ta façon de prononcer mon nom.

— Vraiment ?

— Oui, surtout quand tu jouis dans mes bras…

Il l'embrassa dans le cou.

— Ou quand tu penses que je dis une bêtise…

Un baiser sur son front.

— Ou quand tu essayes d'attirer mon attention…

Un autre au coin de ses lèvres.

— Ou que tu veux que je t'embrasse sans avoir à le dire.

Sa bouche recouvrit la sienne, et le désir se ralluma entre ses reins.

— J'ai une surprise pour toi.

— Une surprise ?

Avec un sourire en coin, il renfila son pantalon et lui tendit sa chemise qu'elle boutonna sur elle. Puis il lui fit monter un escalier en colimaçon donnant sur un couloir qu'elle n'avait pas encore vu. De splendides œuvres en ornaient les murs, photographies artistiques capturant avec émotion de fugaces instants ou toiles contemporaines aux myriades de couleurs. Elle regarda Alexander. C'était un homme si complexe… Quelles autres facettes de lui ne connaissait-elle pas encore ?

— Prête ? s'enquit-il devant une porte fermée.

Elle fit oui de la tête. Il ouvrit grand la porte et s'effaça pour la laisser entrer.

— Ça alors, Alexander !

Devant elle se trouvait la plus fabuleuse bibliothèque, dont les murs disparaissaient derrière des étagères remplies de livres, excepté la baie vitrée par laquelle la lumière devait entrer à flots en journée. De nuit, l'atmosphère était plus intime et feutrée. Les ouvrages débordaient des rayonnages, de tailles et de couleurs variées. Elle s'en approcha avec curiosité. Certains semblaient très anciens, sans doute des éditions originales. Une échelle fixée à un rail permettait d'atteindre les livres sur les plus hauts rayons. Emma avait des étoiles dans les yeux. Lorsqu'elle se retourna, Alexander l'observait, appuyé contre un confortable canapé. D'autres fauteuils et banquettes çà et là invitaient à se relaxer et oublier la réalité le temps de quelques heures.

— Comment… Tu viens à peine d'emménager à Melbourne !

Il sourit.

— La musculation n'est pas toute ma vie.

La saisissant par les épaules, il la fit avancer jusqu'à l'un des rayons, puis lui prit la main qu'il fit courir sur les élégantes reliures.

— Tant que nous sommes ensemble, chaque fois que tu as besoin de t'évader, viens ici et prends ce que tu veux, lui souffla-t-il.

Le cœur d'Emma cognait à tout rompre. Avec quelle facilité il semait le chaos dans ses émotions ! Elle fit volte-face et captura sa bouche. Visiblement, il n'attendait que cela.

Alex ne regrettait pas d'avoir montré sa bibliothèque à Emma. Il aimait lui faire plaisir, et elle lui en semblait reconnaissante. Ce n'était pas seulement parce que la lecture lui tenait à cœur qu'il l'avait amenée là. Cet endroit était son refuge. Il avait eu envie de partager cette part de lui avec elle.

Leur baiser se fit plus intense. Il la poussa contre l'étagère, les mains déjà sur elle. La sonnerie de son téléphone vint jouer les trouble-fêtes. Avec un juron, il sortit l'appareil de sa poche.

— Désolé. C'est mon père. Je dois prendre l'appel.

Emma troqua sa chemise contre un plaid dans lequel elle s'enroula.

Alex quitta la bibliothèque et décrocha. Quand son père l'appelait, c'était généralement pour parler travail. Hastings International était l'une des rares choses qui les rapproche et le ciment de leur relation.

— Salut, papa.

Robert Hastings plissa le front.

— Tu es occupé ?

— Je ne suis pas seul, éluda-t-il.

C'était son expression agacée plus que son apparence débraillée qui avait dû lui mettre la puce à l'oreille. Alex détestait être dérangé. Son père le savait bien depuis qu'ils avaient renoué. Regrettait-il le temps perdu avec son fils ? Toutes ces années où Alex était en pensionnat ? Même quand il rentrait le week-end et pendant les vacances, Robert restait enfermé dans son bureau. Ils se voyaient à peine. Leur relation serait-elle différente aujourd'hui si son père avait été plus présent ?

— Comment vas-tu, fiston ?

Alex fronça les sourcils.

— Hum, bien. Tu voulais me parler de quelque chose ?

— Un père n'a-t-il plus le droit d'appeler son fils ?

— Si, bien sûr, dit-il en riant.

— Tu as de la compagnie. Je ne vais pas te déranger plus longtemps. On se rappelle demain.

— Inutile.

Il commença à parler affaires, et son père enchaîna. Alex s'immergea dans le travail. Dans ces moments-là, il ne voyait plus l'heure passer.

Restée seule, Emma retourna voir les œuvres dans le couloir. Elle n'aurait jamais imaginé Alexander en collectionneur d'art. Mais, en étudiant chaque toile et photographie de plus près, il lui sembla que l'ensemble le reflétait à la perfection. Ce n'était pas des œuvres hors de prix achetées pour exhiber sa fortune, ou comme investissements. Elles faisaient partie de lui. Partie d'un tout. L'eau apparaissait dans de nombreuses toiles. Une rivière, un océan… La couleur bleue était omniprésente. Sa couleur préférée, peut-être ? Les photographies représentaient des scènes dans différents lieux à travers le monde, qui lui rappelèrent sa volonté d'implanter Hastings International sur chaque continent.

Elle s'arracha à sa contemplation et regagna la bibliothèque. L'endroit était si agréable ! Curieuse de découvrir les goûts d'Alexander, elle inspecta les titres dans les rayons. L'un d'eux retint son attention. Un roman qu'elle avait toujours adoré. Montant à l'échelle, elle empoigna la superbe édition de collection et promena l'index sur le titre en relief doré de la couverture. *La Machine à explorer le temps*. Le livre s'ouvrit là où était inséré un marque-page. Le genre qu'on recevait en cadeau, très chic, en cuir gravé d'arabesques complexes parmi lesquelles se détachaient les lettres AJH. Cela la fit sourire qu'il lise justement ce livre-là. Elle redescendit de l'échelle et alla se pelotonner sur le canapé, les pieds sur les coussins. Dès la première page, la magie des mots la transporta…

Après son appel, Alex retourna à la bibliothèque où il avait laissé Emma. Poussant discrètement la porte, il l'observa depuis le seuil. Une étrange sensation l'étreignit, comme si une pièce manquante du puzzle de sa vie aurait enfin trouvé sa place. C'était absurde. Ce genre de relation ne l'intéressait pas. Mais la voir ainsi, confortablement enveloppée dans son plaid, lui faisait remettre en question tout ce qu'il croyait savoir sur lui-même.

Il déchiffra le titre du roman dans ses mains. L'un de ses préférés, qu'il avait récemment commencé à relire.

— Excellent choix, commenta-t-il de là où il se tenait.

Emma tressaillit et leva la tête.

— Excuse-moi. Je ne voulais pas te faire peur.

Il entra et la rejoignit sur le canapé.

— Pas de problème, dit-elle avec un rire penaud. C'est un de mes romans favoris…

— À moi aussi. Désolé d'avoir été si long.

— Ce n'est rien. Comme tu vois, j'ai trouvé de quoi m'occuper. C'est pour quoi, le J ?

Devant sa confusion, elle désigna les initiales sur le marque-page.

— James, répondit-il.

— Oh… je n'aurais jamais deviné.

Ses yeux pétillèrent d'espièglerie.

— Je m'attendais à un vieux nom un peu snob qui se transmettrait de génération en génération.

— Désolé de te décevoir, répondit Alex dans un sourire.

Il redevint sérieux.

— Je voulais te parler à propos de demain.

Ses confidences de ces derniers jours le travaillaient. Il commençait à se faire une idée de ce qu'elle vivait au quotidien. De retour au bureau, elle devrait affronter les foudres de sa sœur. Aussi injuste que cela puisse être, Lauren était sa supérieure. L'attitude de cette dernière envers Emma au bal masqué ne lui avait pas échappé. Emma allait se retrouver dans une situation intenable, dont il se sentait en partie responsable. Il ne s'immisçait jamais dans la carrière de ses amantes. Mais hors de question qu'elles se fassent renvoyer à cause de lui. Et, d'après ce qu'Emma lui avait raconté sur Lauren, celle-ci semblait déterminée à se débarrasser de sa brillante petite sœur susceptible de lui faire de l'ombre.

Emma fronça les sourcils.

— Je ne vais pas me ronger les sangs, dit-elle. Ce qui

doit arriver arrivera. Je doute que Lauren se venge le jour de sa promotion.

— Alors tu vas rester les bras croisés à faire semblant d'être heureuse pour ta sœur ? répliqua Alex, sentant la colère monter.

— Je *suis* heureuse pour Maddie. Enfin, une part de moi l'est…

— Et l'autre ? Celle qui sait que tu mérites mieux que cela ?

La jeune femme haussa les épaules.

— J'ignore ce que je mérite. Mieux que ma famille, certainement. Mais c'est placer la barre très bas.

Alex la dévisagea avec perplexité. Comment pouvait-elle ignorer ce qu'elle méritait ? Elle travaillait dur et savait ce qu'elle voulait. Elle n'attendait qu'une chose, qu'on lui donne sa chance. Se pouvait-il qu'elle n'ait pas conscience de sa valeur ?

— Emma, pourquoi penses-tu ne pas être à la hauteur ? questionna-t-il avec circonspection.

Emma détourna les yeux. Oh non, pas de cela. Il lui saisit le menton et l'obligea à le regarder.

— Que s'est-il passé ? Tu ne partiras pas d'ici avant de m'avoir tout dit.

Elle ne te doit aucune explication, lui souffla la voix de la raison. C'est vrai. Mais il voulait savoir. Et il obtenait toujours ce qu'il voulait.

— Ce n'est rien, murmura-t-elle. Juste un truc idiot.

— Quel truc ?

Elle poussa un soupir.

— Peu après être entrée dans l'entreprise, j'ai rencontré quelqu'un. Nous sommes sortis ensemble. Il me disait tout ce que je rêvais d'entendre et me comblait d'attentions. J'ai commencé à envisager quelque chose de sérieux avec lui… Puis il a fait la connaissance de Lauren. Il s'est mis à ignorer mes appels et mes messages. J'ai découvert qu'ils se voyaient dans mon dos. C'était elle qui l'intéressait depuis le début. Il ne faisait que se servir de moi pour se rapprocher d'elle.

Imbécile. Il fallait vraiment être aveugle pour choisir Lauren plutôt qu'Emma. Elle était la personne la plus fascinante qu'Alex ait jamais rencontrée. Elle lui faisait perdre la tête. À *lui*, réputé pour son self-control à toute épreuve !

— Emma…

— C'est du passé, tout ça, coupa-t-elle court. D'ailleurs, j'aurais dû le voir venir. Même mon père n'a jamais voulu de moi.

— Que veux-tu dire ?

— S'il me déteste autant, c'est parce que je n'étais pas prévue. C'est ma mère qui a choisi de me garder.

Alex peinait de plus en plus à contenir sa colère.

— Mon père ne supporte pas qu'on contrarie ses plans, ajouta-t-elle. Les « erreurs », comme il dit, il les fait corriger.

Il se rappela ce qu'elle lui avait relaté à propos de Maddison et vit rouge.

— Il était prêt à se débarrasser de toi ?

— Oui.

La désinvolture d'Emma le stupéfiait. Elle avait simplement accepté cet état de fait, comme si c'était normal, allant jusqu'à se dévouer corps et âme pour l'entreprise familiale. Sa résilience forçait le respect. Dire qu'elle ne se croyait pas à la hauteur… Elle se trompait. C'était *elle* qui méritait quelqu'un digne d'elle. Quelqu'un capable de l'aimer. Ce quelqu'un n'était pas lui et ne le serait jamais.

Il lui effleura la joue avec douceur.

— Tu n'as pas besoin d'eux, Emma. Tu vaux mieux qu'eux tous réunis.

Il se leva et la souleva dans ses bras, toujours enveloppée dans son plaid.

— Hé ! Où m'emmènes-tu ?

— Te montrer comment une femme d'exception devrait être traitée.

12.

Appuyé contre la rambarde de la terrasse, Alex contemplait le lever du soleil en sirotant son café. Sa discussion avec Emma tournait en boucle dans sa tête. Son travail ne la rendait pas heureuse. Elle était trop pétillante de vie pour s'étioler dans un coin, piétinée par sa propre famille. Lui mettre la pression n'était pas son but. Mais il devait bien exister un moyen de l'aider…

Un échange de services, par exemple. Ce genre de procédé était toujours apprécié. Avec cette idée en tête, il décrocha son téléphone.

Emma était de retour au bureau. Son week-end prolongé avec Alexander avait été idyllique. À tel point qu'elle peinait à se concentrer sur son travail. Cela ne lui ressemblait pas. Elle s'obligea à se ressaisir, d'autant qu'elle se savait surveillée de près. Son absence du lundi n'était pas passée inaperçue. Son père n'avait fait aucun commentaire, mais son regard venimeux avait parlé pour lui. C'était officiel : il la haïssait encore plus que sa mère.

La journée avait débuté avec l'annonce de la promotion de Lauren. Emma avait rempli son devoir, debout derrière sa sœur, un sourire scotché aux lèvres. Des photos avaient été prises pour le site Internet et la newsletter. Elle avait répondu aux questions qui lui étaient adressées avec une assurance affable. Même quand on lui avait demandé comment elle prenait le fait d'être la seule Brown à n'occuper aucun poste de direction, elle s'était contentée de déclarer que toute décision était prise dans l'intérêt de Brown Hughs, où chacun avait son rôle à jouer.

Elle n'avait donné à personne de raison de se plaindre d'elle. Sa mère l'avait même remerciée, ainsi que Maddison qui ne cessait de s'excuser. « Ne t'inquiète pas pour ça », lui avait-elle répété à plusieurs reprises. Elle ne lui en tenait pas rancune. Maddie avait ses nouvelles fonctions à assurer et ne pouvait continuer à vivre dans la culpabilité. Et qui sait ? Peut-être serait-ce à son tour, la prochaine fois, de monter en grade.

Les réunions et autres occupations se succédèrent jusqu'à la pause de midi. Une fois de plus, Emma resta manger seule dans son bureau. Dommage, il faisait si beau dehors. Elle serait volontiers sortie un moment, juste pour sentir le soleil sur son visage.

Une commotion lui parvint du couloir. Cela ne la regardait pas. Elle n'avait pas le temps de jouer les curieuses. Puis on frappa à sa porte, et elle leva la tête. Alexander était là, en costume noir et chemise blanche. Une pince en argent miroitait sur sa cravate sombre, rivalisant avec les boutons de manchette à ses poignets. Il était vraiment à couper le souffle – comme toujours.

Ses jambes bougèrent d'elles-mêmes, et elle se retrouva devant lui.

— Que fais-tu ici ? demanda-t-elle.

Il l'embrassa. Devant tout le monde. Un baiser la marquant publiquement comme sienne.

— Je t'emmène déjeuner, déclara-t-il.

— C'est que… Je suis débordée.

— Reporte. Nous avons rendez-vous.

Emma se mordit la lèvre, partagée entre ses responsabilités et l'irrésistible tentation de suivre Alexander. Quoi qu'il lui réserve, cela devait valoir le déplacement.

— Donne-moi une minute.

Elle éteignit son ordinateur et attrapa son sac. Dans le couloir, Alexander lui prit la main. Elle remarqua que tout le monde s'écartait sur son passage sans qu'il ait besoin de le demander. Exactement comme lors de leur balade en ville. Il exsudait une aura de pouvoir perceptible de tous.

Dans l'ascenseur, Alexander ignora les regards en coin qu'on leur jetait, parfaitement à l'aise. Peut-être y était-il habitué, mais pas elle. Elle ne savait plus où se mettre. Dieu merci, ils étaient arrivés au rez-de-chaussée. Dehors, la voiture d'Alexander les attendait. Il lui ouvrit la portière, avant de faire le tour pour prendre le volant.

— Tu es très en beauté, la complimenta-t-il.

— Nous annoncions les promotions de Lauren et Maddison aujourd'hui, dit-elle en guise d'explication.

— Je sais. Je l'ai lu en ligne.

Il mit son clignotant et s'inséra dans la circulation.

— Ah oui ?

— Il fallait bien que je trouve l'adresse.

— Je vois. Je ne m'attendais pas à ce qu'ils en fassent la publicité si vite.

Elle observa les immeubles défilant derrière les vitres, cherchant à deviner où ils se rendaient.

— Quel est ce rendez-vous dont tu parlais ? demanda-t-elle.

Alexander eut un sourire mystérieux.

— Tu me fais confiance ?

— Oui, répondit-elle sans hésiter.

Elle ignorait pourquoi, mais c'était le cas.

— Alors tu verras.

Le stress lui nouait l'estomac. Alexander dut le percevoir, car il ajouta :

— Ça en vaut la peine, promis.

Emma hocha la tête. C'était le seul moment où elle pouvait souffler, alors elle ferma les yeux et offrit son visage aux rayons du soleil. Elle aurait préféré marcher un peu. Mais être avec Alexander valait toutes les balades à pied du monde.

Alexander se gara et, comme toujours, descendit le premier pour lui ouvrir la portière. Emma adorait ses petites attentions. Peut-être ne devrait-elle pas y prendre goût. Qui lui témoignerait autant de galanterie lorsque leurs routes se seraient séparées ?

Ils entrèrent dans un restaurant haut de gamme. Le genre d'endroit où on invitait une personne dans le but de la séduire. Emma avait l'étrange intuition d'être cette personne. Une femme tirée à quatre épingles les attendait à la table où ils furent conduits.

— Emma, je te présente Fiona Porter, dit Alexander.

Elles échangèrent une poignée de main.

— Emma Brown. Enchantée.

Alexander tira sa chaise pour elle, avant de s'asseoir à son tour.

— Fiona est la directrice d'une des plus grandes associations d'alphabétisation en Australie.

Soudain, tout s'éclaira. Le pouls d'Emma s'accéléra. Elle n'en revenait pas. C'était la chose la plus incroyable qu'on ait jamais faite pour elle. Hors de question de gâcher une telle opportunité.

— Alex m'a dit que vous travailliez aussi dans le caritatif ? s'enquit Fiona.

— En effet, répondit Emma. Je participe à la gestion d'une association de lutte contre l'illettrisme ici, à Melbourne.

Fiona hocha la tête.

— Une cause noble, mais difficile, n'est-ce pas ?

— Oui, assurer un flux de dons continu est un véritable défi. C'est votre organisme, dont je suis le travail depuis longtemps, qui m'a incitée à me lancer dans le bénévolat.

— Ravie de l'entendre.

Un plateau d'amuse-gueule fut posé sur la table. Le serveur parti, la conversation reprit.

— Parlez-moi de votre association, Emma.

— Eh bien, nous proposons des cours, tant pour les adultes que les enfants. Nous organisons aussi des collectes de livres et de matériel scolaire.

Le cœur d'Emma battait la chamade. Une pression encourageante de la main d'Alexander dans son dos l'aida à se calmer. Elle évoqua avec passion leurs diverses actions, les personnes qu'ils rencontraient et leurs stratégies pour se faire connaître. Fiona parut impressionnée. Tout cela grâce à Alexander. Peut-être était-ce sa façon de faire un geste. De l'éloigner de la négativité qu'elle subissait au quotidien, tout en valorisant le positif qu'elle-même apportait. Elle avait su au premier regard qu'il avait un grand cœur.

— Vous aimeriez consacrer plus de temps à votre travail caritatif ? demanda Fiona.

— C'est exact.

— Que faites-vous dans la vie actuellement ?

Emma se lança dans une description de ses fonctions au sein de Brown Hughs. Fiona semblait très intéressée. Elle se mit à l'interroger sur ses études, ses qualités et ses points forts. L'échange prenait de plus en plus des airs d'entretien d'embauche.

Une serveuse s'approcha pour noter leur commande. Emma laissa Alexander choisir, trop submergée par l'expérience surréaliste qu'elle vivait. Elle lui était reconnaissante d'être resté au lieu de s'éclipser sitôt les présentations faites. Sa présence l'aidait à gérer sa nervosité, dont elle s'efforçait de ne rien laisser paraître. Il bavardait maintenant en mode charmeur, appuyé contre le dossier de sa chaise. Un répit dont elle profita pour mettre de l'ordre dans ses émotions.

Le déjeuner se déroula dans une ambiance cordiale et décontractée. Au moment du café, Fiona aborda les choses sérieuses.

— Emma, comme vous le savez sans doute, nous nous associons à de nombreux petits organismes afin d'apporter notre soutien là où il est le plus nécessaire. J'aimerais beaucoup rencontrer vos collègues et discuter d'un partenariat.

— Ce serait formidable ! s'exclama Emma.

— Nous devrons d'abord nous renseigner sur votre association. Simple précaution, précisa Fiona en souriant.

— Bien sûr. C'est tout à fait normal.

La jeune femme sortit une carte de son sac qu'elle lui tendit.

— Appelez-moi et fixons un rendez-vous.

— Merci. Avec plaisir.

Elle lui remit sa propre carte. Elle peinait encore à y croire. Une telle aubaine ne se présentait pas tous les jours. C'était à Alexander qu'elle la devait. La seule personne en dehors de Hannah à vouloir son bonheur.

— Ne tardez pas trop, lui conseilla Fiona. Ce serait dommage de laisser cette chance nous filer entre les doigts.

Emma avait déjà prévu d'appeler l'association sitôt de retour au bureau.

— Promis, assura-t-elle.

— Une dernière chose, Fiona, intervint Alexander. Ce genre de démarche peut prendre du temps. Te serait-il possible d'accélérer les choses ?

— Nous pourrons démarrer dès qu'Emma sera prête, répondit la jeune femme. Par ailleurs, Alex, le soutien de Hastings International bénéficierait grandement à notre organisme…

— Cela va sans dire. Mon responsable du mécénat te contactera prochainement.

Il se tourna vers Emma.

— Est-ce que ça te convient ?

Emma saisit le message d'Alexander derrière cette simple question : la décision lui revenait. Quel que soit son choix, accepter ou décliner, il s'y conformerait. C'était Hastings International qui apporterait son soutien financier à l'organisme de Fiona, pas Brown Hughs. Il n'y avait aucune pression sur ses épaules.

— Oui, approuva-t-elle. C'est parfait.

Le trajet du retour se fit en silence. Emma était partagée entre excitation et appréhension. Les questions se bousculaient dans sa tête. Était-elle à la hauteur d'une telle opportunité ? Comment réagirait sa famille si elle acceptait ? Perdue dans ses pensées, elle ne s'aperçut qu'ils étaient arrivés que lorsque Alexander descendit de voiture.

— Une chose à la fois, Emma, dit-il posément alors qu'ils traversaient le hall de Brown Hughs.

— Oui… C'est juste que ça fait beaucoup à absorber.

Fiona pouvait changer la donne. Un partenariat permettrait à l'association de réaliser davantage de projets et venir en aide à un public plus large.

— Tu peux le faire, Emma.

Alexander la raccompagna à son étage. La nouvelle de sa visite avait dû revenir aux oreilles de Lauren car elle les y attendait. Tous les employés faisaient mine d'être occupés pour ne pas regarder dans leur direction. Par chance, Helen arriva à point nommé. Leur mère veillerait à ce qu'il n'y ait pas de scène.

— Alexander, quel plaisir de vous revoir, minauda Lauren.

Emma roula des yeux. Même au travail, elle ne pouvait s'en empêcher.

— Tout le plaisir est pour moi, Lauren. Je vous en prie, appelez-moi Alex.

Alex observait avec amusement le petit jeu de Lauren. Beaucoup l'avaient vu embrasser Emma plus tôt. Les commérages devaient aller bon train. Il sourit en son for intérieur.

— C'est une surprise de vous voir ici, reprit Lauren d'un

ton mielleux. Pourquoi ne pas monter dans mon bureau ? Nous serons plus à l'aise pour discuter.

Alex entendit Emma maugréer entre ses dents et passa un bras autour d'elle.

— Oh ! je ne suis pas ici pour affaires. Je raccompagnais simplement Emma après notre déjeuner.

Il déposa un baiser dans ses cheveux. La mâchoire de Lauren se crispa.

— Quelle galanterie. Je suis Helen, la mère d'Emma, intervint Helen en s'avançant vers lui, main tendue.

Il la serra chaleureusement. Il avait deviné qui elle était au premier coup d'œil. Elle et Emma avaient les mêmes yeux.

— Enchanté, Helen. Navré, je ne voudrais pas paraître impoli, mais je suis pressé.

Sur ces mots, il tourna les talons et reconduisit Emma à son bureau. Une pièce ridiculement exiguë, nota-t-il en prenant cette fois le temps d'examiner les lieux. L'espace était parfaitement rangé et organisé. Il n'y avait rien de superflu ou de sentimental. Aucune photo sur son bureau. Aucun cadre aux murs excepté son diplôme.

— On se voit tout à l'heure, lança-t-il. Je t'envoie le code d'entrée par texto.

— Je viendrai directement après le travail.

Ils se penchèrent en même temps l'un vers l'autre et échangèrent un long baiser. Alex recula le premier.

— À ce soir, Emma.

— Alexander ? la rappela-t-elle au moment où il franchissait le seuil.

— Oui ?

— Merci pour aujourd'hui.

— Pas de quoi.

Il lui rendit son sourire et s'en alla le cœur léger.

13.

Le trajet vers l'aéroport avait pris plus longtemps que prévu. Ce serait sans doute pire en sens inverse. Alex aurait pu envoyer son chauffeur ou prendre en charge les frais d'une location de voiture sur place. Mais Matt était son seul véritable ami. Il tenait à profiter de chaque seconde de son passage à Melbourne. Ils pourraient discuter longuement comme ils avaient l'habitude de le faire. Matt allait le croire fou en l'écoutant.

Une matinée. C'était le temps qu'il avait passé loin d'Emma, et elle lui manquait déjà. Après le déjeuner, diverses réunions l'avaient maintenu occupé. Mais la jeune femme n'avait cessé de s'immiscer dans ses pensées et perturber sa concentration.

Il consulta sa montre. Matt n'allait plus tarder à arriver. Muni de son ticket de parking, il se dirigea vers le hall. Voyager en première classe avait ses avantages, notamment celui de débarquer avant la classe économique. Un petit groupe sortait justement de l'aéroport. Alex n'eut aucun mal à repérer Matt : il dépassait tout le monde d'une bonne tête. Avec sa carrure de rugbyman, qu'il n'avait jamais perdue bien qu'il n'eût plus touché un ballon depuis l'université, Matt en imposait. Mais son sourire chaleureux atténuait son côté intimidant. Les gens gravitaient naturellement autour de lui, attirés par sa personnalité solaire. Quiconque lui parlait tombait sous son charme.

Le visage de Matt se fendit d'un large sourire lorsqu'il l'aperçut.

— Alex !

Tous deux se rejoignirent et échangèrent une accolade virile.

— Ça fait plaisir de te voir, mon vieux.

Alex avait l'habitude d'attirer les regards. Avec Matt, l'effet était démultiplié. Tout le monde, surtout les femmes, avait les yeux braqués sur leur séduisant duo. Il entraîna son ami vers sa voiture et rangea sa valise dans le coffre. Quelques minutes plus tard, ils étaient sur la route.

Sa vie avait pris un tour trépidant, ces derniers temps. Entre l'expansion de Hastings International et sa relation avec Emma, il se sentait constamment aspiré dans un puissant maelström d'émotions. C'était reposant d'être avec Matt, qui avait toujours eu un effet calmant sur lui.

— Quoi de prévu, ce soir ? s'enquit Matt.

— Rien de spécial pour l'instant. On décidera chez moi, ça te va ?

— Super. Juste nous deux ?

Alex coula un regard vers son ami et surprit son sourire en coin. C'était agaçant, parfois, de voir à quel point son ami le connaissait bien.

— Emma sera là aussi.

Matt ne fit aucun commentaire. Alex savait que c'était bizarre de sa part d'inviter une femme à se joindre à eux, alors que leur routine consistait à écumer les clubs les plus branchés en indécrottables célibataires. Lui présenter Emma n'était pas anodin. Matt serait curieux à son sujet. Et Alex espérait vraiment qu'ils s'entendent…

Bref, il s'était mis dans de beaux draps.

La circulation ralentit en raison d'embouteillages. Le soleil se couchait à l'horizon. Emma était-elle déjà chez lui ? Il chassa cette question comme Matt se lançait dans un compte rendu détaillé des dernières nouvelles de Londres.

Emma se gara sur l'une des places de parking attribuées à Alexander et prit la boîte de pâtisseries qu'elle avait achetée en chemin. L'ascenseur l'emmena droit au dernier étage. Elle sortit la clé du penthouse, encore stupéfaite qu'il la lui ait confiée. Ce n'était que pour un soir. Mais elle ne pouvait s'empêcher de voir quelque chose de plus dans ce geste…

Elle tourna la clé dans la serrure et la porte s'ouvrit.

— Alexander ? appela-t-elle en entrant.

Pas de réponse. Il devait être encore sur la route. Elle alla déposer les pâtisseries dans la cuisine. L'appartement était étrangement silencieux. Parce qu'il n'y avait pas de musique, réalisa-t-elle. Alexander mettait toujours de la musique en fond sonore, un réflexe auquel elle n'avait pas vraiment prêté attention jusque-là.

Que faire en attendant qu'il rentre ? Un tour dans la bibliothèque semblait tout indiqué. Elle trouva le roman qu'elle lisait sur le canapé, là où elle l'avait laissé. La seule différence était qu'un second marque-page indiquait l'endroit où elle avait interrompu sa lecture. Emma s'installa confortablement et se replongea dans l'histoire.

Une heure plus tard, Alexander arrivait avec Matt. Emma se précipita à leur rencontre. La première chose qu'elle vit fut Alex s'avançant vers elle. C'était devenu naturel pour eux de graviter l'un vers l'autre. Il l'embrassa fiévreusement comme s'il y avait une éternité qu'ils ne s'étaient pas vus.

— Désolé de t'avoir fait attendre. La circulation était infernale.

— Ce n'est rien.

Il l'attira contre lui. Alors seulement, elle remarqua l'homme debout derrière lui, une valise à la main. Aussi grand qu'Alexander, mais plus large d'épaules, avec des yeux verts bienveillants, un visage séduisant et une tignasse de cheveux blonds en bataille. *Seigneur.* Ces deux-là devaient faire battre les cœurs partout où ils allaient !

— Emma, voici Matthew Taylor, dit Alex.

— Appelle-moi Matt.

Emma sourit.

— Enchantée, Matt.

— Tout le plaisir est pour moi.

— Avant que j'oublie, Alexander… Il y a des pâtisseries à la cuisine.

— Je l'aime déjà, dit Matt en riant.

Les deux hommes allèrent inspecter le contenu de la boîte sur l'îlot. Avec son ami, Alexander paraissait plus détendu. Plus juvénile, même. C'était un plaisir de le voir ainsi. Chaque jour qui passait lui faisait découvrir une nouvelle facette de lui.

Il tapota sur sa tablette, et une musique s'éleva d'enceintes invisibles.

— Toi et ta musique…

— Comme tu peux le constater, certaines choses ne changent pas, plaisanta Alexander.

Emma les contemplait pensivement. Un je-ne-sais-quoi dans cette soirée la turlupinait. Elle avait l'impression de passer un test, comme si Alexander cherchait à voir comment elle interagissait avec Matt. C'était absurde. Matt comptait énormément pour lui, alors qu'elle n'était qu'une parenthèse. Pourquoi cela lui importerait-il qu'elle et Matt s'entendent bien ou non ?

Un fol espoir fleurit dans sa poitrine. Peut-être avait-il envie qu'ils passent plus de temps ensemble ? Elle se sermonna aussitôt. Non, il s'était montré honnête avec elle. Il ne faisait pas dans les histoires sérieuses. Elle non plus, d'ailleurs. Avait-elle oublié ce qu'elle voulait ? De la légèreté et de l'éphémère. La dernière chose dont elle avait besoin était d'une relation toxique qui lui empoisonne la vie.

— Emma ? Tout va bien ?

— Mmm ? Oh ! oui. Je pensais au travail.

Elle n'avait pas vu qu'Alexander la fixait. Son mensonge n'était guère convaincant. Par chance, il n'insista pas.

Le téléphone d'Alex bipa sur l'îlot. Un mail urgent. C'était l'occasion de laisser Matt et Emma seul à seul. Il savait que son ami l'avait observé avec Emma durant tout le repas. Qu'il avait relevé chaque échange de regards, chaque sourire ou frôlement. Comme s'il devinait que cette relation était différente de tout ce qu'Alex avait vécu jusque-là.

— Désolé. Je dois vous laisser un instant, s'excusa-t-il.

Alexander lui fit un clin d'œil en s'éloignant. Emma rougit. Elle prépara le café et en servit une tasse à Matt, puis tous deux allèrent s'installer dans le salon.

— Alors comme ça, Emma, tu fais du bénévolat ? demanda Matt.

— Oui, au sein d'une petite association contre l'illettrisme. Grâce à Alexander, nous espérons développer un partenariat avec un plus grand organisme.

Elle s'assit en tailleur sur le canapé. Elle se doutait qu'il s'arrangerait pour la questionner tôt ou tard. C'était à cela que servaient les amis. Ils veillaient les uns sur les autres. Si seulement ses sœurs en faisaient autant…

— Vraiment ?

— Oui. Alexander m'a présentée à la directrice d'une association nationale, expliqua-t-elle. Elle semble avoir apprécié notre travail et la façon dont nous opérons.

— Ça alors, dit Matt, comme s'adressant à lui-même. Alex ne fait jamais ça, d'habitude.

— Aider les autres ?

Emma était dubitative. Matt connaissait-il vraiment Alexander si bien que cela ?

— Non. Alex a le cœur sur la main, assura ce dernier. Mais sa règle d'or est de ne jamais mélanger plaisir et travail. Cette rencontre, c'est un sacré coup de pouce.

— Oui, j'en ai conscience.

— Ça veut dire que tu es différente, Emma. Crois-moi, je connais Alex depuis longtemps. Tout cela…

Il eut un geste les englobant, elle et l'appartement.

— C'est du jamais vu. Il est clair qu'il a des sentiments pour toi.

Emma demeura bouche bée, avant de baisser les yeux sur sa tasse. C'était si inattendu qu'elle ne savait comment réagir.

— Je ne crois pas me tromper en disant que c'est réciproque, poursuivit-il. Ça crève les yeux. Mais si tu attends qu'il se déclare, tu risques d'attendre longtemps.

Cela, elle le savait déjà. Leur séparation était inévitable. Son cœur se serrait chaque fois qu'elle y pensait. Jamais elle ne s'était sentie aussi vivante qu'avec lui. Le quitter, c'était peut-être perdre cette part d'elle. Mais, le jour venu, elle veillerait à lui exprimer toute sa gratitude. Pour la personne formidable qu'il était. Pour son aide désintéressée dans sa quête d'elle-même. Et pour tous ces moments qu'ils avaient partagés et qu'elle chérirait toute sa vie.

Emma s'éclaircit la gorge.

— Je veux juste le voir heureux, dit-elle. Il y a certaines choses qui lui pèsent et dont il refuse de parler. J'aimerais tellement pouvoir l'aider…

— Et moi donc.

Matt plissa les yeux.

— As-tu fait des recherches sur lui en ligne ? s'enquit-il.

— Non. Nous nous sommes rencontrés à un bal masqué. Je ne voulais pas m'immiscer dans sa vie privée.

L'expression de Matt s'adoucit.

— Que sais-tu de son père ?

— Seulement qu'il est comte, répondit-elle.

— Et de sa mère ?

— Qu'il n'en a pas.

— Ce n'est pas tout à fait vrai. Robert Hastings a épousé une femme du nom de Catherine Evans, raconta Matt. Robert avait besoin d'un héritier, et ils ont eu Alex. Mais Catherine a tout de suite détesté être mère. Elle n'avait aucun sentiment maternel pour son fils. Un jour, elle est simplement partie.

Emma était atterrée. Quel genre de mère abandonnait ainsi son enfant ? Ce n'était un secret pour personne que Helen favorisait Maddison. Mais sa mère avait quand même été là pour elle et l'était toujours à sa façon.

— Elle n'a jamais quitté la haute société, reprit Matt. Elle était trop attachée à son train de vie. Robert avait une réputation d'homme dur dans le monde des affaires. Catherine a fait courir le bruit qu'il était pareil en privé, sinon pire. On l'a crue, de sorte qu'elle n'a pas été ostracisée. Mais c'est faux. Robert peut se montrer autoritaire parfois en raison de son rang. Mais c'est un homme bon. Alex a donc grandi en sachant qui était sa mère, mais elle reste une étrangère pour lui.

— Mon Dieu !

Emma plaqua une main sur sa bouche.

— Comment peut-on être aussi cruel ? Je comprends mieux ce qu'il voulait dire, maintenant…

— À quel propos ?

— D'après lui, le titre de comte est un héritage empoisonné, qui fait commettre des erreurs et accorder sa confiance aux mauvaises personnes, cita-t-elle.

— Ça ne m'étonne pas. Il ne fait confiance à personne.

— Sauf à moi.

Il le lui avait prouvé en s'ouvrant à elle. En l'accueillant chez lui. La clé de l'appartement pesait soudain dans sa poche.

— C'est vrai. Sa confiance est un cadeau rare. Fais-en bon usage.

Emma resta silencieuse, secouée par les révélations de Matt. Malgré son avertissement, elle était résolue à être ce dont Alexander avait besoin, aussi longtemps qu'elle le pourrait. Comme il l'avait été pour elle. Mais passer la nuit ici avec lui alors que Matt était présent serait enfreindre les limites tacites d'une passade. Ni lui ni elle ne voulait cela. Alors quand Matt s'excusa un instant, elle en profita pour aller retrouver Alexander, juste au moment où il sortait de son bureau.

Elle le fit reculer à l'intérieur et ferma derrière eux. Devinant ses intentions, il la plaqua contre la porte, les mains de chaque côté de sa tête. Intentions qu'il partageait à en croire son baiser torride. L'air autour d'eux vibrait de tension sexuelle. Lorsqu'elle glissa les doigts sous sa chemise, il riposta en lui faisant éprouver toute la vigueur de son désir. Elle trouva néanmoins la force de le repousser.

— Je dois partir.

— Allumeuse.

Le sourire dont elle le gratifia était délibérément provocant.

À contrecœur, Alex laissa Emma s'en aller. Après leur sulfureux baiser, la suite logique aurait été de poursuivre dans la chambre. Appuyé contre la rambarde de la terrasse, il comptait maintenant sur la fraîcheur de l'air marin pour calmer ses ardeurs.

Matt reparut, et pendant quelques instants ils contemplèrent la vue en silence. Puis son ami prit la parole :

— Que se passe-t-il, Alex ?

— À quel sujet ?

— Entre toi et Emma.

Alex se tourna vers Matt. Il n'y avait aucun jugement sur son visage. Aucune émotion particulière. C'était une simple question, de la part de quelqu'un qui le connaissait mieux que personne.

— Rien de spécial, répondit-il. On s'offre juste un peu de bon temps.

— Pas à moi, mon vieux. Tu n'es qu'un idiot.

Alex ne put s'empêcher de sourire. Matt lui avait manqué avec sa sollicitude toute fraternelle.

— Tu tiens à elle, pas vrai ?

Il n'allait pas mentir à son meilleur ami. C'est vrai, elle

comptait pour lui. Mais il ne changerait pas le cours de sa vie pour elle. Il avait été très clair là-dessus, et sans scrupule puisque Emma partageait sa vision cynique des relations. Mais Matt n'avait pas besoin de le savoir. Les secrets d'Emma n'appartenaient qu'à elle.

— Elle et moi, ce n'est rien de sérieux, Matt.

— Alors qu'est-ce que c'est ? Elle a des sentiments pour toi et toi aussi. L'histoire de ton père n'est pas obligée de se répéter.

Matt n'y allait pas avec des pincettes. Ils avaient toujours été francs l'un avec l'autre et ne reculaient jamais devant une conversation difficile.

— Non, elle ne se répétera pas, car je ne compte pas me marier.

— Et ton titre ? Tu y as pensé ? insista Matt.

— Écoute, Emma et moi, on s'entend bien. On en profite tant que ça dure. Après quoi, nos routes se sépareront.

— Tu te mens à toi-même et tu le sais.

Matt secoua la tête.

— Tu ne pourras pas faire l'autruche indéfiniment. Un jour ou l'autre, il faudra bien que tu assumes tes responsabilités.

Ses responsabilités ? Son héritage lui passait au-dessus de la tête ! Quelle importance s'il n'avait aucune descendance ? Le titre, le manoir, il s'en moquait. Ils avaient causé plus de torts à sa famille qu'ils n'avaient fait son bonheur. Alex refusait de s'infliger le même sort. L'amour n'avait pas sa place dans son existence. Sa vie actuelle lui convenait très bien.

Avec Emma, lui souffla une petite voix.

Il l'ignora.

— Si on sortait ? lança-t-il à Matt.

Tout dans l'appartement le ramenait à Emma. Il avait besoin de prendre l'air.

14.

Les deux semaines suivantes, Emma continua à s'octroyer des moments avec Alexander, tout en évitant de s'imposer. Elle savait qu'il avait besoin de temps en privé avec son meilleur ami. Et puis, être constamment collée à lui leur donnait des airs de couple, ce qu'ils n'étaient pas. Elle avait bien essayé de garder ses distances, au début. Ni elle ni lui n'avait tenu plus de deux jours. Parfois, Alexander lui manquait tellement qu'elle avait l'impression de suffoquer. Cela devenait sérieusement inquiétant.

Alors, quand Matt proposa une nouvelle sortie, Emma invita Hannah afin d'équilibrer leur groupe. Matt et Hannah s'entendirent si bien qu'elle et Alexander furent rapidement oubliés. Ils en profitèrent pour s'éclipser, dans les bras l'un de l'autre avant même d'avoir atteint la voiture.

Le jour du départ de Matt, tout le monde se désola de le voir s'en aller. Emma lui tendit sa main. Mais, à sa surprise, il la serra dans ses bras, et elle lui rendit son étreinte avec chaleur. Les démonstrations d'affection n'existaient pas dans sa famille. Alexander l'avait dit lui-même : Matt était plus qu'un ami. Il était comme un frère.

— Prends soin de lui, lui chuchota-t-il à l'oreille.

Emma contint sa stupéfaction. Pourquoi lui dire cela ? Matt savait bien que son histoire avec Alexander avait une date d'expiration.

— Compte sur moi, répondit-elle néanmoins.

Ce fut au tour d'Alexander de prendre son ami dans ses

bras. Puis il tira Emma à l'écart afin de laisser à Matt un moment seul avec Hannah.

— Viens chez moi ce soir, Emma.

— Pressé de rattraper le temps perdu ? plaisanta-t-elle.

— Exactement.

Son regard de braise happa le sien.

— Je serai là.

Elle tint parole et fila droit chez lui après sa séance à l'association. Ils firent l'amour, encore et encore, jusqu'à tomber d'épuisement.

À son réveil le lendemain, le lit était vide. Elle partit à la recherche d'Alexander et le trouva dans la salle de gym. Le spectacle qu'il offrait, torse nu et en sueur, une serviette pendue autour du cou, lui donna chaud. C'est tout juste si elle ne salivait pas ! Il rangeait des poids sur une étagère métallique quand il l'aperçut dans le miroir et lui fit signe de le rejoindre.

— Je ne t'ai pas interrompu, j'espère ?

— Non, je finissais.

Emma ne put s'empêcher de tracer du doigt ses pectoraux saillants. Le souffle d'Alexander se raccourcit.

— Emma, il faut qu'on parle.

— Je sais ce que tu vas me dire.

Ces deux dernières semaines ne changeaient rien. Elle n'allait pas commencer à se faire des idées. Son regard inspecta la pièce, mieux équipée que nombre de salles professionnelles.

— Pourquoi t'entraînes-tu si dur ? s'enquit-elle.

— Je suis un homme d'affaires. L'exercice est excellent pour le mental. C'est une question de contrôle.

La main d'Emma était toujours posée sur son torse.

— Y compris sur qui tu laisses entrer dans ta vie et ce que tu t'autorises à ressentir ?

— Emma…

Il n'avait jamais prononcé son nom ainsi. C'était une mise

en garde signifiant d'en rester là. Croyait-elle vraiment que ce serait si facile de le faire parler de sa mère ?

— Où est le mal à ouvrir son cœur ? persista-t-elle.

Alexander demeura impassible. Son visage ne trahissait aucune faille. Aucune émotion. Rien à quoi se raccrocher.

— Je n'ai pas de cœur, Emma.

Une bouffée de rage l'envahit, contre une femme dont elle ne savait rien. Elle n'insista pas. Elle n'en avait aucun droit. Mais elle détestait cette expression distante. Alors elle se pendit à son cou et scella leurs lèvres. La tension dans les muscles d'Alexander s'évanouit aussitôt. Sa langue investit sa bouche, juste avant qu'il ne la prenne contre le miroir.

À quand remontait la dernière fois qu'il s'était senti aussi bien ? Être avec Emma avait quelque chose d'étrangement naturel. Il avait cherché à voir comment elle s'imbriquait dans sa vie. Et la réponse était qu'elle semblait en avoir toujours fait partie. Ce n'était pas qu'il *voulait* la quitter. Il le *devait*.

Tout s'embrouillait dans son esprit, et il détestait cela. Sa conversation avec Matt le travaillait. Et si le temps qu'ils passaient ensemble commençait à signifier plus pour Emma ? Et lui ? Pourquoi éprouvait-il un manque physique dès qu'elle s'éloignait ?

Il prit la balle posée à côté de son ordinateur et se mit à la lancer en l'air. Il en gardait une dans chacun de ses bureaux. Elles l'aidaient à mettre de l'ordre dans ses idées et trouver des solutions à ses problèmes. Il la reposa lorsque son téléphone sonna.

— Alexander Hastings.

— Bonsoir, monsieur Hastings. C'est le Dr Bernard, de l'hôpital Fairmont.

Le sang d'Alex se figea dans ses veines.

— Que se passe-t-il ?

— Votre père a fait une crise cardiaque.

Il bondit de son fauteuil et se rua hors de son bureau.

— Son état est stable. Mais nous préférons le garder quelques jours en observation.

Alex était déjà dans l'ascenseur.

— Merci. J'arrive dès que possible, sans doute demain matin. Tenez-moi au courant si la situation évolue d'ici là.

Parvenu au parking, il s'engouffra dans sa voiture. De rage, il frappa le volant du poing. Un étau lui comprimait la poitrine et gênait sa respiration. Ce n'était pas le moment de céder à la panique. Il n'avait pas de temps à perdre. Il démarra en trombe et quitta le parking dans un crissement de pneus.

Moins d'une heure s'était écoulée depuis l'appel du médecin. Alex arrivait à l'aéroport d'Essendon, où le jet privé de Hastings International était prêt à partir. Quelques instants plus tard, l'appareil décollait.

Il n'était pas allé saluer le pilote comme il le faisait toujours. Et, lorsque l'hôtesse vint lui proposer un rafraîchissement, il déclina sans un mot. L'angoisse lui vrillait les entrailles. Il avait le cerveau engourdi, incapable de penser à quoi que ce soit.

Le vol lui parut interminable. L'aube se levait à peine quand le jet atterrit, mais Matt était là pour le conduire directement à l'hôpital. Sur place, Alex sauta de la voiture avant même qu'elle soit totalement arrêtée. Son cœur cognait à tout rompre tandis qu'il traversait l'aile privée au pas de course. Devant la chambre de son père, le médecin l'attendait.

— Dr Bernard ? s'enquit Alex.

Elle hocha la tête.

— Bonjour, monsieur Hastings.

Alex n'avait pas fermé l'œil du vol. Il ne tenait debout que par la seule force de sa volonté.

— Comment va mon père ? demanda-t-il, les poings crispés contre ses cuisses.

— Il a fait ce que nous appelons un syndrome coronarien aigu sans élévation du segment ST. Autrement dit, une crise cardiaque légère, répondit le médecin. Il ne devrait pas garder de séquelles permanentes. Mais son mode de vie doit absolument changer. Il a besoin de plus d'exercice et d'un régime alimentaire sain. Et surtout moins de stress. Je préconise un repos complet dans les semaines à venir, le temps qu'il se rétablisse.

Un immense soulagement envahit Alex.

— Qu'en est-il du traitement ?

— Je vous transmettrai l'ordonnance. Il pourra sortir d'ici un jour ou deux. Mais il devra être suivi régulièrement par un cardiologue.

— Il n'en a pas. Puisque c'est vous qui l'avez traité, j'aimerais que ce soit vous, dit Alex, de nouveau maître de lui-même. Puis-je le voir, maintenant ?

— Oui. Mais ne le fatiguez pas trop.

La chambre, aménagée avec goût, était digne d'un hôtel de luxe. Seul l'équipement médical faisait la différence. La lampe sur la table de chevet était allumée. Contre toute attente, Robert ne dormait pas. Le nez sur son téléphone, il mit plusieurs secondes à remarquer sa présence.

— Alex ? dit-il avec surprise.

— Papa…

D'ordinaire peu expansif, il se précipita vers le lit et serra son père dans ses bras.

— Que fais-tu ici ?

— À ton avis ? Tu m'as fichu une de ces frousses !

Alex se serait agacé d'une telle désinvolture s'il n'avait pas été aussi heureux de le voir. Robert lui donna une tape rassurante à l'épaule.

— C'est gentil d'être venu, fiston. Mais tu n'étais pas obligé de faire le déplacement.

— Bien sûr que si.

Alex se laissa choir dans le fauteuil à côté du lit.

— As-tu parlé au médecin ?

— Oui. Certaines choses vont devoir changer, l'avertit-il d'un ton sévère.

Son père roula des yeux. Mais Alex resta ferme.

— Ta santé avant tout, papa. Il est grand temps que tu passes la main.

En entrant dans la chambre, il avait pris une grande inspiration, avec l'impression d'avoir été en apnée tout ce temps. L'appel du médecin avait été un électrochoc. Son père était sa seule famille. Il n'était pas prêt à le perdre. Pour la première fois de sa vie, il s'était surpris à prier pour que tout aille bien. Ils avaient eu de la chance. Mais cet incident marquait un tournant dans leurs vies, qu'ils le veuillent ou non.

— Alex…

— On ne discute pas. Le stress est mauvais pour toi. Tu vas donc te reposer quelque temps au manoir. Je vais également engager quelqu'un pour s'occuper de toi.

— Quoi, tu vas me coller une infirmière dans les pattes ?

— C'est nécessaire.

— Alex, j'ai beaucoup à faire…

— Je prends le relais.

Il en fallait beaucoup pour intimider Alex. Robert eut beau faire les gros yeux, il finit par rendre les armes.

— Très bien. J'ai un dîner de charité après-demain. Commence par là.

— Entendu. J'irai à ta place. Et c'est moi qui te conduirai au manoir à ta sortie de l'hôpital.

— Alex, je ne suis pas un gamin…

— Non, tu es mon père et on n'en a qu'un, l'interrompit Alex. Ménage ta santé si tu ne tiens pas à m'avoir sans arrêt sur le dos.

Il sourit. Son premier vrai sourire depuis l'appel du Dr Bernard.

— Fiston, calme-toi.

— Quand tu arrêteras de jouer les têtes de mule.

Il serra les doigts de son père entre les siens.

— Je vais te laisser dormir un peu. Je suppose que l'invitation au dîner de charité est à la maison ?

— Oui, sur mon bureau.

— D'accord. Repose-toi, maintenant.

Il l'embrassa sur le front et quitta la chambre. Peu après, la lumière s'éteignit sous la porte. Alex quitta l'hôpital l'esprit rassuré.

Le soir venu, il s'écroula sur son lit. Cela faisait des mois qu'il n'était plus revenu à son appartement de Londres. Il se sentait vidé. Rien n'aurait pu le préparer au tumulte d'émotions dans lequel la vue de son père dans ce lit d'hôpital l'avait plongé. Robert se remettrait. C'était un soulagement. Mais, pour la première fois, il avait été confronté à l'inéluctabilité de sa mort. Tout ce qu'il avait toujours refusé d'affronter en face le rattrapait maintenant avec la force d'un tsunami.

Comte Hastings.

Non, il n'était pas prêt.

Sur cette pensée, il sombra dans un sommeil agité.

15.

Cela faisait deux jours qu'Emma n'avait plus de nouvelles d'Alexander. Ni appels ni textos. *Alors ça y est*, songea-t-elle. Le moment qu'elle redoutait était arrivé. Et pas même un au revoir… Mais Alexander ne lui avait rien promis. Entre eux ce n'était que du sexe. Une simple histoire d'alchimie physique. Pas de quoi susciter des adieux déchirants.

Emma avait le moral dans les chaussettes en arrivant au bureau. Cette conclusion abrupte la blessait, bien qu'elle répugnât à l'admettre. Elle n'en voulait pas à Alexander. Il l'avait prévenue dès le début. Mais, après ce qu'ils avaient partagé, il aurait pu y mettre les formes au lieu de simplement disparaître. Il lui avait tant apporté ! Qui sait ce qui aurait pu arriver si leurs familles ne les avaient pas rendus si désabusés ? Leur relation serait-elle allée plus loin ? Auraient-ils eu un avenir ensemble ?

Penser avec des « si » ne servait à rien. Elle s'installa devant son ordinateur, en s'efforçant d'ignorer le gouffre dans sa poitrine. Il lui manquait déjà. Peut-être le reverrait-elle de temps en temps ? Après tout, il avait promis à Fiona le soutien financier de Hastings International à son organisme. Mais ce ne serait plus pareil. Leurs baisers fiévreux, leur compatibilité explosive… Tout cela était bel et bien fini.

Emma se plongea dans le travail. C'était le meilleur moyen de tourner la page. Ce qu'elle avait vécu avec Alexander était positif. La rupture avait beau être douloureuse, elle la surmonterait, car elle sortait grandie et enrichie de cette relation.

Le soleil se couchait quand elle leva le nez de son écran. L'étage était désert. Seuls deux bureaux avaient encore leur lumière allumée : le sien et celui de son responsable. Emma tombait de fatigue. Toute la journée, ses souvenirs avec Alexander avaient mis à mal sa concentration. Leur soirée au Skydeck lui provoquait chaque fois un pincement au cœur. Elle sursauta lorsque son téléphone sonna. Le nom de l'appelant sur l'écran la laissa perplexe.

— Salut, Matt, répondit-elle.

— Emma, il s'est passé quelque chose.

Matt lui expliqua succinctement la situation. La main d'Emma vola à sa bouche. Elle imagina le père d'Alexander, l'homme qu'il admirait tant, allongé dans un lit d'hôpital. « Avant que je parte en pension, c'était juste mon père et moi », lui avait-il confié. Elle culpabilisait de sa réaction. Face à son silence, elle avait cru que c'était terminé. Qu'il avait fini par se lasser d'elle. Alors qu'elle était sûrement la dernière chose qu'il avait eue en tête. Comme il avait dû angoisser ! C'était pour cela que Matt l'appelait. Parce qu'il avait besoin d'elle.

— Je saute dans le premier avion, dit-elle.

Elle fila dans le bureau de Greg lui demander un congé exceptionnel. C'était un cas de force majeure, non ? Il ne lui avait pas plus tôt donné son accord qu'elle se ruait vers l'ascenseur.

Le vol dura une vingtaine d'heures. Assez longtemps pour que le doute s'installe. Avait-elle raison d'aller à Londres ? Alexander voudrait-il d'elle là-bas ? Ils n'étaient pas en couple. Non, il avait besoin d'elle, se rappela-t-elle. Et elle serait là pour lui. Elle le soutiendrait dans cette épreuve. C'était le moins qu'elle puisse faire.

Alex entra dans la salle de banquet, somptueuse avec ses tapis rouge et or et ses lambris sculptés. C'était comme remonter dans le temps. Tout brillait de mille feux sous les immenses lustres de cristal, donnant aux lieux des airs de conte de fées.

Les gens bavardaient en petits groupes, très m'as-tu-vu dans leurs tenues de créateurs accessoirisées de luxueux bijoux. Alex serra les dents. Devoir supporter tous ces riches flagorneurs alors que son père gisait dans un lit d'hôpital le rendait malade. Il n'était pas à sa place ici. Il préférait les soirées en célibataires avec Matt où son titre n'avait aucune importance, et où il collectionnait les conquêtes sans se soucier du lendemain. Flirter ne l'intéressait pas ce soir. Tout ce qu'il voulait, c'était retourner au chevet de son père. Mais il avait donné sa parole. Ses obligations familiales pesaient sur ses épaules comme la sphère céleste sur celles d'Atlas.

Alex se fraya un passage à travers la foule, à l'affût de Matt. Aucune de trace son ami. Une sensation de manque l'accompagnait partout depuis qu'il avait quitté Melbourne. Il s'approcha du bar et commanda un whisky. Son verre faillit lui échapper des mains lorsqu'il se retourna

Emma.

Elle venait d'entrer, à tomber à la renverse. Impossible. Il devait rêver. Ses pieds avancèrent d'eux-mêmes. Plus il se rapprochait d'elle, plus le vide en lui se résorbait. Aucun doute, c'était bien Emma. Elle vint à sa rencontre, et son sourire oblitéra tout le reste.

— Alexander…

Il prit son visage entre ses mains et l'embrassa sans retenue. Dire qu'elle avait traversé la planète pour lui ! Elle avait su d'instinct qu'il avait besoin d'elle. Après l'appel du Dr Bernard, sa priorité avait été de rejoindre son père. Il ne pensait à rien d'autre. Avec Emma dans ses bras, tout rentrait enfin dans l'ordre.

— Tu es venue, murmura-t-il, le front contre le sien.

— Bien sûr.

Elle posa une main sur son torse.

— Je suis désolée pour ton père. Mais je suis là, maintenant. Nous ferons face ensemble.

— Emma…

Sa gorge se noua. Personne n'avait jamais rien fait de tel pour lui. Il avait toujours tout accompli seul. C'était ce qui avait forgé sa volonté de fer. Qu'Emma n'ait pas hésité à tout quitter pour être à ses côtés touchait une corde sensible en lui.

Sous les regards curieux de l'assemblée, il offrit son bras à Emma. Au même instant, Matt fit son entrée accompagné de sa sœur Sarah. Alex sourit à son ami, qui lui adressa un clin d'œil complice.

Malgré son éducation privilégiée, Emma se faisait l'effet d'une intruse parmi ces gens. Mais elle garda la tête haute. Personne ne la ferait douter d'elle ce soir. Surtout après l'accueil que lui avait réservé Alexander. Le choc s'était peint sur ses traits lorsqu'il l'avait vue. Puis tout son visage s'était illuminé.

Pourquoi s'en cacher plus longtemps ? Elle était là pour soutenir l'homme qu'elle aimait.

Quand ils s'étaient enlacés, toutes les têtes s'étaient tournées vers eux. Elle s'en moquait. Accepter son bras était le geste le plus naturel au monde. Comme si elle avait trouvé sa place. Elle ne devrait pas penser ainsi, mais tant pis. Ce soir, rien n'avait d'importance.

Elle portait une robe en velours grenat à manches longues, qui moulait sa silhouette avant de s'évaser au niveau des hanches. Le col en V exposait pudiquement sa gorge et la naissance de ses seins. Ses cheveux, lissés en arrière, dévoilaient les pendants en argent et diamants à ses oreilles.

— Sublime, souffla Alexander en la détaillant de haut en bas.

Pas autant que lui. En smoking sur mesure, il était si sexy qu'elle en oublia tout ce qu'elle avait prévu de lui dire. Alors elle se contenta de déposer un baiser au coin de sa mâchoire.

Alex glissa un bras autour de la taille d'Emma. Il avait besoin de la sentir contre lui, comme si sa présence n'était qu'une hallucination due au stress et à la fatigue, susceptible de s'évaporer à tout instant. Il ne la lâcha pas, même lorsque Matt s'approcha avec sa sœur.

Emma remercia Sarah de lui avoir prêté une robe pour l'occasion, et tous quatre s'assirent à l'une des tables rondes disposées à travers la salle. Un espace dégagé servait de piste de danse, devant une petite scène où des musiciens assuraient l'ambiance musicale. Une vente aux enchères eut lieu, à laquelle Alex acheta pour une somme exorbitante une œuvre d'art qui prendrait la poussière dans un coin de son appartement londonien lorsqu'il rentrerait à Melbourne. Mais c'était pour la bonne cause. S'il détestait ce genre de soirées, il mettait un point d'honneur à participer aux collectes de fonds.

Durant le dîner, son attention resta sur Emma. Elle était là, avec lui. Il n'avait pas réalisé à quel point il avait besoin d'elle. Et lui qui ne lui avait même pas passé un coup de fil ! D'instinct, sa main vint recouvrir la sienne.

Emma l'interrogea du regard.

— Alexander ?

— Tu es magnifique, la complimenta-t-il pour la énième fois.

Ce qu'il aurait voulu lui dire en réalité, c'était combien il lui était reconnaissant d'être là, et comme elle lui avait manqué. Il aurait voulu lui dire que personne d'autre qu'elle n'existait pour lui ce soir. Mais les mots restèrent bloqués dans sa gorge.

Le dîner terminé, Sarah insista pour présenter Emma à différentes personnes. Un groupe de femmes parmi les plus élégantes de la soirée bavardait devant l'une des fenêtres, chacune une flûte de champagne à la main. Sarah lui expliqua brièvement qui était qui de manière à faciliter son intégration. Emma la remercia en son for intérieur. Sarah l'aidait à se sentir plus à l'aise dans ce monde à part. Elle était si gentille et amicale. C'était une chance de l'avoir comme alliée.

Ensemble, elles se mêlèrent au groupe, qui leur fit bon accueil. Emma commençait à se détendre lorsqu'elle remarqua une grande femme blonde d'âge mûr, dont le port altier lui rappela Lauren.

— Catherine, la salua Sarah.

Catherine ? Est-ce qu'elle voulait dire…

Le sourire de Sarah se crispa. Aucun doute : il s'agissait de la mère d'Alexander. Une colère sourde envahit Emma. Alexander ne se tenait qu'à quelques mètres, et elle agissait comme s'il n'existait pas !

— J'avais entendu dire que vous ne veniez pas ce soir, remarqua Sarah d'un ton doucereux.

— Quelle drôle d'idée, ma chère.

Sarah glissa un bras sous celui d'Emma.

— Voici Emma. Elle nous vient de Melbourne, la présenta-t-elle à la ronde.

Toutes lui souhaitèrent chaleureusement la bienvenue. Emma répondit avec plaisir à leurs questions. Avec son sens éprouvé de l'étiquette, elle s'inséra sans peine dans la conversation. Lorsque fut ouverte la piste de danse, chacune rejoignit une à une son partenaire, de sorte qu'elle et Sarah se retrouvèrent seules avec Catherine.

— Nous ferions bien d'y aller aussi, dit Sarah en prenant Emma par le bras.

Mais Catherine les retint.

— Alors comme cela, vous êtes la partenaire de mon fils ? s'enquit-elle avec hauteur.

— En effet, répondit Emma.

— Sa dernière conquête en date serait plus juste. Les

chats ne font pas des chiens, j'en ai peur, ajouta Catherine d'un ton fielleux.

Emma lui adressa son sourire le plus affable.

— Il semble que vous connaissiez mal votre fils.

Elle jeta un coup d'œil par-dessus son épaule. Alexander les observait, le regard noir.

— Si vous voulez bien m'excuser… Mon partenaire m'attend. Excellente soirée à vous.

Les deux amies s'éloignèrent.

— Je déteste cette femme, marmonna Sarah.

— Matt m'a un peu parlé d'elle. Elle n'avait aucun désir d'être mère.

— Oh ! elle s'est remariée, depuis. La haute société a des progrès à faire en matière d'ouverture d'esprit. Tout est question d'apparences. Elle et son mari se montrent ensemble lorsque c'est nécessaire et s'ignorent le reste du temps.

Emma n'aimait pas cela. Pas du tout. Mais elles venaient de rejoindre le groupe d'Alexander et Matt, et toutes deux se séparèrent.

Alexander passa un bras possessif autour d'elle et se pencha à son oreille.

— Que t'a dit Catherine ?

— Oh ! rien d'important, éluda Emma.

Il la dévisagea un instant, avant de l'inviter à danser. Elle se laissa guider vers la piste où il l'enlaça étroitement, conduisant avec cette aisance décontractée qu'il manifestait en toute chose. Ils se mouvaient au son de la musique, seuls au monde dans leur bulle… Oui, elle était exactement où elle voulait être. Dans ses bras.

— Emma ?

— Oui ?

— Je suis heureux que tu sois là.

Elle sourit, émue, et appuya la tête contre son épaule. Une part d'elle avait craint qu'il lui en veuille d'être venue.

Ces quelques mots la rassuraient. Elle avait eu raison de tout planter pour le retrouver.

— Que dirais-tu d'y aller ? lui chuchota-t-il.

— Avec plaisir.

Il l'embrassa sur le front.

— J'ai hâte que nous soyons chez moi.

16.

Le lendemain, Alex alla chercher son père à l'hôpital accompagné d'Emma. Robert refusa tout net d'être poussé en fauteuil roulant jusqu'à la Range Rover avec laquelle il était arrivé. Le coffre était plein, entre les bagages et les équipements destinés à favoriser son rétablissement. Emma attendit patiemment pendant qu'il s'assurait que son père ait bien attaché sa ceinture. Puis il la rejoignit et lui tendit les clés de sa Porsche.

— C'est un bolide. Sois prudente, la mit-il en garde.

— Ne t'inquiète pas. J'ai entré l'adresse du manoir dans le GPS. Je serai juste derrière vous.

Alex savait qu'il se montrait surprotecteur. La sécurité d'Emma comptait autant pour lui que la santé de son père. Il ne soufflerait qu'une fois à Greenfield House. Il referma la portière lorsqu'elle fut installée au volant. Emma démarra et leva un pouce en l'air.

Quelques minutes plus tard, ils quittaient le parking de l'hôpital, la Range Rover ouvrant la voie. Alex ne cessait de regarder dans son rétroviseur pour vérifier qu'Emma suivait. Le trajet jusqu'à Greenfield House leur prit un peu moins de deux heures. Les graviers de l'allée crissèrent sous les pneus des deux véhicules. Bientôt apparut devant eux le vaste manoir de style géorgien, avec ses colonnes et encadrements de fenêtre blancs ressortant sur les murs de briques rouges. Ils étaient enfin arrivés.

La splendide propriété laissa Emma bouche bée. Elle se gara derrière la Range Rover et descendit de voiture. L'endroit était si paisible… Un vrai coin de paradis. Devant le perron, Alexander et un domestique s'affairaient déjà à décharger les bagages et les porter à l'intérieur.

Lorsqu'elle entra à son tour, Emma eut l'impression d'être projetée dans le passé. Un immense escalier dominait le vestibule, entouré de murs lambrissés de bois sombre. Les lieux exsudaient cette opulence de l'Ancien Continent qu'elle n'avait vue que dans les livres. Ces murs étaient chargés d'histoire, imprégnés de générations entières de souvenirs.

Elle suivit Alexander dans l'escalier. Il avait installé son père dans une vaste suite dotée de son salon privé. Leur propre chambre se situait au même étage, mais à l'autre extrémité, et donnait sur les jardins.

— Histoire d'avoir un peu d'intimité, lança-t-il avec un clin d'œil.

Emma s'esclaffa. À mesure qu'elle explorait le manoir, elle prenait la mesure de qui il était vraiment. Les portraits de ses ancêtres aux murs donnaient un aperçu de la vie à laquelle il était destiné. Alexander n'était pas le premier venu. Leur temps ensemble à Melbourne avait presque l'air d'un mirage. Preuve que leur relation n'était pas faite pour durer. Jamais il ne lui avait paru aussi inaccessible qu'en cet instant.

Raison de plus pour en profiter tant que cela durait, résolut-elle. Une certaine mélancolie s'empara d'elle. Plus tard, quand elle serait vieille fille, seule avec ses chats, elle se remémorerait ce qu'ils avaient partagé, et ces souvenirs égayeraient ses vieux jours. Ce serait mieux que rien.

Alexander étant descendu parler à l'infirmière qu'il avait engagée, Emma partit rejoindre Robert Hastings. Elle était en pleine discussion avec le vieil homme lorsqu'il reparut.

— Emma, que dirais-tu de sortir un peu ? Prends un manteau, conseilla-t-il.

— Bonne balade, lança Robert alors qu'ils quittaient la pièce.

Alexander avait déjà enfilé un épais caban gris. Elle le retrouva dans le vestibule après être allée chercher une veste chaude.

— Prête ?

— C'est parti !

L'air froid de la campagne lui fouetta les joues. Ils descendirent le perron et s'engagèrent dans l'allée de graviers. Au bout de quelques mètres, Alexander siffla entre ses doigts. Deux adorables chiens déboulèrent du coin de la maison pour se précipiter vers lui. Ils lui sautaient dessus en agitant la queue, cherchant à lui lécher les mains et le visage.

— Salut, les gars !

Il les gratta affectueusement sous le menton.

— Bons chiens. Maintenant, assis.

Les deux chiens obéirent immédiatement.

— Emma, je te présente Clifford et Gatsby.

Emma se rappela les deux airedale-terriers dont il lui avait parlé. Elle leur tendit sa main afin qu'ils la reniflent, et ils se remirent à remuer la queue.

— Ils sont si mignons !

— Gatsby, Clifford, en route !

Main dans la main, ils suivirent l'allée bordée d'arbres, avec les deux chiens trottinant joyeusement autour d'eux.

— Quelle belle propriété, s'extasia Emma.

Son regard tomba sur des enclos.

— Vous possédez des chevaux ?

— En effet.

— Mais tu n'aimes pas venir ici ?

— Pas spécialement, admit Alexander. Plus jeune, quand Matt venait à la maison, on s'amusait bien, toujours en quête d'une bêtise à faire…

Il sourit en évoquant ce souvenir.

— Mais cet endroit me rappelle aussi trop de choses que je préfère laisser derrière moi.

— Je comprends. Surtout après avoir rencontré Catherine à ce dîner.

— Que t'a-t-elle dit ?

La colère dans ses yeux démentait son ton détaché.

— Oh ! rien. Ce n'était qu'une remarque mesquine.

— Telle que ?

— Je ne veux pas te faire de la peine, Alexander.

— Aucun risque.

Emma soupira et lui répéta les mots de Catherine. Cette femme n'avait pas de cœur. Qu'avait dû ressentir Alexander en la croisant au dîner de charité ? Elle savait ce que c'était. Il pouvait compter sur son soutien.

Alexander s'arrêta net.

— C'est faux. Tu le sais, n'est-ce pas ?

— Bien sûr. Je lui ai rétorqué qu'elle te connaissait mal.

— Tu sais qui elle est ?

— Oui. Quand tu m'as dit que tu n'avais pas de mère, j'ai supposé…

— Qu'elle était morte ? compléta-t-il d'une voix dénuée d'émotion.

— Oui.

Il s'approcha de l'enclos et croisa les bras sur la barrière blanche, le regard perdu dans le vide.

— Morte ou en vie, ça ne fait aucune différence.

Emma se hissa sur la barrière à côté de lui.

— Veux-tu en parler ? demanda-t-elle avec douceur.

Pour toute réponse, il serra la mâchoire.

— Cette femme n'est qu'une vipère, décréta-t-elle. Ton père, lui, est un homme formidable. Et toi aussi.

Aucune réaction.

— Je rêvais d'avoir un père comme le tien en grandissant, poursuivit-elle. Je lisais des histoires de comtes et de duchesses, et imaginais que c'était ma famille. Je n'en suis pas fière, mais parfois j'espérais que mon père disparaisse. Puis je m'en voulais.

Elle suivit des yeux les deux chiens qui se pourchassaient dans l'herbe, oublieux du froid.

— Avec des parents comme les miens, on ne peut jamais se plaindre. Les gens ne voient que ce qu'on a. De l'argent. Une belle maison. Jamais ce qu'on n'a pas.

Alexander tourna la tête vers elle, attentif tout à coup.

— D'aussi longtemps que je me souvienne, mes parents se sont toujours disputés. Il m'arrivait d'enfouir la tête sous mon oreiller pour ne plus les entendre. Un jour, j'ai demandé à changer de chambre. C'était la plus petite de la maison, mais au moins c'était plus calme. Puis les infidélités ont commencé. Mon père ne s'en cachait même pas. Je me suis juré de ne jamais finir comme eux.

Son regard croisa celui d'Alexander. Il y avait une telle empathie dans ses yeux ! Son cœur se serrait quand il la regardait ainsi, car il ne serait jamais à elle. Elle tourna la tête. C'était plus facile de continuer à parler en focalisant son attention sur le paysage alentour.

— La situation s'était un peu améliorée après la naissance de Maddie. Mais nous voilà de retour à la case départ. Au moins, Maddie m'a moi. Lauren s'en moque, du moment qu'elle et mon père obtiennent ce qu'ils veulent. C'est assez triste, tu ne trouves pas ?

Alex aida Emma à sauter de la barrière et l'attira dans ses bras. Pour la première fois, Greenfield House ne lui faisait plus l'effet d'une prison. Il s'y sentait… chez lui. Après sa frayeur au sujet de son père, il n'avait pas la force de repousser Emma. Un peu de tranquillité, c'était tout ce qu'il demandait. Comme si multiplier les conquêtes et faire ce qui lui chantait avaient perdu tout intérêt. Ce mode de vie, c'était son armure. Que se passerait-il s'il s'en délestait ?

— Je suis désolé, murmura-t-il.

Désolé qu'elle ait eu à endurer tout cela. Qu'ils ne se soient pas rencontrés plus tôt. Qu'ils ne puissent être davantage l'un pour l'autre.

— Tu mérites mieux.

— Toi aussi, affirma-t-elle, le visage enfoui dans son caban. Si nous reprenions notre balade ?

— Bonne idée.

Alex siffla ses chiens, qui les accompagnèrent dans leur tour de la propriété. Il lui fit visiter les écuries, le garage, ainsi que les jardins. Emma battit des mains en découvrant le labyrinthe végétal. Il la guida à travers ses couloirs sans l'ombre d'une hésitation. Il connaissait par cœur le chemin de la sortie.

De retour au manoir, les deux terriers coururent se coucher devant la cheminée du salon, où pétillait un bon feu. Son père les attendait, assis dans son fauteuil.

— Alex, je veux que tu rentres à Londres, déclara-t-il alors qu'Emma et lui prenaient place sur le canapé. J'apprécie tout ce que tu fais, fiston. Promis, je suivrai tes conseils. Mais je ne me détendrai vraiment que quand je te saurai de retour au bureau.

— Papa…

— Je sais ce que tu vas dire. Ne t'inquiète pas. L'infirmière s'occupera bien de moi.

— Robert, nous souhaitons juste que vous vous rétablissiez au plus vite, intervint Emma.

— Je le sais, ma chère. Mais mon fils déteste cet endroit. La ville lui manque et l'entreprise a besoin de lui. Si vous voulez m'éviter du stress inutile, retournez à Londres.

Alex s'esclaffa. Un argument imparable. Protester ne servirait à rien.

— Entendu, nous partirons demain. Mais nous reviendrons te rendre visite avant de rentrer à Melbourne.

— Merci.

— Et n'oublie que je serai tenu informé de tout ce qui se passe ici, ajouta-t-il avec sévérité.

— Je n'en attends pas moins de toi, fiston.

Emma et Alexander passèrent le reste de la soirée avec Robert. Le père et le fils lui racontèrent des anecdotes sur leurs vies. Robert, semblait-il, avait toujours été un homme austère et intimidant. Mais il avait considérablement lâché du lest depuis qu'Alexander avait repris la tête de la société familiale. Quoi qu'ils en disent, leur amour l'un pour l'autre sautait aux yeux. Emma sourit. C'était attendrissant de les voir ensemble. Alexander se faisait tellement de souci pour son père. Mais n'était-il pas sa seule famille au monde ?

Leurs regards se croisèrent. Le désir dans les yeux d'Alexander enflamma le sien. Peu après, ils souhaitaient une bonne nuit à Robert et filaient dans leur chambre, impatients de donner à ces vieux murs de nouveaux souvenirs qu'ils n'oublieraient pas de sitôt.

17.

Ils ne quittèrent Greenfield House que tard le lendemain. Le soleil brillait sur le domaine, et Alex avait envie d'en profiter encore un peu malgré le froid mordant. Pour la première fois, il s'y sentait serein. Cela ne durerait pas. Bientôt, ses obligations le rattraperaient et il pourrait dire adieu à sa liberté. Le manoir redeviendrait sa prison. Mais il aurait au moins le souvenir ces deux jours d'insouciance pour lui mettre du baume au cœur.

De retour à Londres, Alex dut admettre que son père le connaissait bien. La ville était son habitat naturel. Il en avait besoin. À peine retrouvait-il son appartement que la tension dans ses épaules se relâcha. Et quoi de mieux pour continuer à se détendre qu'une certaine activité à deux ? Emma le suivit au lit, aussi empressée que lui.

Le lendemain, il mit plusieurs minutes à se rappeler où il était. La chambre était plongée dans la pénombre. À tâtons, il chercha la télécommande des stores sur sa table de nuit. Le ciel dehors était d'un gris métallique. Le soleil lui manquait.

Il tourna la tête vers Emma endormie à ses côtés. Ses cheveux formaient un doux halo châtain sur l'oreiller. La lumière grise du jour caressait ses seins, dont les mamelons se devinaient sous le drap remonté juste assez haut pour les couvrir. Même sans rien faire, elle mettait ses sens en effervescence. Il se redressa sur un coude. Elle avait l'air si paisible dans son sommeil… Ce serait dommage de la réveiller. Mais le désir l'emporta sur sa prévenance.

— Emma, susurra-t-il en écartant ses cheveux de son visage.

Elle fonça les sourcils et cligna des yeux, émergeant petit à petit.

— Bonjour…

Le cœur d'Alex se serra devant son sourire radieux. Réussirait-il à la quitter ? Pourquoi le voudrait-il ? Leur attirance mutuelle était aussi forte qu'au premier jour. Et si elle ne disparaissait jamais ? L'amour, les relations sérieuses, ce n'était pas pour lui.

Il lui caressa les lèvres du pouce. Lentement, elle ouvrit grand les yeux, d'un bleu-gris qui avait l'éclat d'un ciel d'hiver ensoleillé. Ces yeux le hanteraient pour le restant de ses jours. Il les vit s'arrondir légèrement comme elle prenait conscience qu'il était encore au lit avec elle. C'était la première fois. Même au manoir, il avait toujours veillé à se lever avant elle. Encore une règle d'enfreinte.

— Douche ? proposa-t-il d'une voix éraillée.

Elle acquiesça. Cela aussi, c'était nouveau.

Sous le jet d'eau chaude, il l'enlaça et cueillit sa bouche. Elle avait trouvé si naturellement sa place dans sa vie… Un avenir avec Emma. Cela le terrifiait à quel point il en avait envie, car c'était une chose à jamais hors de sa portée.

— Merci d'être là, murmura-t-il, les yeux dans les siens.

— Je ne voudrais être nulle part ailleurs.

Emma lui rendit son baiser. Elle le sentait en proie à un conflit intérieur. À elle d'entrer en scène. C'était pour cela qu'elle était là. Le soulager de son fardeau. Lui changer les idées et alléger l'atmosphère. La dernière chose dont il avait besoin était qu'elle le bombarde de questions, alors qu'il était clair qu'il ne souhaitait pas en parler.

Elle s'agenouilla devant lui tout en parsemant son torse de baisers. Le désir voila ses prunelles. Elle fit courir sa langue sur son membre, avant de le prendre dans sa bouche. Son grognement rauque se répercuta dans la cabine de douche. Enhardie, elle referma les doigts autour de sa chair durcie, puis se mit à la lécher et la caresser, en variant la pression pour un maximum de plaisir. Alexander plaqua une main contre les carreaux de marbre. L'autre vint se poser à l'arrière de sa tête et ses hanches commencèrent à bouger d'elles-mêmes. À cause d'*elle*. Le grand Alexander Hastings, au sang-froid inattaquable, perdait tout contrôle quand elle le stimulait ainsi. Ce pouvoir l'excitait et décuplait son propre désir.

— Emma…

Un râle plus qu'un avertissement voulu. Emma accentua ses succions, accélérant le rythme, l'avalant tout entier, jusqu'à le sentir devenir rigide. Alexander se contracta, juste avant de basculer dans la jouissance. Emma s'humecta les lèvres en souriant. Elle avait pris un plaisir fou à le satisfaire. Il la releva et l'embrassa à pleine bouche, leurs deux corps ruisselants sous le jet d'eau. Son sourire carnassier quand il recula la tête en disait long sur ses intentions de revanche. Ce n'était pas elle qui allait l'arrêter.

Le petit déjeuner commandé par Alexander arriva au moment où ils sortaient de la douche. Emma choisit de prendre son café sur le balcon surplombant la Tamise. Cet appartement était très différent de celui de Melbourne. Tout aussi luxueux, mais plus masculin, dominé par des teintes sombres. Plusieurs monuments emblématiques s'offraient à ses yeux. Impossible d'ignorer qu'on était à Londres.

— À quoi penses-tu ? demanda Alexander en la rejoignant.

— Je me disais que cet endroit n'était pas ce à quoi je m'attendais.

— À quoi t'attendais-tu ?

— Je ne sais pas… Une villa chic à Mayfair.

Une pluie fine commença à tomber. Emma serra sa tasse

de café en frissonnant. Alexander l'entoura de ses bras, et elle s'abandonna à chaleur de son étreinte.

— J'aime être près de l'eau, dit-il. D'ici, je peux suivre la régate d'aviron.

— D'aviron ? N'est-ce pas un peu… plan-plan pour toi ?

Avec son penchant pour la vitesse, elle ne l'aurait pas cru amateur d'un tel sport.

— Je faisais partie de l'équipe d'aviron de mon université.

— Vraiment ? Voilà qui explique ton goût pour l'eau dans les œuvres d'art.

— Tu as remarqué ?

Bien sûr. Rien n'échappait à Emma. L'enfance qu'elle avait eue avait aiguisé son sens de l'observation. Elle avait appris à détecter quand faire profil bas. Quand céder face à Lauren. Quand protéger Maddie.

Alexander la serra plus fort contre lui.

— Je préfère le bateau maintenant. Je possède mon propre yacht. Dommage que la météo ne permette pas de le sortir aujourd'hui.

— Ce n'est pas grave.

Elle était aussi bien là, dans ses bras.

Alex pratiquait son hobby en solitaire, d'habitude. Mais il aurait volontiers emmené Emma en balade. Elle et lui seuls en mer, où elle pourrait crier son nom tant et plus sans déranger personne…

— Quand dois-tu rentrer ? demanda-t-il en lui mordillant l'oreille.

— Dans deux semaines. Comme je ne savais pas combien de temps tu aurais besoin de moi, j'ai prévu large.

Un sourire joua sur ses lèvres. C'était décidé, il emmènerait Emma visiter Londres. Pas les attractions touristiques, mais sa ville à lui, là où elle n'avait jamais mis les pieds lors de ses voyages. Aucune porte ne leur serait fermée. Deux semaines, cela leur donnait largement le temps de s'amuser.

Chaque jour, Alex faisait découvrir un nouveau lieu à Emma. Quand ils n'étaient pas occupés à s'explorer l'un l'autre dans son lit, sur le canapé ou sur l'îlot de cuisine… Ils vivaient collés l'un à l'autre. Comme promis, ils rendirent visite à son père à Greenfield House. Alex avait pris des nouvelles quotidiennement par téléphone. Robert allait beaucoup mieux. Le voir en forme les rassura, de sorte qu'ils avaient l'esprit tranquille au moment de rentrer à Melbourne.

Le jet privé rutilait sur le tarmac sous un soleil timide. Emma monta à bord, suivie par Alexander. Elle avait grandi dans l'aisance. Il n'y avait rien qu'elle ne puisse s'offrir. Mais cette vie insouciante que menait Alexander, c'était autre chose. Elle pourrait facilement y prendre goût.

— Je suis assez grande pour le faire moi-même, tu sais, dit-elle lorsqu'il boucla sa ceinture pour elle.

— J'aime bien t'attacher.

Emma s'empourpra. En l'observant s'installer à son tour, elle se demanda ce que cela ferait d'être attachée à son lit pendant qu'il prenait son plaisir avec elle, tout en la soumettant à d'exquis tourments comme lui seul savait le faire. Son sourire suggérait qu'il y pensait aussi.

Après le décollage, une hôtesse leur servir le déjeuner. Emma ne cessait de lancer des regards lascifs à Alexander. Elle finit par venir à bout de sa résistance. Attrapant la bouteille de champagne, il l'entraîna dans la chambre à l'arrière de l'avion. Ils avaient un nouveau fantasme à rayer de leur liste…

Alex bougea sous le drap, humide par endroits, là où le champagne avait coulé du corps d'Emma. La peau encore collante, elle tapait une réponse à un mail qu'elle avait reçu plus tôt. Elle reposa l'appareil et se mit à dessiner des arabesques sur son torse d'un doigt distrait.

— Tout va bien ? s'enquit-il.

— Fiona veut me revoir dès mon retour. Elle aimerait lancer les démarches le plus tôt possible.

Elle se redressa sur un coude.

— Elle tient à garder tout le monde afin que la transition se passe sans heurt. De toute façon, nous sommes tous bénévoles. Je me demande comment va réagir ma famille.

— Que vas-tu leur dire ?

Elle eut un petit rire anxieux.

— Je ne sais pas. Mais je ne peux pas les décevoir plus que je ne le fais déjà.

La tristesse dans ses yeux lui fit monter la bile à la gorge. Il l'attira dans ses bras, et elle se blottit contre lui.

— C'est dur de ne pas être reconnu à sa juste valeur par sa propre famille. Mais tu n'as pas besoin d'eux, Emma. Tu peux être fière de toi. Tu as réussi toute seule.

— Non. C'est grâce à toi, Alexander. Sans toi, je n'aurais jamais rencontré Fiona.

— Ça aurait fini par se faire. J'en suis convaincu.

Peut-être.

Emma se répéta les mots d'Alexander. Ils s'appliquaient autant à lui qu'à elle. Cela faisait mal d'être renié par sa famille. Il était bien placé par le savoir. Lui, le petit garçon abandonné par une mère égoïste, puis négligé par un père qui avait choisi de noyer sa peine dans le travail.

Elle leva les yeux vers les siens.

— Comment fais-tu ? demanda-t-elle.

— Faire quoi ?

— Ta mère était au dîner de charité. Mais tu t'es comporté comme si elle n'existait pas.

Sauf quand elle lui avait parlé. Elle avait perçu sa colère, alors. Le bras autour d'elle se crispa.

— Je te l'ai dit. Je n'ai pas de mère.

Une fois de plus, il se fermait comme une huître. Emma ne se laissa pas démonter. Pas cette fois. Cette femme lui faisait du mal depuis trop longtemps.

— Si, tu en as une. Catherine est ta mère, que tu le veuilles ou non.

— Emma…

— C'est normal de lui en vouloir, continua-t-elle sans l'écouter. Ta rancœur est justifiée. Mais ne la laisse pas gâcher ta vie et t'empêcher d'être heureux.

Il ouvrit la bouche, mais elle le devança. Quoi qu'il dise, ce ne serait qu'un énième mécanisme de défense.

— Je ne prétends pas que ton bonheur est avec moi, ni que tu vas le trouver demain. Tout ce que je dis est que cette femme t'a suffisamment spolié comme ça. Tu es un homme formidable, Alexander. Tu mérites mieux.

Elle l'embrassa, jusqu'à le sentir s'ouvrir à nouveau. Jusqu'à ce qu'il n'y ait plus entre eux que ce feu qui les consumait dès qu'ils se frôlaient. Alexander sourit, et son cœur s'emballa. L'instant d'après, ils roulaient l'un sur l'autre à travers le lit.

18.

Ce premier jour de retour au bureau était une torture. Emma avait la tête ailleurs. Elle aurait tout donné pour retrouver Londres et l'appartement sur la Tamise. Ces deux semaines avaient été merveilleuses. Même les remontrances de sa famille après son absence impromptue n'étaient pas parvenues à la faire redescendre de son nuage. Mais elles lui laissaient un goût amer dans la bouche.

En fin de matinée, on frappa à sa porte.

— Fiona ! s'exclama-t-elle en se levant. Je vous en prie, asseyez-vous.

— Grosse journée ? s'enquit Fiona en croisant les jambes avec élégance.

— Vous n'avez pas idée.

Emma coula un regard vers la porte en verre. Tout le monde pouvait voir ce qui se passait dans son bureau. La visite de Fiona risquait de revenir aux oreilles de sa famille.

— Si nous passions en salle de réunion ? proposa-t-elle.

— Oh ! inutile. C'est l'affaire de quelques minutes.

Emma se rassit, des papillons dans le ventre. Des années de bénévolat s'apprêtaient à porter leurs fruits. Sa petite association allait enfin connaître l'expansion pour laquelle toute l'équipe avait tant œuvré. Cette perspective la rendait un peu fébrile.

— Tout est prêt pour le partenariat ? questionna-t-elle.

— Oui. Mais ce n'est pas pour cela que je suis venue.

L'expression sérieuse de Fiona inquiéta Emma. Y avait-il

un problème ? Sa famille avait-elle trouvé un moyen d'interférer ? Peut-être Fiona ne voulait-elle pas d'elle au sein de l'organisme ? Ce ne serait pas la première fois qu'on ne la jugeait pas à la hauteur. Elle avait pourtant toujours eu l'impression de faire du bon travail jusque-là. Les scénarios catastrophe défilaient dans sa tête. Ses doigts tremblaient lorsqu'elle saisit le document que Fiona avait sorti de son sac à son attention.

— Détendez-vous, Emma. C'est une simple proposition.

Emma parcourut nerveusement l'intitulé. Son pouls s'accéléra. *Offre d'emploi*. Les mots dansaient devant ses yeux. Elle les relut trois fois pour être sûre qu'elle ne rêvait pas.

— Je pensais rester bénévole, lâcha-t-elle.

— Vous êtes un atout précieux pour l'organisme, affirma Fiona. Vos compétences seraient plus profitables à un poste de direction. Je comprends que cela vous prenne de court. Après tout, vous avez d'autres options. Mais pour être franche…

Elle balaya des yeux la pièce minuscule.

— Je pense que votre potentiel se perd ici.

Emma étudia l'offre, immédiatement séduite par le rôle. « Fais ce qui te rend heureuse », l'avait encouragée Alexander. Dieu sait qu'elle en mourait d'envie ! Mais, après s'être vu marteler depuis l'enfance ses obligations familiales, elle ignorait comment réagir. Son devoir était ici, dans ce bureau. À disposition en cas de besoin.

— Vous n'êtes pas obligée de répondre tout de suite, dit Fiona. Mais sachez que notre organisme offre de belles opportunités de carrière. Ce poste pourrait être un tremplin pour vous. Réfléchissez-y.

Elle se leva, et Emma la raccompagna à la porte.

— J'espère vraiment que vous accepterez, conclut-elle.

— Merci, Fiona.

La jeune femme partie, Emma se laissa choir dans son fauteuil et relut l'offre d'emploi. C'était ce à quoi elle avait toujours aspiré. Un nouveau futur se dessinait devant elle, plus épanouissant que celui qui l'attendait à Brown Hughs. Elle s'imagina ne plus avoir à venir ici tous les jours. Ne plus être un poids dont personne ne voulait. Enfin, elle consacrerait son énergie à quelque chose d'utile ! Cela la changerait. Ici, elle dépérissait, dans l'attente d'une chance qu'on refusait de lui donner. Elle voulait faire bouger les choses et s'en savait capable. Tout ce qui la retenait d'accepter sur-le-champ était sa famille. Elle leur devait au moins une explication, même si elle savait qu'ils ne la soutiendraient pas.

Restait à trouver le courage de suivre ses rêves. Au fond, n'avait-elle pas déjà commencé à le faire, ces dernières semaines ? Explorer sa sexualité avec Alexander, s'envoler pour Londres pour être avec lui, reconnaître le mal que lui faisait sa famille au lieu de refouler ses émotions… Oui, tout cela exigeait du courage.

D'instinct, elle prit son téléphone. Alexander décrocha à la première sonnerie.

— Sortons boire un verre ce soir, lança-t-elle. J'ai une nouvelle à fêter.

— Où dois-je passer te prendre ?

— À mon bureau.

L'étage était désert. Tout le monde était parti. Sauf Emma, qui relisait inlassablement l'offre d'emploi de Fiona.

— Si tu continues, tu vas t'abîmer les yeux.

Elle sursauta. Alexander entra en riant et l'embrassa lorsqu'elle s'approcha. Seigneur, se lasserait-elle jamais de cet homme ?

— Alors, que fêtons-nous ?

Elle saisit le document sur son bureau et le lui tendit. Alexander le lut en arpentant la pièce.

— Dis-moi que tu as accepté.

— Fiona m'a donné un délai pour y réfléchir.

— Tu n'en as pas besoin.

Emma sourit.

— Non, convint-elle.

Malgré ses appréhensions, après avoir étudié toutes les possibilités, sa conclusion restait la même : cette offre était son rêve. Et réaliser ses rêves n'était-il pas le droit de chacun ? Ce qu'elle faisait à Brown Hughs, n'importe qui pouvait le faire. Quoi qu'il se passe avec sa famille ou Alexander après cela, il lui resterait au moins une chose dans sa vie qui la rende vraiment heureuse.

Alexander l'attira à lui et prit sa bouche dans un fougueux baiser.

— Excellente nouvelle. Allons la célébrer comme il se doit.

— Après toi.

Emma sirotait son champagne dans l'un des bars les plus branchés de Melbourne. Elle vouait une gratitude sans bornes à l'homme assis à ses côtés. Depuis qu'elle lui était rentrée dedans à ce bal masqué, sa vie frisait le conte de fées ! Un délicieux frisson la parcourut lorsqu'il l'embrassa dans le cou. Elle l'avait déjà compris à Londres, mais l'évidence s'était confirmée aujourd'hui…

Elle était tombée follement amoureuse d'Alexander.

Comment en était-elle arrivée là ? Pas question de le lui avouer, bien sûr. Entre eux, ce n'était que du sexe, aussi spectaculaire que soit leur alchimie.

— Que dirais-tu de rentrer ? lui souffla-t-il à l'oreille.

Son timbre rauque promettait une nouvelle nuit mémorable. Le désir fusa entre ses reins.

— Allons nous promener d'abord.

Si elle ne pouvait lui dire qu'elle l'aimait, rien ne l'empêchait de partager quelque chose avec lui. Une part d'elle qu'il garderait pour le restant de sa vie.

— Où m'emmènes-tu ?

Emma sourit.

— Quelque part de spécial. Ça n'a l'air de rien, mais c'est mon endroit préféré.

Ils marchaient les doigts entrelacés, contrairement à lors de leur première balade en ville. Ce geste banal était tellement plus pour eux ! Une expérience sensuelle à part entière. C'était sentir la chaleur de l'autre ne faire qu'une avec la sienne. Se remémorer le pouvoir de ces mains et le plaisir qu'elles leur avaient prodigué. Si on lui avait raconté cela avant, elle aurait roulé des yeux. C'était aussi une connexion intime. Une sensation de sécurité qu'elle n'éprouvait qu'avec Alexander.

— Demain, après le travail, j'annoncerai ma décision à ma famille, dit-elle.

— Ça ira pour toi ?

L'inquiétude plissait le front d'Alexander. Elle haussa les épaules.

— Ce n'est qu'un mauvais moment à passer. Je vais enfin suivre mes rêves, Alexander. Faire ce qui me rend heureuse.

— Ravi de l'entendre.

— Ce qui veut dire qu'on ne se verra pas demain soir.

— On tâchera de se rattraper.

— On y est…

Ils se tenaient à une intersection avec ses vieux bâtiments couleur sable à chaque coin. De glorieuses œuvres d'art érodées par le temps, que la lumière des réverbères semblait revêtir d'or. Les fissures courant sur leurs façades ajoutaient à leur majesté. Quatre grands arbres déployaient devant chacun leur feuillage vert émeraude.

— C'est superbe, murmura Alexander en l'enlaçant par-derrière. Je comprends pourquoi tu aimes venir ici.

— Je me suis dit que tu apprécierais l'architecture victorienne.

— C'est le cas. Merci d'avoir partagé cet endroit avec moi.

Elle pivota entre ses bras.

— Merci d'être là.

Ses craintes s'envolèrent lorsqu'il se pencha pour l'embrasser.

Leurs langues se cherchaient et s'entremêlaient. Ils se perdaient l'un dans l'autre. C'était un miracle qu'ils tiennent encore debout. Jamais elle n'avait ressenti un tel besoin viscéral d'être avec quelqu'un. Il était son phare dans l'obscurité. Elle aurait voulu que ce baiser, ici, dans son lieu préféré au monde, dure éternellement.

19.

Alexander avait la tête ailleurs. À tel point qu'il avait écourté sa dernière réunion de la matinée, incapable de sortir Emma de ses pensées.

Vingt-quatre heures à part leur feraient du bien. C'était ce qu'il s'était dit quand elle lui avait annoncé qu'ils ne se verraient pas ce soir. Depuis leur retour à Melbourne, il se sentait déboussolé. Emma lui faisait remettre en question tellement de choses… Comme pourquoi il menait le genre de vie qu'il menait. Oui, souffler un peu était nécessaire. Même si tout son corps se rebellait contre cette idée.

Cela ne lui ressemblait pas de s'inquiéter autant pour quelqu'un. Mais il tenait à elle. Trop, sans doute, car rien n'avait changé. Leurs routes finiraient par se séparer. Le moment venu, la quitter serait le plus grand service qu'il pourrait lui rendre. Aucun futur heureux ne l'attendait avec lui.

Emma avait besoin d'un homme capable d'aimer. Pas de quelqu'un comme lui, rejeté par sa mère et abandonné à sa solitude par son père. Le même sang coulait dans ses veines. Hors de question d'infliger ou subir le même sort. Une fois la passion retombée, Emma s'en irait. C'était mieux ainsi.

Ce qui ne l'empêcha pas de prendre son téléphone et l'appeler. Elle répondit aussitôt.

— Alexander ?

— Le mauvais moment est passé ?

Son rire cristallin résonna à son oreille.

— Pas encore. J'allais justement appeler ma mère.

— Bonne chance.

Alex hésita à lui proposer de l'accompagner. D'être là pour elle. Mais ce serait outrepasser leurs limites.

— Emma…

— Alexander…

Ils avaient parlé en même temps.

— Toi d'abord, dit-il avec un petit rire.

— Merci de prendre des nouvelles, murmura Emma.

Il serra son téléphone plus fort.

— Rappelle-toi pourquoi tu le fais, Emma. Tu te sentiras beaucoup mieux après.

— Oui…

Elle poussa un soupir, et il eut le sentiment qu'elle aurait voulu lui dire plus.

— On s'appelle plus tard.

Emma avait repoussé l'inévitable toute la matinée. Entendre la voix d'Alexander lui avait donné le coup de fouet dont elle avait besoin. Résolument, elle composa le numéro de poste de sa mère.

— Bonjour, maman. J'ai un service à te demander.

— Je t'écoute, ma chérie, lui parvint la voix distraite de Helen.

— J'ai quelque chose à vous annoncer. Pourrais-tu réunir tout le monde à la maison ce soir ? demanda-t-elle.

Son cœur cognait à tout rompre.

— Bien sûr. Que dirais-tu de dîner tous ensemble ? Alex sera-t-il des nôtres ?

Un dîner familial ? Quelle horreur. Endurer tout un repas après la nouvelle qu'elle leur aurait communiquée serait un calvaire. De toute façon, personne n'aurait la patience d'attendre jusqu'au dessert pour l'écouter.

— Non, je n'en ai pas pour longtemps. Et Alexander travaille.

— Entendu. Quand penses-tu arriver ?

— En sortant du bureau. Vers 18 heures ?

— Parfait. À tout à l'heure, ma chérie.

Emma plongea la tête entre ses mains après avoir raccroché. L'angoisse lui nouait l'estomac. *Ridicule*. C'était de sa famille qu'il s'agissait. Qu'avait-elle à craindre ? Ils feraient toujours partie de sa vie. Mais c'était plus fort qu'elle. Elle avait un mauvais pressentiment…

À l'heure convenue, Emma se rendit à la maison des Brown dans le quartier résidentiel prisé de Toorak. Une villa ostentatoire, à l'instar de ses voisines, et signe extérieur de richesse assumé. Elle sortit une télécommande de la boîte à gants et appuya sur un bouton. Le portail s'ouvrit sur une allée de graviers familière. La demeure était grandiose avec ses murs imposants et ses élégantes colonnes. Sans doute l'aurait-elle admirée si elle n'y avait pas grandi. Rien au monde ne l'inciterait à y retourner. Son petit appartement était le premier endroit où elle s'était vraiment sentie chez elle.

Elle se gara de manière à s'en aller aussi vite qu'elle était venue. Ses paumes étaient déjà moites. Elle lissa sa robe et inspira profondément avant de se décider à entrer.

— Maman ? appela-t-elle.

Une table ronde occupait le centre du vestibule, sur laquelle trônait un arrangement floral ridiculement massif. Deux majestueux escaliers s'élançaient vers l'étage, comme si la maison elle-même vous tendait les bras. Mais même la beauté des lieux ne pouvait faire oublier la froideur qui y régnait.

Helen passa la tête par la porte de la salle à manger.

— Emma ?

— Bonsoir, maman.

Emma serra sa mère dans ses bras.

— Tu as l'air nerveuse. Tout va bien ?

— Oui… Ah, tout le monde est là.

Elle suivit Helen dans la salle à manger, où chacun occupait sa place habituelle. Rester debout donnerait l'impression qu'elle était pressée de repartir. C'était le cas, mais elle jugea préférable de s'asseoir.

— De quoi s'agit-il, Emma ? questionna son père.

Elle s'installa à l'autre extrémité de la longue table. Le plus loin possible de lui.

Courage !

— J'ai une annonce à faire. Je préfère vous en parler ici plutôt qu'au bureau.

Non sans raison. S'il devait y avoir une scène, autant qu'elle se passe en privé. Les rumeurs se répandraient comme une traînée de poudre au sein de l'entreprise. Brown Hughs n'avait pas besoin de cela.

Lauren plissa des yeux soupçonneux.

— Qu'as-tu encore fait ?

Emma la gratifia de son plus beau sourire.

— Comme vous le savez, il y a quelques années, j'ai rejoint une petite association contre l'illettrisme en tant que bénévole.

— Pff, encore ton association…

— Oui, Lauren.

Emma s'exhorta au calme. S'énerver ne l'avancerait à rien.

— Récemment, j'ai rencontré la directrice d'un organisme national. Elle a été si impressionnée par notre travail qu'elle souhaite intégrer notre association à la sienne.

— C'est formidable, ma chérie, commenta sa mère.

— Oui. Être financés va nous permettre d'atteindre un public plus large. Mais ce n'est pas pour ça que je suis là.

Elle prit une grande inspiration.

— On m'a offert un poste de direction au sein de l'organisme. J'ai décidé d'accepter.

Un long silence suivit son annonce. Maddison fut la première à réagir.

— Félicitations ! Tu le mérites ! s'exclama-t-elle avec chaleur.

Leur mère, elle, semblait inquiète. Emma comprit pourquoi en notant l'expression narquoise de Lauren, mais surtout le visage violacé de son père.

— Du caritatif ? Tu n'es pas sérieuse !

Le choc la paralysa. Il y avait des années que son père ne lui avait plus crié dessus.

— Dois-je te rappeler qui tu es, Emma ? En tant que Brown, tu as un devoir envers cette famille. Celui de contribuer à sa prospérité et son standing pour les générations futures. Et tu projettes de tourner le dos à tes responsabilités ?

Emma serra les poings.

— Tourner le dos à mes responsabilités ? Quoi de mieux pour le standing de notre famille qu'œuvrer dans le caritatif ? répliqua-t-elle en haussant le ton. Je n'ai pas dit que je quittais l'entreprise demain. Je ferai ce qui doit être fait, comme toujours. Mais quel intérêt de gâcher mon potentiel dans ce placard qui me sert de bureau ? Tu refuses de me donner une chance !

— Ton *potentiel* ? répéta son père avec dérision.

— Peter, ça suffit, intervint Helen.

Pour une fois, il l'écouta.

— Emma, suivre ses rêves est louable. Tu peux être fière. Mais ce n'est pas la voie le plus indiquée pour toi.

— Pour quelle raison ?

Une boule lui bloquait la gorge et ses yeux la piquaient. Mais pas question de pleurer devant sa famille.

— Parce que nous sommes des Brown, répondit Lauren. On attend certaines choses de nous. C'est ainsi que nous en sommes arrivés là où nous sommes. Redescends sur Terre.

Leur père lui donna une tape sur l'épaule, affichant ouvertement son approbation. La moue triomphale de Lauren n'échappa à personne. Emma secoua la tête. Une personne. Une seule personne à cette table se réjouissait pour elle. Mais rien de ce que Maddison pourrait dire ne changerait quoi que ce soit.

Blessée au-delà des mots, elle se leva.

— C'est tout ce que j'avais à vous dire. Bonne soirée.

Elle sortit une brochure, qu'elle posa sur la table afin que sa famille se fasse une idée de ce qu'elle contribuait à accomplir.

— On se voit demain au bureau.

Mais, alors qu'elle s'éloignait, la voix de son père l'arrêta.

— Si tu acceptes ce poste, je te coupe les vivres, asséna-t-il.

Emma fit volte-face.

— Dois-je aussi te rembourser mon compte épargne ? riposta-t-elle avec venin.

Helen s'interposa entre eux

— Peter, Emma, je vous en prie. Cet argent est à toi, ma chérie. Personne n'y touchera.

— Évidemment, tu la défends ! tonna Peter. Sa naissance était une erreur qui risque maintenant de nous coûter cher. Tout ça, c'est ta faute !

Il darda sur Emma un regard rageur.

— Refuse cette offre ou tu n'es plus ma fille.

Emma chancela avec l'impression d'avoir reçu un coup de poignard en plein cœur. Même Lauren eut la décence de paraître choquée.

— L'ai-je jamais été ? murmura-t-elle, les larmes aux yeux.

— Coupe-lui les vivres si tu veux, Peter. Mais je t'interdis de l'attaquer de cette façon ! s'emporta Helen contre son mari. Emma…

Elle s'approcha pour la prendre dans ses bras. Mais Emma recula en titubant. Avec un dernier regard à chacun, elle tourna les talons et s'enfuit.

20.

Emma démarra dans un état de second, comme détachée de son corps. Elle quitta Toorak sans trop savoir où elle allait, empruntant des rues au hasard sous une pluie battante. Mécaniquement, elle ralentit à hauteur de la résidence d'Alexander et composa le code d'accès au parking. Ce n'est qu'une fois devant sa porte qu'elle prit conscience d'où elle était. Elle fixa la clé dans sa main, qu'il n'avait pas récupérée. Son moral était au trente-sixième dessous. Alexander saurait la réconforter.

Et après ?

Là, tout de suite, elle s'en fichait.

Elle poussa la porte et entra. Une musique de fond assourdissait le bruit de la pluie contre les baies vitrées. Alexander apparut, sans doute alerté par le claquement de ses talons sur le parquet. Un seul coup d'œil lui suffit à comprendre que l'annonce s'était mal passée. Il combla la distance entre eux et la serra contre lui. Un tsunami d'émotions submergea Emma, comme si une digue venait de céder en elle.

— Veux-tu en parler ? demanda-t-il avec douceur.

Bonne question. Elle était partagée entre le besoin de vider son sac, pleurer tout son soûl et rayer cette soirée cauchemardesque de sa mémoire. Tout ce qu'elle savait, c'était qu'elle n'était pas prête à le lâcher. Alors elle se blottit entre ses bras protecteurs.

— Je ne pensais pas te voir ce soir, remarqua-t-il après un moment.

Parce qu'elle n'était pas censée venir. Que faisait-elle là ? C'était chez elle qu'elle aurait dû se réfugier, auprès de Hannah et de Lucky.

Elle poussa un soupir las.

— Je sais. Je ferais mieux de rentrer.

Elle se sentait idiote, tout à coup. Alexander n'était pas son petit ami. Et puis, elle se doutait que sa famille réagirait mal. Elle s'y était préparée.

— Viens avec moi, dit Alexander.

Il l'entraîna d'autorité vers la bibliothèque. Quand il la lui avait fait découvrir, elle y avait tout de suite vu un havre de paix. C'était sa pièce préférée, et il le savait.

Il la fit s'asseoir sur le canapé et plaça gentiment ses jambes sur les siennes.

— Dis-moi ce qui s'est passé.

Emma battit des cils pour contenir ses larmes. Encore bouleversée, elle réussit tant bien que mal à lui raconter sa confrontation avec sa famille. Lorsqu'elle eut fini, le regard d'Alexander luisait de colère.

— Je suis désolé que tu aies dû subir ça, Emma. Mais tu n'es pas comme eux. Tu n'as pas besoin de leur approbation.

— Ça fait mal d'être traitée ainsi…

— Je sais.

La main d'Alexander glissa dans ses cheveux. Emma lui effleura la mâchoire du bout des doigts, puis y déposa un baiser, avant d'approcher sa bouche de la sienne. Ce fut un frôlement très doux. Alexander semblait attendre un signe d'elle. Elle le lui donna en ouvrant les lèvres tout en enroulant une main autour de sa nuque. Leurs langues s'engagèrent dans un langoureux duel. Le désir enflait entre eux. Un désir dévorant qui lui faisait oublier ses doutes et son éternel complexe d'infériorité.

Elle l'embrassait avec frénésie, accrochée à son cou

comme à une bouée de sauvetage. En réponse, il la plaqua contre lui, et elle délaissa sa bouche pour promener la sienne le long de son menton, de sa gorge…

— Emma…

Il lâcha un juron.

— Je n'ai plus de préservatifs.

C'est vrai qu'elle n'était pas censée venir ce soir. Mais le même désir urgent voilait ses yeux bleus.

— Tant pis. J'ai envie de toi, Alexander.

Il saisit son visage entre ses mains, brusquement sérieux.

— Tu en es sûre ?

— Sûre et certaine.

— Je te fais confiance.

Il la porta dans sa chambre telle une jeune mariée et la déposa sur le lit, puis se hissa au-dessus d'elle. Ses yeux se plantèrent dans les siens.

— Je vais te le demander une dernière fois. Es-tu sûre de toi ?

— Oui, souffla-t-elle.

Elle le voulait, corps et âme. Rien d'autre ne comptait.

D'un coup sec, il tira sur la ceinture de sa robe portefeuille, qui bâilla sur sa poitrine. Ses lèvres prirent d'assaut sa peau ainsi exposée, avant de descendre à mesure qu'il écartait le tissu. Le long de son ventre. De ses hanches. Puis elles remontèrent en sens inverse, jusqu'à ses épaules qu'il dénuda à leur tour. Il finit par jeter la robe de côté, suivie par le soutien-gorge.

Sa bouche s'égara dans son cou.

— Tu es si belle…

Elle traça le relief de sa clavicule.

— Intelligente…

Emma soupira de plaisir lorsqu'elle se referma sur un téton.

— Douce…

Un baiser sur son nombril.

— Déterminée…

Sa langue goûtait maintenant la moiteur musquée de son sexe.

— Parfaite.

— Alexander, s'il te plaît…

Alex voulait l'entendre le supplier encore. Il se sentait comme Icare volant trop près du soleil. C'était ce qu'elle était devenue, le soleil autour duquel gravitait sa vie. Il déployait avec sa langue des trésors d'inventivité pour la satisfaire. Toute son attention était fixée sur elle. Sur ce moment. L'intimité profonde qu'ils partageaient l'effrayait presque. Et s'il n'arrivait jamais à la laisser partir ?

Elle lui tira les cheveux et cambra les reins. Il continua sans ralentir, jusqu'à ce que son nom devienne incantation sur ses lèvres. Le plaisir l'emporta, vague après vague déferlant sur elle.

Le silence retomba. Emma avait les yeux fermés. Sa poitrine se soulevait et s'abaissait rapidement. Il l'embrassa le long des cuisses. Sur le ventre. Dans le cou. Peu à peu, sa respiration revint à la normale. Alors il n'y tint plus et arracha sa chemise, dont les boutons volèrent à travers la pièce. En un tournemain, il s'était déshabillé. Puis il revint s'allonger sur Emma et la pénétra sans aucune barrière entre eux. Il était un homme de discipline. Il n'avait jamais fait cela avant. Mais ce qu'ils vivaient était si fort… Ils n'en étaient plus à une première fois près.

— Tu es absolument divine.

Un lien puissant les unissait en cet instant, comme si leurs âmes ne faisaient plus qu'une. Cela aussi, c'était nouveau. Il commença à bouger, lentement, voluptueusement, résolu à savourer chaque seconde. Emma lui faisait perdre pied. Comment pourrait-il se passer d'elle désormais ? De cette osmose unique ? Le sexe était une chose. Un bon moment à deux. Mais cela… C'était de l'amour, et il était complètement submergé.

Emma pantelait en émettant des sons incohérents. Ses petits gémissements étaient musique à ses oreilles. Il sentait le plaisir monter en elle, inexorablement. Soudain, son corps s'arqua, secoué de spasmes. Il scella sa bouche à la sienne sans cesser de la chevaucher, jusqu'à atteindre sa propre délivrance. Son râle s'étrangla dans sa gorge. Un étrange sentiment de vulnérabilité l'envahit. Il resta enfoui au creux de sa chair, incapable de se détacher d'elle. Des larmes coulaient sur les joues d'Emma. Il les essuya sans un mot. Il comprenait. Il l'avait senti, lui aussi…

Ils étaient irrévocablement changés.

21.

Le ciel commençait à bleuir lorsque Emma se réveilla. Peu à peu, le brouillard se leva dans son esprit. Le sexe avec Alexander était toujours fantastique. Mais hier soir… Quelque chose s'était produit, qui dépassait le simple plaisir physique. Alexander avait été aussi remué qu'elle, elle l'avait lu dans ses yeux. Alors, quand elle découvrit le lit vide, cela l'inquiéta. Ne s'étaient-ils pas réveillés ensemble tous les jours à Londres ?

Elle renfila à la hâte ses vêtements de la veille. Elle devait se dépêcher si elle voulait passer se changer chez elle et arriver à l'heure au bureau. Non qu'elle fût pressée d'aller travailler. Sa dispute avec sa famille lui restait en travers de la gorge. Elle récupéra ses chaussures dans la bibliothèque et se dirigea vers la cuisine, où elle retrouva Alexander.

— Ah, te voilà.

Il lui tendit une tasse de café. Elle en but une gorgée avec gratitude avant de l'embrasser. Quelque chose clochait, elle le sentait. Elle rassembla ses affaires et remarqua un message de Hanna sur son téléphone.

Je pars plus tôt. Lucky est nourri.

Emma sourit. Son chat lui en voudrait d'avoir encore découché. Mais quelques friandises devraient lui suffire à se faire pardonner.

Alexander, nota-t-elle, était étrangement silencieux.

— Alexander ? Tout va bien ?

— Bien sûr. Pourquoi cette question ?

— Eh bien, tu as à peine décroché un mot. D'habitude…

D'habitude, il l'accueillait avec un grand sourire et la prenait aussitôt dans ses bras.

— Emma.

Ce ton ne lui disait rien qui vaille.

— Il faut qu'on parle, dit-elle. Tu as un instant ?

— De quoi veux-tu parler ?

— Cette nuit, c'était…

Sa phrase resta en suspens. Sans doute parce que aucun mot ne pouvait décrire ce qu'elle ressentait.

— Hier soir, j'étais effondrée. C'est toi qui m'as relevée.

Il contourna l'îlot et vint lui caresser la joue. Il était parfaitement calme. Trop à son goût.

— Ta famille n'avait aucun droit de te traiter ainsi.

Elle haussa les épaules. Son malaise allait grandissant.

— Qu'est-ce qui ne va pas, Alexander ? insista-t-elle.

— Mais rien, je t'assure.

Elle écarta sa main d'un geste irrité.

— Oh ! vraiment ? Pour la première fois depuis qu'on se connaît, je ne te crois pas.

— Que veux-tu que je te dise, Emma ?

Le sang d'Emma commençait à s'échauffer.

— C'est incroyable. Il y a une vraie connexion entre nous. Quelque chose de spécial… Et ton réflexe est de me repousser !

— Je ne te repousse pas.

— Je t'en prie, Alexander. Regarde comment tu te comportes et ose me dire qu'il n'y a pas de problème.

Elle pivota pour prendre son manteau, mais il la retint par le poignet.

— Je t'avais prévenue que je ne changerais pas. J'ai été franc avec toi. Hier soir aussi.

— Mais pas ce matin, répliqua-t-elle. Je ne t'ai jamais demandé de changer ! Je…

Elle s'interrompit, consciente d'être en train de laisser sa colère prendre le dessus. Elle ferma les yeux et inspira profondément. Lorsqu'elle les rouvrit, elle avait recouvré son calme. Même si elle avait l'impression de sombrer dans un abîme sans fond, personne ne le verrait.

Ce fut au tour d'Alexander de s'emporter.

— Bon sang, Emma, arrête ça ! Sois honnête avec toi-même ! Si tu es en colère, montre-le !

C'était la première fois qu'elle l'entendait crier. Mais il avait raison. L'honnêteté était tout ce qu'il lui restait.

— Très bien. La vérité est que tu es devenue la personne la plus importante au monde pour moi…

Les larmes lui embuaient les yeux. *Plutôt mourir que pleurer.*

— Je t'aime, Alexander.

Voilà, c'était dit. Elle l'aimait. Il se contenta de secouer la tête. Elle pouvait presque voir ses mots ricocher sur l'armure derrière laquelle il se protégeait.

— L'amour n'est pas pour moi, Emma. Je ne sais pas aimer.

Il y avait une telle détresse dans ses yeux ! Elle lui effleura la joue avec douceur.

— C'est faux, Alexander. Tu sais aimer. Tu aimes plus fort que quiconque. J'espère qu'un jour tu le comprendras.

Il écarta sa main de son visage.

— Je ne changerai pas, Emma. Même si toi et moi voulons la même chose. Tu mérites mieux.

— Au revoir, Alex.

Elle posa la clé du penthouse sur l'îlot, rassembla ses affaires et s'en alla. Son cœur était en mille morceaux. Elle n'aimerait plus jamais, elle le savait déjà. Pas comme cela. Avec Alexander, ce n'était pas censé durer. Ce jour devait arriver. Alors pourquoi avait-elle l'impression que le ciel venait de lui tomber sur la tête ? Dans sa voiture, elle ravala tant bien que mal ses larmes.

— Ressaisis-toi, ma vieille !

Son téléphone sonna. Le visage d'Alexander apparut sur l'écran. Elle coupa l'appel et jeta l'appareil sur le siège arrière. Qu'y avait-il à ajouter ? Ils avaient vécu une belle aventure, mais elle s'arrêtait là. Il n'était pas prêt.

Elle quitta le parking de la résidence, suffoquant de colère et de tristesse. En l'espace d'une nuit, elle avait perdu presque toute sa famille et la meilleure chose qui lui soit arrivée dans la vie. Et ni l'une ni l'autre par sa faute. Une détermination nouvelle lui enfla la poitrine. Tant pis. Elle savait ce qu'il lui restait à faire.

Hannah était déjà partie lorsqu'elle arriva à l'appartement. Lucky, son chat, l'ignora ostensiblement. Mais, comme prévu, quelques friandises lui suffirent à regagner ses bonnes grâces. Puis elle se changea et fila au travail.

Elle arriva pile à l'heure. Elle d'ordinaire si affable salua à peine ses collègues, ce matin. En la voyant, tous s'écartaient pour la laisser passer. Cela lui rappela Alexander, et son cœur se fractura un peu plus. Elle s'enferma dans son bureau en claquant la porte derrière elle.

Assez.

Elle en avait assez de cette entreprise. De ces gens qui lui empoisonnaient la vie. Assez d'attendre une chance qui ne viendrait jamais. Allumant son ordinateur, elle tapa en quelques minutes sa lettre de démission avant de l'imprimer. Puis elle sauvegarda ses fichiers personnels sur une clé USB et effaça son disque dur. Ce geste décisif lui fit un bien fou. Le protocole dictait de remettre sa lettre à son responsable. Mais elle était une Brown. Elle voulait voir la jubilation sur le visage de son père lorsqu'elle la lui donnerait.

D'un pas résolu, elle prit l'ascenseur jusqu'à l'étage de la direction et fit irruption dans le bureau de Peter Brown, sans un regard pour sa mère et Lauren également présentes.

Son père ouvrit la bouchc pour la réprimander. Elle ne lui en laissa pas le temps et jeta la lettre sur son bureau.

— De quoi s'agit-il ? gronda-t-il, la mine excédée.

— Je m'en vais, tu te souviens ? Mais ne t'inquiète pas, je respecterai mon préavis.

Il parcourut la lettre des yeux.

— Si tu veux partir, pars.

— Suis-je renvoyée ?

Son père la toisa d'un œil menaçant. Mais, cette fois, Emma ne flancha pas. Elle soutint son regard, la tête haute. Nullement intimidée.

— Suis-je renvoyée ? répéta-t-elle d'une voix dure.

— Oui.

— Peter ! s'écria Helen.

— Très bien.

C'était exactement l'issue qu'elle avait espérée. Pas pour l'indemnité, mais pour les répercussions qu'aurait à affronter Peter Brown. Tout le monde serait au courant qu'il avait renvoyé sa fille la plus dévouée et travailleuse. De quoi ternir son blason. Elle ne cherchait même plus à préserver l'image de l'entreprise. Cela lui passait au-dessus de la tête. Elle avait trop hâte de commencer sa nouvelle vie.

Alors qu'elle atteignait la porte, elle fit volte-face. Il y avait une dernière chose dont elle avait besoin de se soulager :

— Je sais que tu désapprouves ma passion pour le travail caritatif. J'ai toujours sacrifié mes rêves pour servir l'intérêt de Brown Hughs. Mais c'est fini. Aujourd'hui, je fais enfin quelque chose pour moi. Je n'ai pas besoin de toi.

Elle ferma la porte derrière elle et descendit vider son bureau. Elle n'était pas du genre sentimental. Il n'y avait donc pas grand-chose à récupérer, à part son diplôme encadré au mur. Son regard balaya la minuscule pièce. Non, cet endroit ne lui manquerait pas, même si elle avait apprécié travailler avec ses collègues.

Un coup à sa porte la fit se retourner.

— Je peux te voir un instant ? lança Greg.

Emma prit son diplôme et son sac. Sans un regard en arrière, elle suivit son responsable dans son bureau, où il l'invita à s'asseoir.

— Par où commencer, Emma ? Je n'arrive pas croire que tu sois renvoyée…

Elle haussa les épaules.

— Ça devait finir par arriver.

— Sache que ça a été un plaisir de travailler avec toi. Tu auras toujours des amis ici.

— Merci, Greg.

— Si tu as besoin de quoi que ce soit, appelle-moi, conclut-il en se levant.

Elle l'imita et le serra dans ses bras avant de s'en aller. Elle n'aurait jamais cru verser une larme en quittant Brown Hughs. Au moment de sortir du parking, elle se demanda combien de temps ils mettraient à effacer son nom de sa place attitrée. Elle eut sa réponse en apercevant le factotum se diriger vers l'espace qu'elle venait de libérer.

La musique s'était lancée automatiquement quand Emma avait démarré. Elle l'éteignit. C'était plus que son cœur ne pouvait supporter. Cela lui rappelait trop de choses avec Alexander. Quelle idiote ! Comment avait-elle pu croire que ces souvenirs la réconforteraient alors que celui de leur rupture gâchait tous les autres ?

Son téléphone sonna. Elle mit le haut-parleur.

— J'ai appris la nouvelle. Tu tiens le coup ? s'enquit Hannah.

— Eh bien, ça n'a pas traîné.

— Maddison m'a appelée. Elle semblait sincèrement inquiète. Elle m'a dit que ton père s'était montré odieux.

Lauren avait dû se faire un plaisir de relayer ce qui s'était passé à leur sœur à la seconde où elle avait franchi la porte.

— C'est encore si frais… Je ne sais pas vraiment quoi dire, répondit Emma en soupirant.

— Je vois. Il y a autre chose, n'est-ce pas ?

Toujours aussi intuitive. Hannah la connaissait mieux que personne.

— Emma ?

— Alexander et moi avons rompu.

Prononcer ces mots à voix haute brisa quelque chose en elle.

— Oh ! Emma, je suis désolée. Je peux prendre ma journée, si tu veux.

— Non, c'est inutile. Je préfère rester seule.

Personne n'y pouvait rien. Alexander et elle, ce n'était qu'une passade. Il avait été très clair là-dessus. Mais logique et émotions ne faisaient pas toujours bon ménage. Son cœur saignait, sans que rien ne puisse panser la blessure.

— Je comprends, dit son amie. Appelle-moi si tu as besoin de parler, d'accord ?

— Merci, Hannah. À plus tard.

Elle raccrocha alors qu'elle arrivait devant son immeuble. Sitôt dans son appartement, elle se pelotonna sur le canapé et éclata en sanglots. Lucky sauta de son arbre à chat pour venir s'immiscer entre ses bras. Elle lui gratta la tête. Mais la vanne était ouverte. Pas même lui ne pouvait endiguer le flot de ses larmes.

22.

« Au revoir, Alex. »

Alex. Cela l'avait anéanti. Il l'avait regardée partir pendant que son cœur se fissurait. Une rage aveugle l'avait envahi, et il avait eu envie de tout casser. Mais il était resté planté là, immobile, maître de lui-même comme toujours. Le silence était assourdissant. L'appartement désert semblait le narguer, reflétant le vide qu'Emma avait laissé en lui.

Qu'avait-il fait ?

Ce qu'il fallait ? Il n'en était plus si sûr. Emma devait le haïr. Cette pensée le mettait au supplice. Il l'avait lui-même incitée à trouver quelqu'un de mieux. Mais l'imaginer avec un autre lui était insupportable. Lorsqu'il avait tenté de l'appeler pour s'excuser et la supplier de revenir, elle avait rejeté l'appel.

Il passa une main dans ses cheveux et alla dans sa chambre. Un torrent de souvenirs l'assaillit. Emma nue sur le lit. Emma criant son nom. Emma endormie, le drap enroulé autour de son corps de déesse. Il battit en retraite à la salle de bains, où il se doucha par pur automatisme. Une fois séché et habillé, il se dirigea vers son bureau. Le travail le distrairait. Mais, à peine entré, il se revit embrassant Emma contre la porte. Avec un soupir, il s'installa dans son fauteuil et envoya un message à son assistant l'informant qu'il travaillerait de chez lui.

Allez, concentre-toi !

Pas de musique, ce matin. Plus jeune, elle avait servi à combler le silence pesant du manoir. Enfant unique, abandonné par sa mère et négligé par son père, il avait grandi dans la solitude. La musique avait été une compagnie. C'était devenu une habitude si ancrée qu'il n'y prêtait même plus attention. Sauf ce matin. La moindre note de musique le mettrait à cran.

Pendant quelques heures, il enchaîna les tâches qu'il s'était fixées. Un appel vidéo l'interrompit dans son élan. Matt affichait un visage soucieux.

— Est-ce que ça va ? fut la première chose qu'il lui demanda.

— Comment…

— Hannah m'a mis au courant. Que s'est-il passé ?

Alex lui fit un résumé des événements.

— Alex, je ne sais pas ce qui me retient de te mettre mon poing dans la figure…

— Je ne voulais pas la blesser, dit Alex.

— Tu as fait pire que ça, répliqua Matt. Quand vas-tu cesser de te punir pour une erreur qui n'est pas la tienne ? Tu l'aimes et tu le sais !

Matt secoua la tête.

— Tu prétends être incapable de changer. Mais c'est faux.

— Je ne suis pas prêt, Matt.

— Encore un mensonge. Regarde dans quel état tu es ! Il n'est pas trop tard. Tu peux encore recoller les morceaux.

— J'en doute, réfuta Alex en se prenant la tête entre les mains.

— Alex, je te connais depuis toujours. Rien ne t'arrête quand tu veux quelque chose. Tu mérites d'être heureux, mon vieux.

Alex appréciait la sollicitude de son ami. Ses mots le touchaient. Mais il n'était pas sûr d'y croire.

Après avoir raccroché, il se demanda une fois de plus s'il avait fait le bon choix.

Le soir venu, il erra d'une pièce à l'autre telle une âme en peine. Pour finir, il se servit un whisky au bar avant de se réfugier dans la bibliothèque. Le roman posé sur le canapé attira immédiatement son attention. Le préféré d'Emma. Le sien aussi. Lorsqu'il le souleva, le marque-page de la jeune femme glissa par terre. Dans un accès de frustration, il faillit jeter le livre à travers la pièce. Mais son bras retomba sans qu'il s'y résolve. Il s'affala dans un fauteuil et se plongea dans la lecture. C'était autant un réconfort qu'un tourment. Et il ne pouvait s'en prendre qu'à lui-même.

Lucky l'attendait devant la porte de sa chambre. Comme toujours, Emma le prit dans ses bras et le déposa sur le lit, où il alla se rouler en boule sur l'oreiller. Son moral était au plus bas. Silence radio du côté de sa famille. L'homme qu'elle aimait était inaccessible. Et Hannah travaillait tard. Restait peut-être une personne qu'elle puisse appeler… Le téléphone sonna longuement avant que sa mère réponde :

— Emma ?

— Bonsoir, maman.

— Comment vas-tu, ma chérie ?

— Bien, dit-elle d'une voix lasse.

Elle était à deux doigts de tout lui raconter. Une part d'elle espérait qu'elle vienne la réconforter et lui assurer que tout irait bien. Qu'elle se trompait, qu'une belle histoire d'amour l'attendait dans un futur proche.

— Est-ce important ? J'adorerais bavarder, mais Maddison est là.

Emma ravala un rire amer. Évidemment. Comme si ses parents se souciaient d'elle… Elle n'était ni Maddie ni Lauren. Sa mère avait bien fait mine de la défendre contre son père, mais cela n'allait pas plus loin. Alexander avait raison : elle n'avait pas besoin d'eux.

— Non, maman. Ce n'est pas important. On se rappelle plus tard.

Elle raccrocha et se tourna vers son chat.

— Eh bien, on dirait bien que c'est juste toi et moi.

Lucky ronronna, sans pour autant interrompre sa toilette. Emma soupira. Lui, au moins, ne risquait pas de l'abandonner.

Alex eut mauvaise conscience en voyant le nom de son père s'afficher sur son téléphone. Il n'avait pas pris de ses nouvelles depuis deux jours.

— Que se passe-t-il, fiston ? s'enquit Robert.

— Rien. Désolé de ne pas avoir appelé.

Il fronça les sourcils en remarquant l'heure. Il était tard au Royaume-Uni.

— Tu devrais être au lit, papa. Tu sais ce qu'a dit la cardiologue.

— Je vais bien, Alex. Ce n'était qu'une petite crise de rien du tout. Maintenant, dis-moi ce qui se passe si tu ne veux pas que je me fasse de souci.

Son père avait un don pour détecter quand il lui cachait quelque chose. Il finissait toujours par avoir le fin mot de l'histoire. Alex avait vite appris à dire la vérité et assumer ses actes. Il lui raconta tout, même ce qu'il avait tu à Matt. Ce n'était pas son genre de s'épancher ainsi. Il était plus fort que cela. Mais les mots se déversaient de ses lèvres sans qu'il puisse les arrêter.

— Fiston, tu n'es pas moi et Emma n'est pas Catherine, décréta Robert. Vous vous aimez comme nous n'en avons jamais été capables. J'ai été dévasté quand ta mère m'a quitté. Toi, tu souffres parce que tu as laissé Emma te filer entre les doigts.

— Papa…

Son père l'interrompit d'un regard sévère.

— Tu as peur de finir comme moi, n'est-ce pas ? C'est pour ça que tu prends la fuite. Réfléchis, Alex. Elle est la première petite amie que tu ramènes à la maison.

— Elle est ma première petite amie tout court, papa.

Il avait eu de nombreuses partenaires. Des relations purement physiques. Dès le début, Emma avait été différente.

Son père secoua la tête.

— C'est ma faute, murmura-t-il d'un air coupable.

— Pourquoi dis-tu ça ?

Alex n'en avait jamais voulu à son père. Il était son héros. Une victime de cette femme autant que lui.

— Enfant, tu me posais souvent des questions sur ta mère, sans obtenir les réponses dont tu avais besoin, répondit Robert. Au fil des années, tu t'es replié sur toi-même. J'ignorais comment faire face, trop enlisé dans ma propre peine. J'aimais vraiment Catherine, mais ne le montrais jamais. Jusqu'au jour où il a été trop tard.

— Parce que tu voulais un héritier, argua Alex.

— Non, je voulais un enfant. Je me fichais du titre. Mon frère pouvait le reprendre. Alors peut-être aurais-tu eu des cousins… J'aurais dû être plus présent pour toi. Je suis désolé.

Alex pinça les lèvres.

— Tu étais là, papa. Je n'avais que toi.

— Mais tu n'étais pas heureux, persista-t-il. Laisse-moi te dire aujourd'hui ce que j'aurais dû te dire à l'époque. Ce n'est pas ta faute si ta mère est partie. Ni vraiment la mienne. C'était sa décision. Elle n'était pas capable de t'aimer comme tu le méritais.

Alex sentit ses défenses s'effriter.

— Papa…

— Je suis fier de l'homme que tu es devenu, Alex. Et cet homme ne fuit pas devant la difficulté.

— C'est pourtant ce que j'ai fait.

Il baissa piteusement la tête.

— Elle me manque, confessa-t-il.

— Alors cours te faire pardonner. Elle te rend heureux, pas vrai ? C'est ce que tout parent souhaite à ses enfants.

Comme toujours, Robert avait raison. Mais il avait peur, même s'il lui en coûtait de l'admettre.

— File, fiston. Ne perds pas une minute de plus.

Alex suivit le conseil de son père. Quelques instants plus tard, il était en voiture, direction Brown Hughs. Il déboula dans le bureau d'Emma, le cœur battant, seulement pour le trouver vide. Aucune trace d'elle nulle part. Même son diplôme sur le mur avait disparu. Il se précipita dans le bureau de son responsable.

— Où est Emma ? demanda-t-il tout de go.

Greg fronça les sourcils.

— Vous n'êtes pas au courant ?

— Au courant de quoi ?

— Allez voir sa famille, maugréa-t-il avec humeur.

Tout cela n'augurait rien de bon. Quelle nouvelle crasse lui avaient-ils faite ? Les nerfs à fleur de peau, Alex se rua dans l'ascenseur. À l'étage de la Direction, il tomba sur Lauren.

— Alex ! s'exclama-t-elle, l'air stupéfait.

— Où est Peter Brown ? aboya-t-il.

Il était à cran et cela devait se voir, car elle s'empressa de l'escorter vers le bureau de son père. Elle entra après lui et ferma la porte derrière eux.

— Alexander Hastings ! lança le P-DG.

Son regard froid et calculateur démentait ses manières affables.

— Quelle surprise. Que puis-je pour vous ?

— Où est Emma ?

Alex le toisait avec hostilité. L'heure n'était pas aux fausses politesses.

— Elle ne travaille plus ici depuis deux jours, répondit sèchement Peter.

— Qu'avez-vous fait ? gronda Alex en serrant les poings.

— Ce que j'ai fait ? De quoi je me mêle ? Savez-vous à qui vous vous adressez ?

Peter Brown était cramoisi de colère.

— Je l'ai renvoyée, comme j'aurais dû le faire depuis longtemps. Ça lui apprendra à privilégier des activités frivoles au détriment de son devoir familial.

— Vous avez renvoyé votre propre fille ?

Alex dut prendre sur lui pour ne pas lui casser la figure. Du coin de l'œil, il vit Helen entrer dans le bureau. Il l'ignora, même lorsqu'elle l'interpella.

— Nos affaires ne vous concernent pas, cracha Peter.

Alex tapa du poing sur le bureau et se pencha vers cet homme à qui il vouait une haine féroce.

— Si vous faites du mal à Emma, ça me concerne, tonna-t-il. Si, par miracle, elle vous laisse revenir dans sa vie et que vous lui causez du tort, c'est à moi que vous devrez rendre des comptes. Vous êtes prévenu.

— Comment osez-vous me menacer…

L'expression implacable d'Alex le réduisit au silence. Il tourna les talons sans accorder un regard à Lauren et sa mère. Il avait assez vu les Brown pour aujourd'hui. Sa priorité était de retrouver Emma.

— Elle est chez elle.

C'était Helen qui avait parlé. Il ne la remercia pas.

Emma regardait la télévision, Lucky endormi contre elle sur le canapé. Plus exactement, elle fixait l'écran d'un œil hagard. Elle se faisait l'effet d'une coquille vide, terrassée par tout ce qu'elle avait perdu. Son travail. Sa famille. Le grand amour de sa vie.

Son ordinateur semblait la juger, délaissé sur la table basse. Deux jours, c'était le répit qu'elle s'était accordé avant de rebondir. Demain marquerait le début d'un nouveau chapitre. Une nouvelle Emma. Celle qu'elle avait toujours voulu être, affranchie de sa famille qui l'obligeait à s'effacer. Demain serait une libération… Mais aujourd'hui, elle était juste triste.

Un coup à la porte la tira du canapé. Sans doute sa pizza commandée un peu plus tôt. Elle alla ouvrir, pieds nus, échevelée, flottant dans un T-shirt trop grand. Quelle importance ? Elle n'était pas là pour séduire le livreur.

Mais ce n'était pas un livreur qui se tenait sur le pas de sa porte.

— Que veux-tu, Alex ?

— Pouvons-nous discuter ?

Lucky, d'ordinaire blasé, sauta du canapé pour venir se frotter contre les jambes d'Alexander.

— Traître, pesta Emma.

Elle s'écarta pour le laisser entrer. Il prit le chat dans ses bras et la suivit dans le salon. Elle éteignit la télévision avant de lui faire face, en ayant soin de garder ses distances.

— Tu n'étais pas obligé de passer, tu sais. Je vais bien. Et puis, tu ne me dois aucune explication. Je savais à quoi m'en tenir. J'imagine que tu es très occupé, alors inutile de perdre ton temps…

— Puis-je en placer une ? l'interrompit-il avec un sourire penaud.

Il posa Lucky sur le canapé et s'avança vers elle.

— Je te dois bien une explication, Emma, ainsi que des excuses. Je suis venu te demander pardon.

— Tu es pardonné. Maintenant, va-t'en.

Elle avait besoin qu'il parte. Le revoir était trop douloureux.

— Emma…

Son visage implorant la fit fléchir.

— S'il te plaît, écoute-moi. Et si tu veux toujours que je m'en aille après, je partirai.

Le soulagement envahit Alex lorsqu'elle acquiesça. Au moins, elle ne le jetait pas dehors. Il passa une main nerveuse dans ses cheveux, conscient que tout se jouait maintenant.

— J'avais peur. C'est pour ça que j'ai si mal réagi.

— Alex, inutile de t'excuser. Tu as toujours été honnête avec moi.

— Je t'en prie, ne m'appelle pas « Alex », supplia-t-il. Et ce n'est pas seulement pour m'excuser que je suis venu… Je t'aime, Emma.

La jeune femme écarquilla les yeux.

— Quoi ?

— Je t'aime, répéta Alex. Je suis tombé amoureux de toi au premier regard. J'ai tout de suite su que tu étais spéciale. C'est ce qui m'a effrayé. Tu avais raison, j'avais besoin de contrôler qui entrait et sortait de ma vie. L'amour sème le chaos, c'est ce que je pensais. Comment pouvais-je te garder alors que j'étais si indigne d'être aimé ?

Le cœur d'Emma s'emplit de compassion. Elle savait combien prononcer ces mots lui était difficile.

— C'est faux, protesta-t-elle en lui effleurant la joue. Tu mérites d'être aimé, Alexander. Plus que quiconque.

Un sourire ténu plana sur ses lèvres. Il couvrit sa main de la sienne.

— Pour quelle autre raison une mère abandonnerait-elle son enfant ? Pourquoi choisirait-elle de m'ignorer chaque fois que nous nous croisons ?

Emma sentit ses yeux s'embuer.

— Ses choix ne reflètent qu'elle-même. Pas qui tu es *toi*.

— Je le sais, maintenant. Mais il a fallu que je te fasse souffrir pour le comprendre. Je suis désolé, Emma.

Il prit son visage entre ses mains.

— Je ne voulais pas tomber amoureux. J'avais peur d'avoir le cœur brisé comme mon père, persuadé que tu finirais par me quitter.

Emma cilla, mais trop tard. Les larmes ruisselaient sur ses joues.

— Mais c'est arrivé quand même. Du jour au lendemain, c'était comme si tu avais toujours fait partie de ma vie. Je ne pouvais plus imaginer mon avenir sans toi. C'est ce que je veux, Emma. Me réveiller tous les jours à tes côtés. Partager avec toi tout ce que j'ai et tout ce que je suis.

— Alexander…

L'émotion lui nouait la gorge.

— Comment puis-je être sûre que tu n'auras plus peur ?

Il appuya tendrement son front contre le sien.

— Je me pose la même question. Mais je te promets de tout faire jour après jour pour être digne de toi.

— Digne de moi ?

— Bien sûr ! Tu es la femme la plus sexy, la plus courageuse, la plus fascinante que j'aie jamais rencontrée. Et toi, m'acceptes-tu ?

— Si je t'accepte ? s'exclama-t-elle. Je t'aime, Alexander. C'est toi et toi seul que je veux.

— Je suis tout à toi, mon amour. Pour le restant de nos jours.

Il l'embrassa comme il ne l'avait jamais embrassée avant, avec une telle ferveur qu'ils en eurent tous les deux le souffle coupé.

— J'ai une dernière question, reprit-il, un sourire aux lèvres. Toi et Lucky, voulez-vous emménager avec moi ?

Emma éclata de rire, ivre de bonheur.

— J'ai cru que tu ne le demanderais jamais.

Épilogue

Deux ans plus tard

Une brise légère apportait un peu de fraîcheur en cette chaude journée d'été. Quelques nuages blancs flottaient paresseusement dans le ciel d'azur. Un calme paisible régnait sur le domaine. Même les chevaux dans l'enclos semblaient profiter du soleil.

Emma caressait les cheveux d'Alexander, allongé la tête sur ses genoux. La lumière estivale donnait à ses yeux un éclat limpide, presque irréel. Elle n'en revenait pas que cet homme beau comme un dieu soit sien. Tant de choses avaient changé en deux ans ! Oubliées, leurs craintes de ne pas être à la hauteur, d'aimer et d'être aimé… Tout cela, c'était du passé.

Ils avaient quitté Melbourne, mais y retournaient régulièrement. La croissance de Hastings International les faisait voyager d'un continent à l'autre. Greenfield House restait cependant leur destination préférée, un lieu qu'Alexander avait appris à aimer. C'était là qu'il l'avait demandée en mariage, dans une folle chasse au trésor qui l'avait conduite au centre du labyrinthe où il l'attendait, un genou à terre. C'était également là, dans les jardins, qu'ils s'étaient dit oui. Ils étaient maintenant de retour pour le week-end et songeaient déjà à prolonger leur séjour…

Alex déposa un baiser sur le ventre arrondi de sa femme. Il avait hâte de connaître son enfant. C'était Emma qui avait proposé de passer sa grossesse et l'année suivante à Londres. Elle tenait à ce que leur enfant soit proche de son grand-père. Alex avait accepté avec gratitude. Robert aimait Emma comme sa fille, et il était pour elle le père dont elle avait toujours rêvé.

Quelques mois plus tard, ils avaient décidé de s'installer définitivement à Londres. Alex savourait enfin tout ce que la vie avait à offrir. Être comte n'était plus un fardeau. Il avait même aidé Emma à implanter son organisme de lutte contre l'illettrisme au Royaume-Uni, pour la plus grande joie de Fiona.

Emma prit sa main et la posa sur son ventre.

— Tu as senti ? demanda-t-elle en souriant.

Une vive émotion s'empara de lui.

— Oui…

Il approcha les lèvres plus près.

— J'ai tellement hâte que tu sois là ! Tu verras, c'est moi qui t'apprendrai à conduire… *et faire exploser le compteur de vitesse*, ajouta-t-il à voix basse.

Emma éclata de rire.

— Je préférerais qu'il fasse de l'aviron.

— « Il » ?

Elle haussa les épaules.

— Juste une intuition.

Alex se redressa et prit sa bouche dans un langoureux baiser. Chaque jour, il se persuadait de ne pouvoir l'aimer davantage. Et, chaque jour, elle le détrompait. Son amour pour elle ne cessait de grandir. Peu importait le temps qu'ils passent ensemble, ce ne serait jamais assez.

— Je t'aime, Emma Hastings, souffla-t-il contre ses lèvres.

— Je t'aime aussi, Alexander. Pour l'éternité et au-delà.

ROBYN DONALD

Séduite malgré tout

Traduction française de
ANNE DE RIVIÈRE-DUGUET

AZUR

HARLEQUIN

Titre original :
A RUTHLESS PASSION

Ce roman a déjà été publié en 2018.

Prologue

Nick patienta dans le hall de l'hôtel jusqu'au départ de Glen et de Mme Courtald. Il méprisait les subterfuges, mais ce qu'il avait à dire à Cat était trop important pour risquer d'être interrompu.

Il frappa à la porte de la suite et quand il entendit la voix basse et sexy de Cat lui répondre, son estomac se noua tandis qu'un désir fulgurant le terrassait.

La porte s'ouvrit et elle apparut sur le seuil, ses grands yeux bleus trahissant son étonnement. Ses doigts serraient convulsivement le voile qu'elle essayait — un voile court et duveteux, parfait pour une jeune mariée de dix-huit ans.

— N… Nick, balbutia-t-elle. Quelle surprise.

— Laisse-moi entrer, répondit-il laconiquement.

Elle hésita, puis recula d'un pas.

— Tu as manqué Glen ; il vient de partir avec ma mère.

— Je ne suis pas venu le voir, rétorqua-t-il en entrant dans la suite que Glen avait réservée pour sa fiancée, dans un des plus prestigieux hôtels d'Auckland.

Rien n'était trop beau pour la promise du publicitaire le plus réputé de Nouvelle-Zélande. L'opulence impersonnelle de la chambre aurait dû éclipser une si délicate personne et pourtant, malgré sa jeunesse et sa fragilité, Cat le fixait sans sourciller.

— Que veux-tu ? s'enquit-elle calmement.

Nick avait souvent rêvé de Cat, de sa magnifique chevelure auburn, de sa bouche pleine et sensuelle, de son corps svelte et toujours vierge, malgré ses fiançailles. Glen semblait en effet heureux d'attendre qu'ils soient mariés pour consommer leur union.

Refoulant une bouffée de jalousie, Nick soupira.

— As-tu songé à ce qu'un mariage avec Glen impliquait ?

— Je n'ai peut-être que dix-huit ans, mais je ne suis pas totalement stupide, répondit-elle avec une dignité qu'il trouva à la fois exaspérante et provocante. Oui, je sais ce que le mariage implique. Je regarde la télévision, je lis les journaux, je parle aux gens… et mes parents étaient mariés !

Il hocha la tête. Savait-elle que les siens ne l'avaient pas été ? Vraisemblablement ; Glen le lui avait sans doute dit.

— À qui as-tu parlé ? Aux élèves de ce pensionnat onéreux dans lequel tu as obtenu ton diplôme, l'année dernière ? Qu'est-ce qu'elles connaissent de la vie ?

— Autant qu'un gamin qui a grandi dans la rue, riposta-t-elle, furieuse. Ce n'est pas parce qu'elles sont issues d'un milieu privilégié qu'elles ne sont pas affectées par les mêmes soucis que les autres… Je suis désolée, acheva-t-elle d'une voix radoucie, je ne voulais pas…

— Aucune importance, la coupa-t-il. J'ai effectivement grandi dans la rue, mais là n'est pas la question. Tu vas devenir l'épouse trophée d'un homme fortuné.

Le feu aux joues, Cat recula comme s'il l'avait frappée.

— Je croyais qu'une épouse trophée prenait la place de la véritable épouse. Glen n'a quitté personne pour moi.

Nick retint une repartie mordante. Inutile d'évoquer la tragédie personnelle de Morna, d'autant que Cat avait en théorie raison. Glen n'avait jamais proposé à la femme qui avait été sa maîtresse durant plus de cinq ans de l'épouser.

— Glen s'attend à ce que tu gères sa maison, organises des soirées, rencontres et charmes ses clients, objecta-t-il. Te sens-tu capable de faire ça ?

— Je peux essayer, dit-elle d'une voix incertaine qui lui serra le cœur. Ma mère m'aidera.

— Ta mère est malade.

Une ombre traversa le regard de Cat. De toute évidence, sa mère avait fait pression sur elle pour qu'elle se marie au plus vite. En effet, après le décès de son époux et la disparition avec lui de sa petite rente, Mme Courtald avait dû voir en Glen la réponse à toutes ses prières.

— Elle ne va pas si mal. Et j'apprends vite.

Elle irait jusqu'au bout, comprit Nick. Pour la deuxième fois de sa vie, il fut submergé par une vague de panique qui annihila en lui toute pensée cohérente. Reprenant le contrôle de lui-même, il s'exhorta au calme.

— Pourquoi l'épouses-tu, Cat ? Si c'est pour l'argent…

— Ce n'est *pas* pour l'argent, riposta-t-elle en lui lançant un regard indigné. Glen est un homme amusant, attirant, gentil et attentionné…

— Et il a vingt ans de plus que toi.

Soutenant son regard, elle releva le menton.

— Et alors ? J'aime les hommes plus âgés.

— Parce que tu cherches un père pour remplacer celui que tu as perdu, lui assena-t-il brutalement. Mais Glen n'est pas ton père et il voudra coucher avec toi, Cat…

— Ne m'appelle pas comme ça !

— Pourquoi pas ? Tu es comme un chat, douce et câline quand tout va dans ton sens, mais je vois le félin en toi, contrairement à Glen. Il te croit docile et obéissante. C'est un homme viril, expérimenté et vigoureux. As-tu pensé à ce que ce sera quand il te fera l'amour ?

Une fois de plus, elle blêmit.

— Je serai une bonne épouse pour lui, la meilleure…

— Même si c'est moi que tu désires ?

Regard baissé, elle secoua la tête, faisant osciller en douces vagues les plis de tulle.

— Non, riposta-t-elle d'un ton dur. J'aime Glen.

— Mais tu me désires, insista Nick.

Du pouce, il lui releva le menton.

— Annule le mariage, la pressa-t-il, refrénant le désir incoercible qu'il sentait monter en lui. Tu ne peux pas épouser Glen. Je t'aiderai avec les modalités. Ce sera dur, mais nous y arriverons.

Elle était à deux doigts de capituler, il le sentait. Puis, elle baissa la tête et pinça les lèvres.

— Et ensuite, Nick ?

Surpris, il laissa retomber sa main.

— Je peux t'aider, répéta-t-il, conscient qu'elle ne céderait pas sur une promesse aussi vague et furieux de ne pouvoir lui offrir mieux.

— Je ne sais pas ce qu'il y a entre nous, mais cela ne peut pas être grand-chose, car je ne te connais pas. En revanche, je connais Glen et non seulement je l'aime, mais je le respecte. Jamais je ne pourrais l'humilier de la sorte. Étant son meilleur ami et son protégé, tu devrais avoir honte de seulement suggérer une telle chose.

Les nerfs à vif après trois nuits blanches et une intense frustration, Nick captura sa bouche et lui entrouvrit les lèvres. Son parfum, doux et féminin, lui monta aussitôt à la tête et il eut beau essayer de s'écarter d'elle, il en fut incapable.

Lorsqu'elle se raidit et tenta de le repousser, il la lâcha, prenant peu à peu conscience qu'on frappait à la porte.

Le regard empli de honte, Cat le fixait. Puis, d'un revers de la main, elle s'essuya la bouche.

— Sors d'ici. Va-t'en et ne reviens pas. Je ne t'épouserai jamais, même si tu étais le dernier homme sur terre !

Se penchant vers elle, Nick remit en place son voile.

— Je ne me souviens pas t'avoir proposé le mariage. Pense à ce baiser quand tu seras au lit avec Glen, dit-il d'un ton féroce.

Puis il tourna les talons et s'en alla, sans un regard en arrière.

1.

Six ans plus tard

S'arrêtant au carrefour, Cat fixa avec appréhension le bâtiment de l'autre côté de la rue. Dans l'intimité de la foule, l'homme à côté d'elle suivit son regard.

— Superbe, non ? Il a remporté plusieurs prix d'architecture ici et à l'étranger. C'est Nick Harding qui en est le propriétaire.

Devant le mutisme de Cat, l'homme poursuivit.

— Un homme étonnant… Il a débuté dans la publicité où il a fait fortune, avant de créer le meilleur fournisseur d'accès Internet du pays. Cet homme a de l'or dans les mains et selon la presse financière, il est en train de conclure un accord qui le propulsera dans la stratosphère. Et il a à peine trente ans !

Trente-deux pour être précis, songea Cat, la gorge nouée. L'édifice de l'autre côté de la rue suintait la prospérité. Quel changement après les pièces ternes situées dans un quartier industriel délabré de la périphérie d'Auckland, qui avait initialement abrité la société de Nick.

Quelque part dans ce somptueux bâtiment neuf, Nick l'attendait. À part quelques photos entrevues dans les journaux, elle ne l'avait pas vu depuis deux ans. Avait-il changé ? se demanda-t-elle, les mains soudain moites.

— Êtes-vous en visite à Auckland ?

— Non, éluda Cat, trop tendue pour être polie.

— Eh bien, passez une bonne journée.

Dépité, l'homme s'éloigna dans la foule.

Cat s'essuya soigneusement les mains sur un mouchoir. Un rapide coup d'œil à sa montre indiqua qu'il lui restait encore cinq minutes avant son rendez-vous.

Un mois après qu'elle avait épousé Glen, Nick avait démissionné de son poste de direction dans la société de publicité de celui-ci, tournant le dos à tout ce que son mentor avait fait pour lui.

« Quelle ingratitude, avait tonné Glen. Je l'ai sorti de la rue. C'est grâce à moi qu'il a intégré les meilleures écoles du pays et qu'il a étudié dans de prestigieuses universités étrangères. Je l'ai traité comme le prince héritier… et il me trahit. »

Il était difficile d'imaginer Nick — grand, élégant, extrêmement séduisant et portant avec une nonchalante aisance ses vêtements de prix — en gamin des rues ! Et pourtant, tout le monde connaissait son histoire.

« S'il vivait dans la rue, comment l'as-tu rencontré ? », avait-elle demandé, toujours rongée par la culpabilité d'avoir répondu avec tant d'empressement au baiser torride de Nick.

Glen avait haussé les épaules.

« Il m'a interpellé un jour devant l'agence, il cherchait du travail. Lorsque je lui ai demandé pourquoi je devrais l'embaucher, il m'a répondu que j'étais le meilleur dans mon domaine, mais qu'un jour il serait meilleur que moi. Il n'avait que quatorze ans, mais je voyais bien qu'il pensait ce qu'il disait. J'ai bien aimé son attitude ; je l'ai donc envoyé à mon ancienne école. »

Cat, qui savait la cruauté dont pouvaient faire preuve les adolescents dans ces internats chics, avait frémi.

« Comment a-t-il géré la situation ?

— Avec classe et arrogance, avait répondu Glen. En moins d'une semaine, tout le monde lui mangeait dans la main. Je n'étais pas inquiet. J'ai tout de suite vu en lui cette assurance sans faille qui le caractérise, et il ne m'a pas fallu longtemps pour me rendre compte qu'il était brillant. Il a travaillé sans relâche et obtenu ses diplômes avec brio. Et maintenant, il a tout envoyé paître pour se lancer dans l'Internet. Mais, ce monde virtuel finira par s'effondrer, et lui avec. »

Il s'était trompé. Ignorant les commérages et la colère de Glen, Nick avait fait usage de sa détermination et de son intelligence pour propulser sa toute jeune entreprise à des sommets que nul n'aurait pu imaginer.

Glen, qui respectait la réussite, avait fini par l'accueillir de nouveau dans son giron, pour mourir quelques mois plus tard seulement dans un accident de voiture.

C'est alors que Cat avait découvert que son époux avait nommé Nick comme administrateur de ses biens. Encore sous le choc après deux décès — sa mère étant morte un mois seulement avant Glen —, elle avait été soulagée quand Nick l'avait traitée avec courtoisie. Sauf que le jour des funérailles, se rappela-t-elle, ce qui avait commencé comme un simple geste de réconfort s'était mué en passion brûlante. Ce baiser torride l'avait fait fuir à l'étranger et le seul contact qu'elle avait eu avec Nick depuis avait été par l'intermédiaire de son notaire.

Le cœur battant, Cat traversa la rue. Il était temps d'affronter Nick Harding.

Tendue, elle pénétra dans le hall de l'élégant immeuble et se présenta à la standardiste.

— M. Harding vous attend, madame Courtald, dit la jeune femme. Prenez l'ascenseur jusqu'au quatrième étage. Son assistante vous accueillera.

Ladite assistante se révéla plutôt intimidante. Très élégante dans un tailleur bleu marine strict, elle l'attendait devant les portes de l'ascenseur, une expression indéchiffrable sur le visage.

— M. Harding ne sera pas long, assura-t-elle en faisant entrer Cat dans une jolie salle d'attente. Désirez-vous un café ?

Cat eut un haut-le-cœur.

— Non, merci.

Le café poussait sur Romit, une grande île au nord de l'Australie — un café délicieux qui tirait son arôme délicat de la terre rouge gorgée de soleil. Cat ne pouvait en boire sans être ramenée en arrière, vers un pays déchiré par une terrible guerre civile ayant causé des milliers de morts.

Mais Juana était vivante et c'était pour elle que Cat se trouvait ici.

— Asseyez-vous, je vous en prie, l'exhorta l'assistante.

Cat s'installa avec un magazine, qu'elle feuilleta distraitement. C'était le désespoir qui l'avait poussée à venir ici. En effet, toutes les banques avaient refusé sa demande de prêt.

Soudain, un mouvement furtif fit naître un frisson le long de sa nuque. Levant les yeux, elle *le* vit.

Tel un félin, il pénétra sans bruit dans la pièce luxueuse et l'examina longuement, laissant son regard errer sur son visage, puis vers son annulaire sur lequel, mue par un obscur besoin de protection, elle avait glissé son alliance. Non porté depuis un an, l'anneau lui semblait alourdir sa main.

Poussée par le besoin d'établir une certaine parité sur le plan physique, Cat se leva. L'espace d'un instant, elle eut l'impression que le sol vacillait sous ses pieds. Nick l'atteignit au moment où elle s'agrippait au dossier de sa chaise. Sa main se referma sur son bras en une poigne solide.

— Attention ! dit-il d'un ton sec.

Elle se figea, sous l'effet du choc.

Une lueur d'intérêt illumina le regard de Nick, mais ce bref instant d'émotion ne dura pas. Presque immédiatement, un lent sourire, froid et dénué d'humour, ourla ses lèvres.

Mon Dieu, songea Cat, désespérée. Les souvenirs liés à Nick étaient gravés dans sa mémoire et dans son cœur. Elle n'avait pas oublié sa voix — profonde et grave, avec une texture sensuelle qui pouvait devenir glaciale en un instant.

— Bonjour Cat, dit-il froidement.

Il n'avait guère changé, si ce n'est que son visage était plus viril et ténébreux encore. Avec ses larges épaules, ses hanches étroites et ses longues jambes, il exsudait la masculinité et le pouvoir. Il semblait prendre toute la place, investir les lieux de son indéniable charisme.

Les mains soudain moites, le cœur battant à tout rompre, Cat prit une profonde inspiration pour se calmer. Combien de fois en deux ans avait-elle rêvé de rencontrer à nouveau Nick ?

Des centaines de fois. Et maintenant que ce rêve était devenu réalité, elle n'arrivait même plus à réfléchir.

Rien n'avait changé.

— Bonjour, Nick, murmura-t-elle, consciente des regards que leur lançait tour à tour l'assistante.

D'un geste, il l'invita à entrer dans son bureau. Les nerfs à vif, Cat le précéda dans la pièce feutrée. L'endroit, spacieux et parfaitement rangé, témoignait du succès du maître des lieux : imposant bureau, ordinateur dernier cri, grandes étagères et chaises en cuir noir autour d'une table basse composaient le décor. De larges baies vitrées offraient un panorama spectaculaire sur la baie.

— Magnifique vue, observa-t-elle bêtement.

— Ravi que tu l'apprécies, ironisa-t-il.

Furieuse contre elle-même de lui avoir permis de se montrer sarcastique, Cat laissa son regard se porter sur un tableau — une peinture à l'huile originale représentant une femme nue de dos. Tout ce qu'on pouvait voir de son visage était la courbe de sa joue. L'artiste avait réussi à donner à la pose banale un mystère sombre et empreint de menace.

Et ce ne pouvait être qu'un hasard si la magnifique chevelure cascadant sur les épaules ivoire de la jeune femme était de la même couleur auburn que la sienne. Autrefois, ses cheveux aussi avaient été longs comme ça ; maintenant, ils étaient courts et dégradés.

Nick la gratifia d'un sourire ironique.

— Charmante, comme toujours. Et c'est intelligent de ta part de porter une tenue bleue qui fait ressortir tes yeux.

Malgré la pauvreté de sa garde-robe, il lui avait pourtant fallu plus d'une heure pour choisir des habits.

— Et toi, toujours aussi subtil, riposta-t-elle en luttant contre la vague d'émotion qui menaçait de la submerger. Comment vas-tu ?

Il la dévisagea d'un air moqueur.

— D'autant mieux que je te vois.

Sa colère, longtemps réprimée, vint à sa rescousse.

— Je n'en crois pas un mot, dit-elle brusquement.

Elle eut la satisfaction de voir Nick froncer les sourcils, mais sa contre-attaque fut aussi rapide que brutale.

— Comment s'est passée la thérapie de la veuve ? J'imagine qu'elle t'a fait le plus grand bien.

Devant son air interloqué, le sourire de Nick devint féroce.

— Même si la plupart des gens trouveraient que deux ans à parcourir le monde soit légèrement excessif.

— Parcourir le monde ? répéta-t-elle, indignée.

Il laissa errer son regard sur sa silhouette.

— Tu n'as pas acheté cette jolie tenue à Auckland.

— Je... Non, admit-elle.

— Quand es-tu rentrée en Nouvelle-Zélande ?

— En février.

Il plissa les yeux.

— Et qu'as-tu fait depuis ?

— Je terminais mes études.

— Vraiment ? susurra-t-il. Dois-je féliciter un comptable à part entière ?

— Si je décroche mon diplôme de fin d'année.

— Oh ! tu l'obtiendras, assura-t-il. Je n'ai jamais douté de tes capacités mentales.

L'insulte sous-jacente mit son sang-froid à rude épreuve.

— Assieds-toi, Cat.

Lorsqu'elle obtempéra, il contourna le bureau et s'assit en face d'elle, faisant battre son cœur plus vite.

— La comptabilité semble un métier étrange pour quelqu'un comme toi. Quoique… Peut-être pas.

— J'aime les chiffres. Tu sais où tu en es avec eux.

— Certes, en convint-il avec un sourire dur. Et ils sont fort pratiques pour gérer ses finances.

L'allusion à peine voilée lui fit redresser le menton. Mortifiée, elle regretta de ne pas être plus grande.

— Exactement.

— Alors, que me vaut l'honneur de cette visite ?

Il n'y avait aucune façon facile de dire les choses, aussi décida-t-elle de ne pas tergiverser.

— J'ai besoin d'argent.

Le regard de Nick se durcit.

— Bien sûr, rétorqua-t-il d'un ton cinglant.

Se renfonçant dans son siège, il croisa ses mains devant lui — comme tous les autres directeurs financiers avant lui.

— En tant qu'administrateur des biens de Glen, j'ai fait transférer ton indemnité annuelle sur ton compte bancaire il y a quatre mois. Tu n'es pas autorisée à en obtenir davantage avant huit mois.

— J'ai besoin d'une avance.

— De combien, et pourquoi ? insista-t-il.

— Vingt mille dollars.

Elle ne savait pas à quoi elle devait s'attendre de sa part : indignation, colère, dégoût ? Mais aucune de ces émotions n'était visible sur le séduisant visage de Nick, même s'il était passé maître en l'art de cacher ses sentiments.

— Pourquoi as-tu besoin d'une telle somme ? s'enquit-il d'une voix faussement douce.

Pour toute réponse, Cat ouvrit son sac et en sortit une photo. Les doigts tremblants, elle la fit glisser sur le bureau.

— Elle doit être opérée.

Nick baissa les yeux sur la photo. La surprise, puis la colère brillèrent dans son regard.

— Est-ce ton enfant ? demanda-t-il en la dévisageant froidement.

— Non ! s'exclama-t-elle, le souffle court.

— Qui est-ce, alors ? Et pourquoi as-tu besoin de vingt mille dollars ?

— Elle s'appelle Juana.

— La parraines-tu ? Parce que aucun organisme d'aide international réputé ne demande une telle somme…

— Je ne la parraine pas. Je suis *responsable* d'elle et tu vois très bien pourquoi j'ai besoin de cet argent.

Il examina à nouveau la photo.

— Je vois qu'elle a besoin d'être opérée, commenta-t-il sur un ton froid et impersonnel, mais pas pourquoi tu as besoin d'une avance sur ton indemnité annuelle…

— Juana a une fente palatine, expliqua Cat d'un ton sec. Au début, le médecin pensait qu'une seule opération serait suffisante pour tout régler, mais une fois en Australie les spécialistes se sont rendu compte que ce n'était pas le cas. La date de sa prochaine opération était initialement prévue pour ses deux ans, mais elle a grandi si vite qu'elle est prête maintenant. En fait, pour que celle-ci soit pleinement réussie, elle devrait être réalisée dans les deux mois. Et comme elle est originaire de Romit et n'est donc pas une citoyenne australienne, tout doit être payé.

Nick nota la façon dont ses paupières baissées cachaient ses yeux, et admira le léger trémolo dans sa voix. Pour se donner du temps, pour calmer la sourde colère qu'il sentait poindre en lui, il se leva et se dirigea vers la bibliothèque.

Choisissant délibérément de se placer en position de force, il appuya son épaule sur le coin de l'étagère et examina la femme devant lui. D'habitude, il ne s'embêtait pas avec les techniques d'intimidation, il n'en avait pas besoin. Ce n'est qu'avec Cat qu'il travaillait l'inflexion de sa voix, les mouvements de chaque muscle de son corps.

Elle avait de l'audace, devait-il reconnaître. Après deux

ans sans donner de nouvelles, elle entrait dans son bureau pour lui réclamer de l'argent sans la moindre gêne. Bien sûr, une femme aussi séduisante n'avait pas de raison de douter d'elle-même.

Cat Courtald — il était intéressant d'ailleurs de noter qu'elle avait repris son nom de jeune fille — était devenue une femme infiniment désirable, capable de le déstabiliser. Mais, cela n'avait-il pas toujours été le cas ?

Cela avait sans doute quelque chose à voir avec ses immenses yeux bleus, son teint d'albâtre et sa bouche pleine et sensuelle — et il ne s'agissait là que de son visage ! Son corps était si attirant qu'il aurait presque pu en oublier que sous cet emballage délicat et sensuel se cachait une femme qui avait vendu ses charmes à son mentor pour obtenir la sécurité.

Son *riche* mentor, corrigea Nick. Quatre ans plus tard, elle avait regardé le cercueil de Glen porté en terre sans verser une larme — un contraste total avec la douleur qu'elle avait exprimée lors du décès de sa mère.

Cat se leva et lui fit face, le corps raidi de colère.

— J'ai besoin de cet argent pour elle, Nick, pas pour moi.

Cela venant d'une femme qui n'avait jamais témoigné d'intérêt envers les enfants ! Pourtant, il avait malgré tout envie de la croire. Comme toutes les bonnes actrices, elle donnait l'impression d'une totale sincérité.

— Assieds-toi, Cat, dit-il posément. Et raconte-moi comment tu en es venue à t'intéresser à cette enfant.

Après un bref instant d'hésitation, elle obéit, disposant avec soin ses jolies jambes sous la chaise.

— Je me suis engagée auprès d'elle, lança-t-elle avec défi.

Une nouvelle fois, le désir le transperça comme un coup de poignard. Profondément agacé par le trouble qu'elle suscitait en lui, il vint se placer derrière son bureau. *Se cacher* plutôt, se dit-il, narquois.

— Pourquoi ?

— Elle est née le 1er novembre de l'année dernière.

Nick fronça les sourcils.

— Et alors ?

— Un an, jour pour jour, après le décès de ma mère, expliqua-t-elle en blêmissant. J'étais à Romit. Sa mère est morte peu après lui avoir donné naissance. C'est à ce moment-là que je me suis juré de prendre soin d'elle.

Astucieux de choisir Romit comme cadre pour ce drame, se dit Nick. Incapable de mettre fin au carnage ou d'apporter de l'aide aux victimes, le monde entier avait regardé, horrifié, les images atroces de guerre civile défiler sur les écrans de télévision. Même aujourd'hui, avec les rebelles vaincus et une force de maintien de la paix à demeure, la population de Romit comptait les citoyens les plus pauvres du monde. Un tel sentiment de culpabilité ne pouvait que lui faire délier les cordons de la bourse.

— Je vois. Quelle agence s'occupe de l'opération ?

— Aucune.

Il haussa les sourcils.

— Seul un imbécile se laisserait prendre à une telle histoire, railla-t-il.

Son regard s'éteignit et elle le fixa froidement.

— Je savais que tu m'accuserais de mentir, lâcha-t-elle d'un ton sec. J'ai donc amené mon passeport et une lettre de la religieuse qui dirige la clinique où est soignée Juana. Sœur Bernadette y explique à quoi servira l'argent et pourquoi c'est nécessaire de l'avoir maintenant.

Il s'était attendu à tout, sauf à ça.

Il fronça les sourcils lorsqu'elle ouvrit son sac à main et en sortit son passeport et une lettre toute chiffonnée. De ses longs doigts fins, elle déplia la lettre. Que ressentirait-il sous la caresse de ces doigts ? s'interrogea-t-il tandis qu'un mélange volatil de culpabilité et de désir le submergeait.

Prenant sur lui, il se concentra sur les pages estampillées. *Seigneur !* songea-t-il, luttant contre un instant de panique.

— Que diable faisais-tu à Romit en pleine guerre civile ?

— Je travaillais à l'hôpital. Enfin, c'était plutôt une clinique, en fait.

Les timbres douaniers dansaient devant ses yeux en même temps qu'il se souvenait des histoires horribles liées au soulèvement.

— Pourquoi ?

Elle le fixa comme s'il était devenu fou.

— Je te l'ai déjà dit. J'y travaillais.

— Toi ? Dans un pays du tiers-monde ? Dans un hôpital ? s'exclama-t-il en éclatant de rire. À d'autres.

Le prenant par surprise, elle se leva d'un bond et sans réfléchir, il lui emboîta le pas.

— Lis la lettre, Nick, dit-elle d'un ton sec.

— Je ne doute pas une seconde que cette lettre reprenne tes dires, déclara-t-il sèchement. C'est facile de faire une contrefaçon, Cat. Tu as dû oublier à qui tu avais affaire. Alors, dis-moi, que faisais-tu vraiment à Romit ?

Cat haussa les épaules.

— Après les décès de ma mère et de Glen, une amie m'a proposé de l'accompagner chez elle sur l'île — son père étant rattaché à une ONG. La clinique était située à côté de leur enceinte et fonctionnait avec presque rien. Lorsque les combats ont commencé à l'autre bout de l'île, les réfugiés ont envahi la clinique et les humanitaires ont été très rapidement débordés. Penny et moi avons donc décidé de les aider. Puis, son père a été rapatrié et il a insisté pour que sa fille l'accompagne. Quant à moi, je suis restée.

— Pourquoi ?

Immobile, elle serra les poings. En dépit de sa fureur, Nick dut se retenir pour ne pas aller vers elle et la prendre dans ses bras.

— Je ne sais pas, admit-elle. Les réfugiés étaient si courageux. Ils ne possédaient rien, mais cela ne les empêchait pas de rire et de se montrer optimistes. Les enfants m'adoraient. Et je n'avais personne d'autre.

— Ne pouvais-tu pas quitter l'île ? La Cat Withers que je connaissais serait partie en courant si elle avait couru le moindre risque.

— Cat Courtald, corrigea-t-elle sèchement. Et tu ne sais rien de moi. Tu n'en as jamais rien su, d'ailleurs. Tu m'as jeté un regard et cela a suffi pour que tes préjugés prennent vie.

— J'avais de bonnes raisons, riposta-t-il. Ou prétends-tu avoir été amoureuse de Glen quand tu l'as épousé et n'avoir jamais pensé que sa fortune te permettrait de prendre soin de ta mère malade et d'assurer ton avenir ?

Le feu aux joues, elle baissa les yeux.

— Je te l'ai dit à l'époque : j'étais amoureuse de lui.

— Comment peux-tu prétendre une chose pareille alors que tu me désirais… presque autant que moi ?

— N'as-tu jamais rien fait de stupide dans ta vie ?

— Si. Il y a six ans, j'ai désiré la fiancée de mon ami.

Cat se sentit blêmir sous l'insulte, mais s'efforça de cacher à quel point ces paroles la blessaient.

— C'est une belle histoire, Cat, mais j'ai quelque difficulté à te croire, conclut-il en lui rendant la photo.

Seule l'obstination l'empêcha de s'effondrer. Si la suspicion et l'aversion de Nick à son égard mettaient le futur de Juana en péril, elle ne se le pardonnerait jamais.

— Pourquoi ne fais-tu pas au moins l'effort de vérifier la véracité de mes propos ? dit-elle en saisissant son sac. Tu peux me faire une avance sur le revenu de l'année prochaine.

Il leva un sourcil interrogateur.

— Vingt mille dollars ? Et avec quoi vivras-tu, une fois que tu te seras délestée de cette somme… ? Mais peut-être songes-tu à épouser un homme fortuné, susurra-t-il. Si c'est le cas, laisse-moi te rappeler que tu devrais alors renoncer à la succession de Glen.

— Je compte trouver un travail, lâcha-t-elle en se dirigeant vers la sortie.

Sans lui accorder un regard, elle ferma la porte derrière elle. S'obligeant à ne pas prendre la fuite, elle salua d'un signe de tête l'élégante assistante, prit l'ascenseur et sortit de l'immeuble, s'imprégnant de la chaleur du soleil. Elle fut soudain prise de frissons, comme si elle brûlait de fièvre…

Pour Nick Harding. Son attirance pour lui ne s'était pas atténuée, apparemment. Au contraire, elle s'était logée en elle comme un virus mortel, prêt à flamber à nouveau.

Elle devait se ressaisir, et décider ce qu'elle allait faire s'il lui refusait cette avance. Quoi qu'il arrive, elle réunirait cette somme. Juana serait opérée.

2.

Une semaine plus tard, Cat sortait de la bibliothèque universitaire quand son amie lui donna un coup de coude.

— *Ouah !* Quel homme !

Cat soupira en reconnaissant Nick, adossé nonchalamment à une flamboyante voiture de sport. Comme d'habitude, il était splendide et attirait tous les regards.

— S'il m'entraînait dans son lit, je ne dirais pas non…

— Sinead, tu as déjà Jonathan, commenta Cat d'un ton qu'elle espérait léger. Ne sois pas bête. Et puis, cet homme-là te briserait le cœur.

— Bah, les cœurs guérissent, rétorqua son amie. Eh… Tu le connais ? ajouta-t-elle comme Nick rivait son regard à celui de Cat.

Le soleil printanier brillait sur les cheveux noirs de Nick, illuminant son beau visage taillé à la serpe. Il avait l'air d'un pirate — impitoyable et énergique.

— Oui. Pas bien, mais suffisamment pour me méfier.

— Si tu ne veux pas de lui, présente-le-moi, hasarda Sinead, avant d'éclater de rire devant le regard que lui jeta Cat. Cela valait le coup d'essayer. Allez, va le rejoindre. Tu pourras me parler de lui ce soir.

Une fois seule, Cat se dirigea lentement vers la voiture.

L'élégant costume de Nick accentuait ses larges épaules et ses hanches étroites, mais la solide assurance qu'il dégageait venait du plus profond de son être.

Elle regretta un instant de ne pas porter son tailleur en

soie bleue. Un jean, même couplé avec un joli chemisier en soie crème et un pull-over de la couleur de ses cheveux, ne pouvait rivaliser avec la tenue de Nick.

— Bonjour, Nick, le salua-t-elle en arrivant à sa hauteur.

— Cat.

Un sourire aux lèvres, il ouvrit la portière et tendit la main pour prendre son sac.

Après un moment d'hésitation, elle le lui donna.

— C'est bien trop lourd pour toi, commenta-t-il, les sourcils froncés en jetant le sac sur le siège arrière.

— Les livres pèsent lourd. Où allons-nous ?

— Quelque part où il y a moins de monde.

Elle s'installa dans la voiture, les mains posées sagement sur ses genoux. Le regard fixé droit devant elle, Cat ne prêta aucune attention au paysage qui défilait sous ses yeux, jusqu'à ce qu'ils s'arrêtent devant un vieil immeuble Art déco à côté d'un des nombreux parcs d'Auckland.

— Ce n'est pas ton bureau ici, fit-elle sèchement remarquer.

— Non, confirma-t-il en coupant le moteur.

Lorsqu'elle tendit la main vers son sac, il l'en dissuada.

— Il est très bien là où il est. Je te raccompagnerai plus tard.

Devant son air perplexe, il lui adressa un sourire froid qui la fit frissonner. Il préparait quelque chose… Mais quoi au juste ?

— Je préfère l'emporter avec moi, insista-t-elle.

— Alors, laisse-moi le porter.

D'un mouvement fluide, il souleva le sac, comme s'il était aussi léger qu'une plume.

Un ascenseur moderne les propulsa à l'étage, mais une fois dans l'appartement Cat remarqua que les hauts plafonds avaient été conservés et que le charme de l'ancien était intact.

Nick la fit entrer dans un vaste salon, qui donnait sur un magnifique parc arboré. L'obsession des municipalités pour les rangées de fleurs parfaitement ordonnancées ne semblait pas prévaloir ici. Jonchée de pétales roses provenant d'un cerisier, une jolie fontaine se trouvait au centre d'un bassin entouré d'iris, de freesias et de minuscules fleurs bleues dont Cat ne connaissait pas le nom.

La vaste pelouse était bordée de chênes recouverts d'un magnifique feuillage vert sombre. Les branches remuaient doucement sous la légère brise printanière de cette journée étonnamment chaude pour la saison.

Elle devait rester calme, se dit Cat en déglutissant pour combattre le stress qu'elle sentait monter en elle.

— Puis-je te servir quelque chose ? s'enquit Nick.

— Non, merci, fit-elle, en dépit de sa gorge sèche.

— Moi, j'ai soif, donc excuse-moi un instant, dit-il avant de quitter la pièce.

Nerveuse, elle balaya les lieux du regard. Si Nick avait choisi lui-même le mobilier, il avait fait un bon travail. Les proportions étaient assorties à la taille de la vaste salle, mais les fauteuils et les canapés en cuir noir ainsi que le tapis persan et les tableaux abstraits sur les murs l'intimidèrent.

Voilà ce que devaient ressentir les enfants — désarmés, impuissants dans un monde d'adultes.

Elle était peut-être petite, mais sûrement pas impuissante. Redressant les épaules, elle se dirigea d'un pas décidé vers la bibliothèque et fut heureuse d'y découvrir des livres qu'elle-même appréciait beaucoup.

Elle en parcourait un quand Nick revint dans la pièce, chargé d'un plateau qu'il posa sur la table.

— J'ai fait du café pour toi aussi, dit-il. Assieds-toi et sers-nous. Et pour l'amour du ciel, cesse de me regarder avec cet air affolé ! Je ne vais pas te manger.

Lui lançant un coup d'œil méfiant, Cat s'assit sur l'un des fauteuils en cuir. Au moins, verser le café occupait ses mains. Elle servit celui de Nick comme il l'aimait — noir et fort, et ajouta beaucoup de lait dans le sien.

Nick avait pris place en face d'elle et étendu ses longues jambes.

— Pourquoi as-tu repris ton nom de jeune fille ? s'enquit-il en prenant la tasse qu'elle lui tendait.

Surprise, elle garda le regard rivé sur sa tasse.

— Parce que j'en avais envie.

Ce n'était pas la bonne réponse, mais avec Nick, il n'y avait jamais de bonne réponse.

— Je vois que tu portes son alliance à l'occasion, commenta-t-il, son sourire se muant en mépris. Nul doute que c'est opportun pour toi de me rappeler que l'homme que tu as épousé m'a donné un avenir.

Honteuse, Cat sentit ses joues s'enflammer. Elle utilisait son alliance comme un talisman, car elle lui donnait une illusion de sécurité.

— Tu devrais donc comprendre ce que je ressens vis-à-vis de Juana. Glen t'a donné un avenir ; je veux faire la même chose pour elle.

— Très astucieux de ta part, Cat… J'ai vérifié auprès de la clinique, ajouta-t-il après un bref instant de silence. Qu'est-ce qui t'a pris, de prendre en charge cette enfant ?

— Elle n'avait que sa tante au monde, marmonna-t-elle à contrecœur — la sœur de sa mère, Rosita, une gamine de quatorze ans. Son père avait été tué par les insurgés et je ne savais pas ce qu'il était advenu du reste de la famille. Rosita n'a pas pu ou n'a pas voulu me le dire.

— Cela ne répond pas à ma question.

Comme elle ne disait mot, il poursuivit impitoyablement.

— En quoi le sort de ce bébé était-il de ta responsabilité ?

— Rosita n'avait pas d'argent et n'avait aucun moyen d'en gagner. Je ne pouvais tout de même pas laisser le bébé mourir, alors qu'il y avait une chance de le sauver.

Il fronça les sourcils.

— Comment as-tu entendu parler d'elle ?

— J'étais là quand elle est née. Je l'ai tenue dans mes bras pendant que les médecins essayaient de sauver sa mère, ajouta-t-elle en lui lançant un regard à la dérobée. Comme je te l'ai dit hier, elle est née le jour de l'anniversaire de la mort de ma mère. Cela m'a semblé… important. Symbolique.

Elle s'attendait à un ricanement de sa part, à de la colère, mais rien ne vint. Il l'observait à travers ses paupières mi-closes, avec une expression indéchiffrable.

— Veux-tu l'adopter ?

Elle secoua la tête.

— Sœur Bernadette m'a convaincue qu'elle serait mieux au sein de sa propre communauté, avec une tante qui l'adore. Juana est la seule famille qui lui reste.

Cat but quelques gorgées du breuvage chaud, avant de reposer sa tasse.

— Je veux m'assurer que Juana bénéficiera de tous les soins qui lui sont nécessaires. Les médecins de Brisbane m'ont dit qu'il lui faudrait au moins deux opérations, sans compter une prothèse dentaire.

— Combien de temps tout cela prendra-t-il ?

— Au moins cinq ans.

— Un engagement à long terme, persifla-t-il. Et ensuite ?

— Je m'assurerai que Rosita peut reprendre pied dans la vie active, afin qu'elle continue à prendre soin de Juana. La vie pour une fille sans famille et sans protection n'est pas facile à Romit.

— Tu planifies donc l'avenir de deux filles.

— Oui, je suppose que oui.

Le silence plana entre eux, lourd de pensées inavouées.

— Dans le testament de Glen, il est stipulé que je ne peux pas te donner plus d'argent que ton allocation annuelle.

Cat retint une réponse acerbe. Elle avait été si choquée après le décès de son mari qu'elle n'avait pas fait très attention aux explications du notaire. Glen l'avait toujours vue comme l'adolescente un peu naïve qu'il avait épousée, aussi son refus de lui faire confiance ne la surprenait pas autant qu'il la consternait.

— Tu peux toujours me demander de l'aide, ajouta Nick.

— Je l'ai déjà fait. Et tu as refusé.

— Je ne peux passer outre les instructions de Glen, se défendit Nick. Cependant, il m'a demandé de prendre soin de toi. Je pourrais donc t'accorder un prêt ou te faire un cadeau.

L'espace d'un instant, l'espoir la saisit, mais un seul regard sur le visage calculateur de Nick l'annihila.

— Moyennant un certain prix, j'imagine ? riposta-t-elle d'un ton glacial. Que veux-tu en retour ?

— Peut-être que je ne veux rien du tout.

Elle eut un petit rire.

— J'en doute. Les choses ne fonctionnent pas ainsi.

Il l'examina longuement.

— Qu'es-tu prête à donner ?

— Je ne *donne* qu'aux gens que j'aime.

— Tu as toi-même admis avoir au moins deux fois dérogé à cette règle. Trois fois même, si on admet que tu n'étais pas amoureuse de Glen quand tu l'as épousé.

Le feu aux joues, elle soutint son regard froid.

— Je l'aimais, rétorqua-t-elle.

Parce qu'elle avait été une jeune fille un peu naïve, aveuglée et bouleversée par le raffinement de Glen.

— Mis à part ton mariage avec Glen, les autres incidents étaient indubitablement des fautes de goût.

La voix de Nick avait pris une intonation douce, presque amusée, mais chaque mot l'écorcha vive.

— Après tout, cela ne se fait pas de faire passionnément l'amour à…

— Nous n'avons pas fait passionnément l'amour — nous nous sommes embrassés, c'est tout, coupa-t-elle, outrée. Et nous étions deux…

— C'est vrai, renchérit-il. Nous étions si passionnés que nous aurions pu faire l'amour sur-le-champ, la veille de ton mariage avec Glen, et le jour où nous l'avons enterré.

Cat fit un geste brusque et le café éclaboussa sa main.

— T'es-tu brûlée ? s'inquiéta Nick en se levant pour s'agenouiller à côté d'elle. Laisse-moi voir.

Il lui prit la tasse des mains et la posa sur la table basse. En dépit du soleil qui réchauffait la pièce, Cat était glacée jusqu'aux os.

— Heureusement, tu prends ton café avec du lait, dit-il en portant sa main brûlée à ses lèvres.

La gorge nouée, Cat observa ses longs cils frôler la peau fragile de son poignet. La chaleur de sa bouche la fit frémir et ce délicieux frisson se répercuta dans tout son être.

Elle essaya en vain de se dégager, mais n'en avait pas la force. Elle savait ce que Nick voyait quand il regardait son visage — des yeux liquéfiés de désir et des lèvres avides de baisers — comme elle s'attendait à voir son sourire lent et moqueur. Un désir brut s'inscrivait sur ses traits ciselés, son regard incandescent et sa bouche… Oh mon Dieu, cette bouche…

Elle avait pourtant essayé d'oublier la sensation de sa bouche sur la sienne, refusé d'admettre que sa passion pour cet homme n'avait jamais disparu. Mais elle avait beau être indésirable et sans fondement, l'incoercible attirance physique était bel et bien toujours présente.

À dix-huit ans, elle en savait trop peu sur les hommes pour comprendre que Nick avait ressenti le même puissant attrait qu'elle — jusqu'à ce qu'il l'embrasse.

À la fois stupéfaite et effrayée, elle avait tourné le dos à cette passion brûlante, parce qu'elle avait naïvement cru que ce n'était pas important, comparé au respect et à l'affection qu'elle éprouvait pour Glen. Durant son mariage, elle avait banni Nick de son esprit, pour finir par succomber et se brûler les ailes lors des funérailles de son mari. L'épisode du baiser avait commencé dans le but de réconforter Nick… et fini quand il l'avait repoussée brusquement.

Nick s'en était voulu d'avoir cédé à son attirance pour elle. Cat l'avait parfaitement compris ; son estime pour l'homme qui lui avait donné sa chance dans la vie lui interdisait d'envisager une quelconque relation avec elle.

Maintenant et pour toujours.

La main dans la sienne, Nick se leva, l'entraînant avec lui, et se mit à l'embrasser avec passion. Une fois encore, elle eut l'impression de basculer dans une autre réalité, où seuls comptaient la bouche de Nick et son corps ferme pressé contre le sien.

L'instant d'après, elle était libre, sous le regard indéchiffrable de Nick.

— Seigneur, maugréa-t-il, tu embrasses toujours comme une pucelle.

— Et toi, tu embrasses comme si tu maîtrisais parfaitement la situation, comme si cela faisait partie d'un plan que tu aurais soigneusement élaboré.

— Te désirer n'a jamais fait partie d'un quelconque plan. Au début, j'ai pensé que c'était tes bonnes manières et ton milieu social qui m'attiraient. Peu fortunée, mais bien née, expliqua-t-il, un sourire cynique aux lèvres. Une princesse intouchable, quoi de plus irrésistible pour un gamin des rues ?

— C'est extrêmement insultant, protesta-t-elle.

— Mais vrai.

Le cœur battant la chamade, elle se prépara à partir.

— Ceci ne nous mène nulle part. Je ferais mieux d'y aller.

Il haussa les épaules.

— Si tu veux l'argent, tu ferais mieux de rester.

Cat hésita — elle détestait cette situation, le détestait —, mais finit par se rasseoir. Elle était responsable de Juana et devait tenir bon pour elle, quoi qu'il lui en coûte.

— Peux-tu me dire en face que tu ne me désires pas ?

Il attendit, mais devant son mutisme, il poursuivit.

— Et que tu n'es pas furieuse de te sentir prisonnière de ce désir avilissant ? Allons, cela t'irrite autant que moi.

Tout déni serait un mensonge, reconnut Cat. Sans un mot,

elle s'empara de la tasse de café et prit une grande gorgée du chaud breuvage. Elle avait bien besoin d'un remontant.

— Le désir n'est pas suffisant, finit-elle par dire.

Il eut un rire bref.

— C'est tout ce que nous avons, Cat. Et nous pourrions tous deux tirer profit de cette attirance.

À ces mots, Cat frémit. Nick suggérait-il de lui donner de l'argent en échange de ses faveurs sexuelles ? Hélas, si cette idée la choquait, elle la troublait tout autant. Faire l'amour avec Nick serait formidable et elle souhaitait plus que tout offrir un avenir à Juana.

L'esprit en tumulte, elle fit tourner le café dans sa tasse. Peut-être était-ce là l'occasion rêvée de montrer à Nick qui elle était vraiment… L'idée faisait son chemin en elle, séduisante, attrayante — au point d'occulter bientôt tout bon sens.

Marchant vers la fenêtre, Nick laissa son regard errer sur le parc en contrebas. Il était parfaitement à l'aise dans le décor qu'il s'était approprié grâce à sa détermination et sa rigueur, ainsi que beaucoup de travail.

— Je te serai fidèle, mais j'en attendrai autant de toi.

Savait-il que Glen l'avait trompée ? La première fois, c'était un an seulement après leur mariage, quand elle avait insisté pour retourner à l'université.

— Non, dit-elle, ayant soudain pris sa décision.

Elle avait peut-être développé un goût pour le danger, mais elle valait mieux que ça, tout de même !

— Je n'aurai pas de liaison avec toi, Nick. Tu cherches simplement à assouvir le désir que tu éprouves pour moi, mais pour ma part, je peux tout à fait me passer de toi. Je suis établie et contente de ma vie…

— Contente de ta vie ? répéta-t-il en s'approchant d'elle. Comment peux-tu te satisfaire de cela ?

Les yeux plissés, il toucha son visage de ses longs doigts.

— Tu es si belle, souffla-t-il, et quand tu souris, tu illumines le monde. Souris-moi, Cat.

Les paroles de Nick firent fondre ses défenses et malgré elle, un léger sourire ourla ses lèvres.

— J'aime la manière dont tu dis mon nom, ajouta-t-il en l'attirant à lui, j'aime la façon dont tu me contemples quand tu te crois à l'abri des regards…

Il inclina la tête jusqu'à ce que sa bouche soit à un souffle de la sienne.

— La petite palpitation de ta gorge me rend fou, tout comme la teinte rosée de tes joues. Et puis, il y a la façon dont ton regard cendré devient aguichant lorsque tu le poses sur moi…

À ce moment-là, elle était déjà perdue. Son corps vibrait au son de sa voix, au subtil parfum qui était le sien, à la chatoyante aura sexuelle qui les entourait. Comment aurait-elle pu lui refuser un baiser ?

Luttant de toutes ses forces contre la tentation, elle ferma les yeux.

— Je ne me prostituerai pas, même pas pour aider Juana.

— Pourquoi pas ? Tu l'as bien fait pour ta mère.

Sous le choc, elle ouvrit les yeux.

— C'est faux ! Cela ne s'est pas passé comme ça, ajouta-t-elle faiblement devant son regard dubitatif.

— Si ta mère n'avait pas souffert d'une affection cardiaque qui nécessitait une attention de chaque instant, aurais-tu épousé Glen ? s'enquit Nick d'un ton glacial.

Se posant en parangon de vertu, il affichait une expression indéchiffrable. Il recula d'un pas, l'observant avec une détermination impitoyable.

— Si ton père n'était pas mort en te laissant sans le sou, aurais-tu épousé Glen ? Tu étais seule avec une mère malade, sans travail et sans maison, et à cause de l'éducation d'un autre âge que tu avais reçue, tu ne savais pas comment te trouver un emploi digne de ce nom. Lorsque Glen est arrivé, tel un preux chevalier brandissant un chéquier, tu y as vu ton salut et tu t'es empressée de l'épouser.

— Les raisons pour lesquelles j'ai épousé Glen ne te regardent pas, riposta-t-elle.

— L'aurais-tu quitté devant l'autel si je t'avais proposé le mariage ? poursuivit Nick impitoyablement. Ou serais-tu restée, trouvant sa proposition plus alléchante ?

Elle n'avait pas de réponse à ses questions. Lorsqu'il lui avait demandé d'annuler le mariage, il ne lui avait rien proposé en échange. La perspective de décevoir sa mère et de trahir Glen l'avait remplie d'appréhension.

Et elle avait vraiment cru être amoureuse de Glen.

— Non, bien sûr que non, susurra-t-il avec un sourire qui la glaça. Je n'avais pas sa fortune, tant s'en faut.

— Rien de tout cela n'a d'importance, maintenant. Ma mère est morte et Glen aussi. Oublie que je t'ai demandé de l'argent, d'accord ? Oublie aussi que je suis venue te voir. Ce sera plus simple pour tous les deux.

Bouleversée, elle se dirigea vers la porte mais, avant qu'elle ne l'atteigne, Nick l'avait saisie par le bras et la faisait pivoter vers lui, son visage tordu par la colère.

— Comment as-tu dépensé ton allocation annuelle ? Pourquoi vis-tu dans un taudis avec cinq autres étudiants ? Pourquoi travailles-tu dans un restaurant au fond d'une venelle pour payer tes études ?

— Je vois que tu ne t'es pas gêné pour m'espionner !

Elle s'était attendue à ce qu'il vérifie son emploi du temps à Romit, mais apprendre qu'il avait fait une enquête sur elle depuis son retour à Auckland la mettait dans une colère noire… Au point qu'elle se sentait capable de le gifler.

Le saisissant aux épaules, elle le secoua. C'était comme si elle essayait de remuer un kauri, l'arbre le plus gros de tout l'hémisphère Sud.

— Reste en dehors de ma vie, Nick.

— C'est toi qui m'as invité à y revenir, répondit-il d'une voix plus calme.

Et il l'enlaça. Elle s'était mise dans une situation extrêmement dangereuse, se rendit-elle compte. Mais au lieu de fuir, comme le lui dictait la raison, elle se mit à caresser les muscles fermes et bien dessinés de ses épaules.

— C'est toi qui as fait le premier pas, Cat, observa Nick, avant de l'embrasser, lui faisant perdre ses moyens.

Jusqu'à présent, il y avait toujours eu de la colère et du désespoir dans les baisers de Nick, mais cette fois sa fureur se mua vite en un désir impétueux, contre lequel elle n'avait aucune véritable défense.

Alors, elle capitula et entrouvrit les lèvres, frissonnant de plaisir quand il promena sensuellement la pointe de sa langue sur les contours de sa bouche. Son visage pressé contre le sien était chaud, sa bouche exigeante, et pourtant jamais elle ne s'était sentie autant en sécurité.

Comme il posait la main sur son sein en un geste particulièrement érotique, elle sentit son corps s'enflammer sous l'effet de l'exquise torture. Mais, elle devait se ressaisir. Et vite, pendant qu'il était encore temps.

— Cat, marmonna-t-il d'une voix rauque.

S'efforçant de reprendre le contrôle d'elle-même, elle encadra de ses mains le visage de Nick.

— Non, dit-elle en le fixant droit dans les yeux.

Aussitôt, il se retrancha derrière un masque indéchiffrable et recula d'un pas. Arrachée à son étreinte voluptueuse, elle dut se retenir pour ne pas se réfugier à nouveau dans ses bras.

— Cela ne marchera pas, souffla-t-elle. Je rentre chez moi.

— Je vais te raccompagner, décida-t-il en saisissant son sac.

Résignée, Cat le suivit en silence jusqu'à la voiture. Elle ne lui donna pas son adresse et il ne la lui demanda pas. Il se contenta de se diriger vers l'une des rares maisons anciennes du centre-ville encore divisée en logements d'étudiants. Bon marché et vétuste, son habitation était proche de l'université et du restaurant où elle travaillait la nuit.

— Sais-tu que cet endroit va être démoli ? demanda-t-il en se garant devant chez elle.

— Encore une chose que ton espion a découverte ? Oui, je suis au courant, fit-elle en s'extirpant de la voiture.

Le cœur battant à tout rompre, elle se pencha pour prendre son sac sur le siège arrière.

— Au revoir, Nick, dit-elle d'une voix faussement calme, avant de rentrer dans la maison.

Il attendit qu'elle le salue de la fenêtre de sa chambre pour démarrer.

À chaque fois qu'elle avait vu Nick, elle l'avait observé à la dérobée, imprimant dans son cœur la nuance exacte de ses yeux, la manière dont sa joue se creusait lorsqu'il souriait, sa démarche virile et l'aura de pouvoir qu'il exsudait.

Et pourtant, elle avait réussi à se convaincre que son intérêt pour lui ne signifiait rien. Elle avait tellement essayé d'être une bonne épouse qu'elle s'était perdue. Elle avait dissimulé la véritable Cat sous la femme docile de Glen.

Comment avait-elle pu se montrer aussi stupidement naïve ? Impressionnée et secrètement fière qu'un homme comme Glen ait pu tomber amoureux d'elle, elle avait contracté un mariage qui avait été tronqué dès l'instant où elle avait posé les yeux sur Nick.

Aurait-elle quitté Glen si Nick avait fait un pas vers elle, avait donné suite à la puissante attirance qui s'était tissée entre eux ? S'il lui avait fait l'amour au lieu de rester en retrait ce jour-là, à l'hôtel ?

Bouleversée, elle se détourna de la fenêtre. Elle ne le saurait jamais.

3.

— Si l'homme à la table six m'appelle encore une fois « fillette », je lui déverse le contenu de son assiette dans le cou, menaça Cat.

Sinead lui adressa un sourire compatissant.

— Je crois qu'il essaye d'impressionner sa petite copine.

— J'en ai peur, maugréa Cat tout en s'affairant.

— Ravie que ce soit ton client plutôt que le mien, dit Sinead, arrachant la fiche de son bloc pour la placer devant Andreo.

Le propriétaire et chef du restaurant familial où elles travaillaient toutes les deux y jeta un rapide coup d'œil.

— Garde ton sang-froid, Cathy, dit-il. Si tu prends l'habitude de verser la bonne nourriture sur les clients, cela se saura.

— C'est pourtant très tentant, bougonna Cat.

Le tintinnabulement de la clochette de la porte d'entrée la fit se précipiter dans la salle du restaurant. Elle s'arrêta net en croisant le regard doré de l'homme à la haute stature qui se tenait dans l'entrée. Une certaine satisfaction colora ses joues et fit bondir son cœur dans sa poitrine.

Prenant sur elle, elle afficha un sourire contraint.

— Une table pour une personne, monsieur ?

Le visage impénétrable, Nick baissa les yeux vers elle. Vêtu d'un pantalon noir et d'une chemise assortie — une tenue informelle mais raffinée —, il ressemblait à une créature de la nuit, un être dangereux et troublant.

— Oui, fut sa réponse laconique.

Cat prit un menu et l'escorta vers une table dressée pour

deux, retirant les couverts supplémentaires pendant qu'il s'asseyait. Elle déposa ensuite la carte devant lui et énuméra les spécialités du jour. Il lui était difficile de tempérer son excitation, mais elle fit néanmoins de son mieux.

— Quelle est la spécialité de la maison ? demanda Nick, sans un regard pour le menu.

— Le filet de bœuf à la ratatouille est délicieux, monsieur.

Elle flirtait avec le danger, se dit Cat comme il la fixait de son regard ardent. Aussitôt, une onde de désir la parcourut, la faisant frissonner.

— Alors, je prendrai ça. Et des pétoncles en entrée.

— Désirez-vous voir la carte des vins ?

— Je prendrai une bière, déclara-t-il, puis il nomma une marque que le restaurant avait en stock.

— Très bien, monsieur.

Lorsqu'elle lui apporta sa bière, il la remercia.

— Ne m'appelle pas « monsieur », ordonna-t-il d'une voix tranchante.

— Il est pourtant de tradition de dire ça.

— Ce n'est pas pour cette raison que tu m'appelles ainsi.

Soudain, une voix retentit derrière elle.

— Fillette ! Fillette ! Où donc est passée cette serveuse ?

— Excusez-moi, dit-elle en se précipitant vers l'homme de la table six, soulagée de l'interruption.

— Vous vous êtes trompée sur l'addition, se plaignit celui-ci. J'ai vérifié sur ma calculatrice et vous m'avez facturé sept dollars de trop.

Il lui fallut quelques minutes pour parcourir avec lui sa commande, s'assurer qu'elle était en adéquation avec l'addition, puis sommer le client de vérifier le total lui-même. Bien sûr, celui-ci ne s'excusa pas de son erreur.

— Et je suis sûre qu'il ne t'a pas laissé de pourboire, non plus, marmonna Sinead, gardant un œil attentif sur Nick.

— Le contraire m'eût étonnée. Pourquoi l'aurait-il fait ? Ce n'est pas une coutume néo-zélandaise, répondit Cat, les yeux rivés sur le tiroir-caisse. Sauf si on fait quelque chose d'exceptionnel pour le client.

— Tu ne l'as pas tué, ce que je trouve déjà remarquable de ta part ! En tout cas, ton admirateur n'a pas apprécié de voir ce type faire tant d'histoires, ajouta son amie avec délectation. Il lui a lancé un de ces regards mauvais !

— Tu as trop d'imagination. Il n'est rien pour moi.

— Peut-être, admit Sinead d'un ton joyeux, mais vu la façon dont il te regarde, tu n'es sûrement pas rien pour lui.

— Ne sois pas ridicule, marmonna-t-elle.

— Oh, Cat, arrête de te comporter comme une vieille fille ! s'écria Sinead en riant. Pourquoi ne profiterais-tu pas un peu de la vie ? Regarde-le, bon sang ! Il est beau comme un dieu, avec un côté sombre qui le rend extrêmement séduisant. Comment s'appelle-t-il ? Je sens que je devrais le connaître.

— Nick Harding.

— Et c'est ton petit copain ?

Manifestement, le nom ne lui disait rien du tout.

— Non.

— Hum, dit Sinead d'un air dubitatif. Il a un corps de rêve et bon goût — le noir lui va à ravir. Et j'adore son air mystérieux, sauvage, sensuel. Il doit être extraordinaire au lit.

— N'as-tu jamais songé à changer de métier ? s'enquit Cat, alarmée de se sentir jalouse. Pourquoi n'écrirais-tu pas des romances ? Et puis, que fais-tu de Jonathan, qui doit sans doute en ce moment même faire chauffer sa moto pour t'amener en boîte ?

— Bon d'accord, tu l'as vu en premier, glousa Sinead, mais une fille a le droit de rêver, non ?

Dix minutes plus tard, elle poussait un hoquet de surprise.

— Je viens de réaliser qui est Nick Harding.

Elle marqua une pause et comme Cat levait un sourcil interrogateur, elle poursuivit :

— Je suppose qu'il s'agit bien du « magicien de l'Internet » ?

— Oui.

Hochant la tête, Sinead saisit un moulin à poivre.

— Cela met en doute la description type de l'informaticien boutonneux, tu ne crois pas ? Il ressemble à un pirate des temps anciens. L'expression « beau mec » ne s'applique pas à lui ; trop quelconque. Je ne suis, hélas, pas sûre qu'il existe un terme assez fort pour le décrire, dit-elle en faisant un clin d'œil à Cat. Je sens en lui de sombres secrets, et une certaine insouciance sauvage qui m'excite au plus haut point. Pourquoi, d'ailleurs, n'est-il pas au port de plaisance avec tous les autres milliardaires ? Serait-ce à cause d'une mystérieuse jeune femme aux yeux en amande ?

Avec un large sourire, elle tourna les talons.

Cat eut les nerfs à vif pour le restant de la soirée, même après le départ de Nick. À son grand soulagement, il n'avait pas essayé de lui donner un pourboire ; elle le lui aurait jeté à la figure et Andreo aurait eu une crise d'apoplexie.

Il était tard quand elle sortit enfin du restaurant et salua de la main Sinead, juchée sur la moto de Jonathan.

— Non, vous n'avez pas besoin de me raccompagner, leur dit-elle en les voyant hésiter. Allez danser !

— Tu es sûre ?

— Parfaitement. Allez, filez !

Sinead sembla sur le point d'insister, puis elle regarda par-dessus l'épaule de Cat et acquiesça.

— D'accord. À demain.

Ils démarrèrent en trombe et Cat s'éloigna à grands pas. Les cieux étaient menaçants, avec un vent chaud venu des tropiques. La ville d'Auckland étant située sur un isthme et entourée de deux ports naturels, l'un sur la côte ouest et l'autre sur la côte est, elle bénéficiait d'une brise marine.

Quelques odeurs lui parvinrent de l'Auckland Domain, l'un des plus grands parcs de la ville — le gazon fraîchement tondu, les senteurs des plantes exotiques abritées dans les nombreuses serres, et la douce et entêtante fragrance des fleurs de daturas, abritées derrière une haie proche. Malgré l'heure tardive, la circulation était encore dense sur l'autoroute. Cat regretta de ne pouvoir partir loin vers le nord, s'établir dans une petite ville où Nick ne la retrouverait jamais.

Entendant son nom, elle leva brusquement la tête. Une bouffée d'excitation fit palpiter son cœur lorsqu'elle vit celui-ci contourner son bolide profilé. L'avait-elle fait apparaître juste en *pensant* à lui ?

Pas étonnant que Sinead soit partie si joyeusement !

— Je te raccompagne, dit Nick d'un ton sans appel. J'espère que tu n'as pas pour habitude de te promener seule à une heure pareille ?

— Sinead et moi rentrons ensemble, d'habitude, répondit-elle, sa proximité la rendant mal à l'aise. Nous habitons dans la même maison.

— Monte dans la voiture. À moins que tu ne veuilles que je te suive jusque chez toi ? ajouta-t-il en la voyant hésiter.

Fulminant, elle obéit et garda un silence éloquent tandis qu'il démarrait. S'il la touchait, elle le frapperait, songea-t-elle avec colère. Elle n'allait pas à nouveau endurer sa passion débridée, à laquelle elle était incapable de résister. C'était humiliant.

Il ne fit pas un geste vers elle.

— Pourquoi, alors que tu touches une très confortable allocation annuelle de ton fonds fiduciaire, travailles-tu tous les soirs dans un restaurant de second ordre ?

— Andreo est un très bon cuisinier, protesta-t-elle, et…

— Là n'est pas le problème, coupa-t-il. J'ai téléphoné à la clinique, et sœur Bernadette ne tarit pas d'éloges à ton sujet. Elle m'a appris que tu es un important mécène — le seul de la clinique. Grâce à ta générosité, ils sont désormais propriétaires d'un appareil que je ne peux même pas épeler, et encore moins prononcer.

— C'est un…, commença-t-elle, avant de s'interrompre.

Il arrêta la voiture devant sa maison.

— Combien cela a-t-il coûté ? demanda-t-il d'une voix rude.

Cat se contenta de fixer la fenêtre obscure de sa chambre. Si elle avait su que l'état de santé de Juana nécessiterait une deuxième opération, elle aurait conservé les vingt mille dollars, mais elle ne regrettait pas son geste pour autant. La clinique était maintenant dotée d'une unité et d'une salle de chirurgie flambant neuve.

— Cela ne te regarde pas, finit-elle par dire. Ton rôle est uniquement de t'assurer que le revenu de la fiducie m'est bien versé une fois par an.

— Si tu crois que c'est la seule chose que fait un administrateur de biens, tu devrais peut-être te renseigner. Glen ne s'attendait certainement pas à ce que tu donnes tout ton argent à un hôpital de Romit. Il serait horrifié de voir sa femme servir dans un restaurant, aussi bon soit le chef. Il voulait qu'on prenne soin de toi.

— Je peux très bien prendre soin de moi, s'offusqua-t-elle.

Nick coupa le moteur et se tourna vers elle.

— Manifestement, non. Tu as des cernes sous les yeux.

Elle garda un silence buté.

— Très bien, soupira-t-il. Oublie ce que j'ai dit. Dépense tout ton argent dans cette clinique, si c'est ce que tu veux. J'ai une faveur à te demander.

— Une *faveur* ?

Glen s'était toujours plaint de la fierté mal placée de Nick. Il suivait sa propre route avec une farouche détermination qui lui permettait de se réaliser pleinement, sans jamais demander de l'aide à quiconque. Un regard à la dérobée lui permit de voir son profil — dur et intransigeant.

— Tu as entendu, dit-il sèchement. Ce ne sera pas facile et tu devras emménager chez moi. J'imagine que tu as entendu parler de la Coupe Dempster ?

— Je lis les journaux, répliqua-t-elle avec hauteur. Après la Coupe de l'America, c'est la plus prestigieuse course de voiliers du monde, et cette année, elle aura lieu à Auckland. Mais en quoi une course de voiliers me concerne-t-elle ?

— As-tu aussi entendu parler de Stan Barrington ?

— L'homme des médias australien ? Glen parlait souvent de lui, mais je ne pense pas l'avoir jamais rencontré.

— Il a une fille qui cherche un mari. Elle et son père pensent que je ferais un bon candidat, précisa Nick. Moi pas. Cependant, je dois rester en bons termes avec le vieux filou.

— Pour les affaires, murmura Cat, se demandant pourquoi elle se sentait si déprimée.

Il devait s'agir du contrat du siècle dont avait parlé l'homme qu'elle avait croisé dans la rue, quelques jours plus tôt. Le contrat qui allait propulser Nick dans la stratosphère.

— Exactement.

Les mains posées sur le volant, Nick le tapotait d'un geste nerveux. Lui qui ne demandait jamais de faveurs et semblait toujours parfaitement à l'aise était en train de perdre son sang-froid. Comme s'il s'était soudain rendu compte de ce qu'il faisait, il se figea.

— Francesca Barrington est une femme très déterminée. Elle n'arrivera sans doute pas à persuader son père de se retirer des discussions en cours, mais je ne vais pas lui en donner l'occasion. Trop d'emplois sont en jeu. Et si cela ne me dérange pas d'être battu dans une lutte équitable, je ne me laisserai pas abattre par un coup bas, pas plus que je ne me servirais de Francesca pour réussir, avant de la laisser tomber ensuite.

— Oh ! non, s'écria Cat, horrifiée. Tu ne peux pas faire ça.

— Ravi de constater que nous sommes d'accord sur ce point. J'ai donc besoin d'une fiancée pour donner le change et tu serais, je crois, parfaite pour le rôle.

— Non ! s'offusqua-t-elle.

— Tu as peut-être raison. Des fiançailles seraient trop formelles. Une maîtresse conviendrait mieux.

— Pourquoi moi ? balbutia-t-elle. Ce serait…

Gênée, elle se tut.

— Dangereux ? Crains-tu que nous succombions à la tentation et finissions au lit ? Serait-ce un tel désastre ?

Les phares d'une voiture en mouvement éclairèrent le visage de Nick, mettant en lumière sa bouche pleine au pli sarcastique et son regard incandescent.

Le cœur de Cat fit un bond dans sa poitrine tandis qu'une onde de chaleur traversait son corps.

— Oui, ce serait un véritable désastre, vitupéra-t-elle.

La voiture passa son chemin et l'obscurité retomba.

Elle ne pouvait pas lui dire qu'elle ne se faisait pas confiance pour garder ses distances. Nick savait tirer profit des faiblesses des autres.

— Pourquoi ne pas payer une actrice ? Ou demander à une amie… ?

— J'ai besoin de quelqu'un en qui j'ai confiance.

Malgré elle, cet aveu la combla de joie.

— Tu sembles avoir les intérêts de ta petite protégée à cœur et si tu joues ton rôle de manière convaincante, je paierai son opération. Dans le cas contraire, elle devra attendre le paiement échelonné suivant.

— Mais alors ce sera trop tard, répliqua-t-elle froidement.

— C'est ce que j'ai cru comprendre.

Il laissa le silence peser quelques instants, avant de poursuivre impitoyablement.

— Francesca est loin d'être idiote et il est impossible de simuler une attirance sexuelle. En revanche, si tu t'installes chez moi, elle n'aura aucun doute sur la véracité de notre liaison. Et nous nous connaissons suffisamment bien pour que notre relation paraisse véridique.

Cat ouvrit la bouche, mais ne sut que dire.

— Je subviendrai à tes besoins durant ton séjour et je t'aiderai à trouver un travail décent.

— Sûrement pas !

— C'est comme ça que les choses se passent dans le

monde du travail, Cat, railla-t-il. Ce n'est pas du favoritisme et tu seras licenciée si tu n'es pas apte au poste.

— Je suis apte à tout emploi pour lequel je postule.

— Je n'en doute pas une seconde, dit-il, une note d'impatience dans la voix. Alors, c'est oui ou c'est non ?

— Je ne peux pas prendre une décision juste comme ça.

— Tu n'as pas le choix, riposta-t-il. Je dois prendre mes dispositions. Les Barrington arrivent dans une semaine et je veux que tu intègres ma maison tout de suite, afin que tu connaisses ma façon de vivre.

La tentation était irrésistible, mais elle se contint.

— N'insiste pas, Nick, dit-elle, le regard rivé sur la fenêtre de sa chambre. J'ai besoin de réfléchir.

— Très bien, concéda Nick, tu as la nuit pour réfléchir.

Là-dessus, il sortit et fit le tour de la voiture pour lui ouvrir la portière.

— Tu as peu de chance d'obtenir une telle somme de la banque, même avec le fonds fiduciaire pour garantir le prêt. Le Trésor vient d'annoncer que l'inflation est de retour, aussi les directeurs de banques sont-ils moins enclins à accorder des prêts… Mais bien sûr, tu sais déjà tout ça, ajouta-t-il avec un léger sourire. Promets-moi une chose, cependant…

— Quoi ? demanda-t-elle, tout en tâtonnant dans son sac à la recherche de ses clés.

— Que tu n'iras pas voir les prêteurs sur gages.

Elle trouva enfin la clé et la glissa dans la serrure.

— D'accord.

Elle était déjà allée en voir et ils s'étaient montrés aussi peu coopératifs que les banquiers, et nettement moins polis.

Cat ouvrit la porte. Le hall d'entrée avait dû être magnifique, mais des années d'occupation par des étudiants et de loyers modérés l'avaient dépouillé de sa splendeur originelle. Avec son papier peint taché et à moitié décollé, et son sol recouvert d'un linoléum sale datant des années 1970, il avait non seulement l'air repoussant, mais sentait mauvais.

— Bonne nuit, dit-elle.

— Je viendrai te chercher pour déjeuner demain.

— Non, refusa-t-elle, sans trop savoir pourquoi.

— D'accord, concéda-t-il en haussant les épaules. Je te donne rendez-vous à l'Obéron, à Parnell, pour 13 heures. C'est un excellent restaurant de fruits de mer. Ouvre ta fenêtre quand tu seras dans ta chambre ; je saurai ainsi que tu es en sécurité.

— C'est ma maison ici, pas un lieu de perdition ! s'écria-t-elle, exaspérée. Bonne nuit !

Furieuse, elle s'éloigna à grands pas, monta l'escalier et entra dans sa chambre, enjambant l'enveloppe que quelqu'un avait glissée sous la porte. Elle souleva la fenêtre délabrée, faisant entrer un souffle d'air vicié. En contrebas, dans la cour de gravier qui avait été à l'origine un jardin et qui en conservait encore quelques reliques, se tenait une silhouette qui leva la main et la salua. Fermant brusquement la fenêtre, elle regarda Nick monter dans sa voiture.

La perspective de séjourner chez lui et de faire semblant d'être sa maîtresse était très séduisante. Peut-être que ces quelques mois passés à Romit lui avaient donné le goût du danger ?

Grelottant, elle fit sa toilette et enfila un des larges et confortables T-shirts dans lesquels elle aimait dormir.

Non, le danger à Romit avait été bien réel, mais sur un plan purement physique, alors que vivre avec Nick mettrait son cœur en péril. La chose raisonnable à faire serait de fuir aussi loin de lui que possible.

Mais pourquoi n'avait-elle pas encore surmonté cette passade ? Ce n'était pas faute d'avoir essayé, pourtant.

Avec peu de succès, manifestement. À chaque fois qu'elle voyait Nick, son corps était en émoi ; un désir si profond qu'il semblait faire partie intégrante d'elle. Dans ses rêves, elle se demandait si c'était de l'amour mais, une fois réveillée, elle savait que non.

L'amour implique le respect et bien qu'elle ait appris à voir au-delà de l'animosité affichée de Nick et de son autorité naturelle, au-delà de son charme dangereux et convaincant aussi, elle savait qu'il ne la respectait pas du tout.

Quant à l'apprécier — inutile de s'épancher là-dessus !

Mais l'ironie voulait qu'elle soit obsédée par Nick. Peut-être était-ce sa punition pour avoir épousé Glen pour de mauvaises raisons.

Elle commençait à désespérer de ne pouvoir s'endormir quand elle se souvint de l'enveloppe, toujours posée sur le sol, devant la porte d'entrée. Avec un soupir, elle se leva, traversa la pièce, saisit la lettre et s'empressa de retourner au lit en ayant pris soin d'allumer sa lampe de chevet. Après l'habituel vacillement de l'ampoule, la lumière se stabilisa suffisamment pour lui permettre de lire.

La maison avait été vendue pour être démolie, l'informait le propriétaire de manière formelle. Et par conséquent, il lui fallait quitter les lieux avant la fin de la semaine.

Cat fixa longuement la lettre. Elle avait été générée par ordinateur, aussi les autres résidents recevraient-ils la même. Les étudiants rentreraient probablement chez eux, dans divers coins du pays, mais pour sa part elle n'avait nulle part où aller. Pis encore, elle perdrait bientôt son emploi au restaurant, quand la fille d'Andreo reviendrait de l'université.

L'espace d'un instant, elle fut submergée par la panique, mais cela ne dura pas.

— Arrête de tergiverser et trouve une solution, se fustigea-t-elle, tout espoir de dormir désormais anéanti.

La lettre réduisait sensiblement ses options. Trouver un nouveau logement impliquait des moyens qu'elle n'avait pas. En vivant frugalement, elle avait économisé suffisamment pour pouvoir passer le cap de l'été — mois durant lesquels aucune entreprise n'embauchait — et grâce à son emploi auprès d'Andreo, elle espérait survivre jusqu'à l'obtention de son diplôme. Ensuite, elle pourrait chercher un travail en rapport avec ses études.

Pourquoi diable son propriétaire n'avait-il pas attendu encore quelques semaines avant de démolir sa maison ? Les emplois temporaires étaient pratiquement impossibles à trouver pendant l'été, quand les citadins fuyaient la moiteur de la ville pour la fraîcheur des plages.

Peut-être pourrait-elle décrocher un poste au port de plaisance, où ses compétences en comptabilité pourraient s'avérer utiles ? Elle regarderait les petites annonces dans le journal dès le lendemain matin, se promit-elle.

L'alternative serait d'accepter la scandaleuse proposition de Nick…

— Je m'en sortirai, dit-elle vaillamment.

Malgré tout, elle frissonna en se pelotonnant à nouveau sous les couvertures et resta allongée comme ça pendant des heures, dans l'obscurité, l'esprit en tumulte. À bout de nerfs, elle finit par tomber dans un sommeil agité et peuplé de rêves.

Le lendemain matin, se sentant toujours comme une bête traquée, Cat prit un petit déjeuner frugal, avant de flâner dehors, une tasse de café à la main.

Les températures avaient augmenté durant la nuit, transformant les vents salins en une douce caresse. Pendant ses quelques heures de sommeil, elle avait rêvé de Nick — des songes sensuels qui enflammaient encore ses sens. Un véritable tumulte intérieur, aggravé par le sentiment d'un désastre imminent, la submergea soudain, la poussant à agir.

Elle but d'un trait son café et posa sa tasse sur le bord de la terrasse couverte. Elle devrait aller se promener sur les pentes herbeuses de l'Auckland Domain, ou mieux encore faire du vélo jusqu'au mont Eden et escalader la côte pentue et raide du cône volcanique. Non, corrigea Cat, elle ferait mieux d'acheter un journal et de se trouver un emploi.

Elle jeta un coup d'œil sur le jardin laissé à l'abandon

— jardin qui avait dû à une époque faire la joie de quelqu'un. Peut-être même avait-il été un réconfort dans des moments de chagrin et d'indécision. Quel dommage que dans quelques semaines tout soit rasé par des bulldozers…

Son regard se posa sur une motte d'hémérocalles, les petites fleurs orange poussant vaillamment au milieu des mauvaises herbes. Après avoir pris un couteau de la cuisine commune, Cat s'approcha des fleurs. Les libérer fut un travail long et fatigant, et lorsque le soleil se mit de la partie, elle commença à suer. Malgré tout, elle ne relâcha pas ses efforts.

Elle devait raisonner logiquement, se dit-elle en arrachant une touffe d'herbe. Nick avait besoin d'une faveur et il était prêt à payer pour l'obtenir. Il était sans doute convaincu de pouvoir la séduire en prime. Et il avait toutes les raisons de le croire. Elle s'était montrée incapable de le repousser.

Submergée par un maelström de sensations qu'elle s'efforça de refouler, elle attaqua un autre parterre. La perspective d'être la maîtresse de Nick tissa sa propre magie noire — un puissant enchantement, à la fois périlleux et excitant. Elle empila de luxuriantes feuilles dans un tas avec les autres mauvaises herbes, puis s'essuya le front du plat de la main.

— Je saurai me débrouiller, marmonna-t-elle.

Mais était-ce si certain ? Et surtout, le voulait-elle ? Nick ne l'avait jamais aimée, mais il la désirait… Tout comme elle. Vivre sous le même toit que lui l'exposerait fatalement à cette incoercible attirance. Alors, pourquoi ne pas y céder ?

— Le problème, dit-elle à haute voix, c'est que j'ai passé des années à lui résister.

Se levant, elle inspecta les hémérocalles. Avec cette chaleur, les mauvaises herbes réapparaîtraient bien vite, mais pour le moment les fleurs étaient enfin libres.

Un mouvement derrière la haie lui fit lever la tête et elle sourit lorsqu'elle croisa le regard de la vieille dame qui passait devant chez elle tous les matins pour acheter son journal. Celle-ci hocha la tête devant le parterre de fleurs.

— Voilà qui est beaucoup mieux, approuva-t-elle. J'aime beaucoup les hémérocalles. Pas vous ?

— Si, assura Cat, bien que je me demande pourquoi j'ai pris la peine de bêcher le jardin. La maison sera bientôt démolie et le jardin rasé par les bulldozers.

— L'été est là, dit la vieille dame avec un petit rire, vivez l'instant présent. Faites ce dont vous avez envie, même si cela vous paraît une folie. Vous savez, je ne regrette pas les choses folles que j'ai faites, mais plutôt celles que je n'ai pas faites.

— Pourquoi ne les avez-vous pas faites ?

— Parce que j'étais lâche.

— Vous avez eu peur de souffrir.

— Mieux vaut souffrir que de flétrir par manque de courage, assura-t-elle avec un sourire chaleureux. Mordez la vie à pleines dents, jeune fille — on ne peut préserver son cœur que jusqu'à un certain point, sous peine de l'assécher. Et ne vous inquiétez pas pour les hémérocalles. Après votre départ, je les déterrerai et les planterai chez moi. Bonne chance, ma belle. Votre beau sourire me manquera, tout comme votre somptueuse chevelure rousse.

La saluant, la vieille dame se dirigea vers l'arrêt de bus.

Pensive, Cat déposa les mauvaises herbes dans la poubelle, puis entra dans la maison. Après avoir lavé le couteau et l'avoir remis à sa place, elle alla se planter devant sa fenêtre. Avec leurs couleurs vives et audacieuses, les hémérocalles se dressaient, droites et fières.

Elle n'avait pas encore pris de décision, mais savait au fond d'elle-même qu'elle allait accepter la proposition de Nick. Même si les choses se passaient mal entre eux, la situation ne pouvait être pire que maintenant, où elle se torturait pour un homme qui la voulait autant qu'il se méfiait d'elle.

Détournant les yeux, elle croisa son regard dans le miroir. Elle y vit une femme aux yeux rêveurs, à la bouche pleine et sensuelle, et aux joues rosies par le désir.

Peut-être que tout irait bien. Peut-être se rendrait-il compte qu'elle était quelqu'un de raisonnable, et non pas une femme vénale au cœur dur.

4.

Nick n'était pas seul lorsque Cat l'aperçut devant le restaurant où ils s'étaient donné rendez-vous.

Sa compagne — cheveux noirs noués en un élégant chignon, superbe tailleur noir mettant en valeur ses longues jambes admirablement moulées dans un collant noir et des chaussures noires à talons hauts — riait, une main posée sur son bras de façon intime.

Le sang de Cat se retira de son visage. C'était pourtant idiot de sa part d'être si affectée. Après tout, Nick avait souvent de jolies femmes pendues à son bras.

Malgré tout, elle se sentit petite et terne dans son tailleur bleu. Instinctivement, elle se cacha derrière un arbre et, une fois à l'abri, fixa la devanture du magasin devant lequel elle se trouvait.

La lumière dansait dans ses yeux, réfléchis par les miroirs qui mettaient en relief un présentoir à bijoux disposé artistiquement. Le regard rivé sur les reflets d'or et de diamants, elle patienta, refusant d'aborder Nick pendant qu'il parlait à une autre femme.

— Lequel te plaît ?

La voix de Nick la fit sursauter. Les battements de son cœur redoublèrent tandis qu'elle fixait son sublime reflet dans le miroir. Il ne la touchait pas, mais se tenait derrière elle, faisant rempart entre Cat et les passants. Son visage sombre exsudait un pouvoir viril qui tranchait avec son costume sombre de coupe classique.

En effet, sous des dehors sophistiqués se cachait un homme dur et impitoyable. Dans un éclair de perspicacité, Cat comprit que c'était justement ce côté sauvage et rebelle qui l'attirait. Elle le voulait avec une passion échappant à tout contrôle, à toute compréhension — parce que d'une certaine et étrange façon, ils étaient liés l'un à l'autre.

— Aucun, rétorqua-t-elle sèchement.

— Alors, pourquoi les regardes-tu avec tant d'intérêt ?

— Je ne voulais pas interrompre ta conversation.

Seigneur, que d'amertume dans ces simples mots !

Elle fixa une bague particulièrement voyante, espérant ainsi calmer le martèlement de son pouls.

— Que reproches-tu à ces bijoux ?

— Ils sont trop ostentatoires.

— Sans doute. Mais cette bague en diamant, là au milieu, t'irait à merveille. Aimerais-tu l'avoir ?

Levant les yeux, elle croisa son regard calculateur.

— Non, riposta-t-elle.

— Tu pourrais toujours la vendre. N'est-ce pas la procédure habituelle ? s'enquit-il en scrutant sa réaction.

— Je ne saurais le dire, répondit-elle en baissant les yeux.

— Où est la bague de fiançailles que t'a offerte Glen ?

— Vendue, répondit-elle aussitôt.

L'argent avait servi à acheter des médicaments et du matériel qui avaient permis de sauver des vies.

Nick savait qu'elle avait vendu sa bague avant d'avoir posé la question ; elle le lisait dans ses yeux, dans le pli cynique de sa bouche.

— J'espère que tu as placé judicieusement le produit de la vente, susurra-t-il.

— Pourquoi me détestes-tu ? balbutia-t-elle.

— Je ne te déteste pas. Dans un sens, je t'admire, même, admit Nick. Tu as exploité au mieux tes considérables atouts.

— Tu ne m'as jamais aimée, laissa-t-elle échapper, se

souvenant de la façon peu amène dont il l'avait regardée quand Glen les avait présentés. Pourquoi ?

— Peut-être... Tu étais timide et effacée, pas du tout mon style. Et pourtant, je t'ai désirée au premier regard. Et tu le savais, ajouta-t-il. Qu'aurais-tu fait, Cat, si je t'avais proposé de t'emmener, de t'épouser ?

Gênée, elle s'humecta les lèvres et demeura silencieuse.

— J'aurais refusé, finit-elle par dire. J'avais fait une promesse à Glen.

— Et bien sûr, Glen était fou amoureux de toi, persifla Nick. J'ai tout de suite su quel genre de femme tu étais — une croqueuse de diamants. Tu avais sans doute de nobles intentions — le bien-être de ta mère — mais tu n'en étais pas moins déterminée à obtenir satisfaction. Même si ta loyauté envers Glen n'avait pas été un souci, je n'aurais pas eu gain de cause. Je n'étais pas assez fortuné pour toi.

Ces mots, proférés avec détachement, la firent souffrir, comme il en avait eu l'intention. Furieuse et blessée au plus profond d'elle-même, Cat répliqua malgré elle :

— Ce doit être exaspérant pour toi de me désirer encore.

— Oui, concéda-t-il avec un bref sourire. Et toi aussi, tu me désires. Une situation intéressante, en somme.

Le cœur de Cat bondit dans sa poitrine, mais son euphorie s'estompa vite, lui laissant un goût amer dans la bouche. Un souvenir se dressait entre eux, telle une épée flamboyante, exacerbant leur antagonisme et empêchant tout dénouement heureux. Nick n'oublierait jamais sa trahison envers son ami, pas plus qu'elle n'oublierait ses baisers torrides.

— Je trouve cela agaçant plutôt qu'intéressant, riposta-t-elle pour cacher sa gêne.

À l'intérieur du magasin, une femme leva les yeux de derrière le comptoir. Ses cheveux lisses — légèrement trop pâles pour être naturels et attachés en un élégant chignon — encadraient son visage légèrement maquillé. Elle les observait depuis un certain temps, tout en s'affairant à ranger un tiroir. Ou plus exactement, elle regardait Nick. Les femmes le regardaient toujours. Une pointe de jalousie la frappa au cœur.

Il est à moi, se dit-elle soudain.

Alors, pourquoi ne pas accepter sa proposition ? Qu'avait-elle à perdre, après tout ? Une brève liaison avec lui consumerait le lien élémentaire qui les liait… Ou prouverait au contraire qu'ils étaient des âmes sœurs.

Et que ferait-elle, alors ? Au moins, elle saurait à quoi s'en tenir.

— Tu en fais une tête ! constata Nick.

Elle haussa les épaules.

— Ah, bon ? J'ai pris ma décision, au fait, ajouta-t-elle en prenant son courage à deux mains. J'accepte ta proposition.

— Qu'est-ce qui t'a décidée à franchir le pas ?

Il n'avait pas l'air surpris, ni soulagé, ni même satisfait et son expression demeura indéchiffrable. Malgré tout, Cat fut aussitôt sur le qui-vive.

— Je n'ai pas le choix.

Il baissa les yeux vers elle, ses traits durcis.

— Tu feras donc semblant d'être ma maîtresse en échange de vingt mille dollars ?

— Oui.

Et elle ne ferait rien de plus, même si l'idée de succomber au charme de Nick était séduisante. Car elle savait au plus profond d'elle-même que ce serait une erreur. Si elle cédait à la tentation, elle serait brisée à tout jamais.

— Ne devrions-nous pas y aller ? dit-elle en regardant sa montre.

Il ne bougea pas. Elle fut tentée de partir en courant, et d'abandonner tout espoir d'aider Juana jusqu'au prochain versement de son annuité, mais la fierté la retint.

Soudain, un bambin courut à toute vitesse vers eux, riant aux éclats et regardant par-dessus son épaule la femme qui le pourchassait en criant son nom. Arrivé à leurs côtés, il trébucha et son visage se décomposa.

Nick bougea si vite que Cat poussa un cri. De ses mains habiles, il saisit l'enfant avant qu'il ne heurte le sol et le tint serré contre lui.

— Tout va bien, dit-il d'une voix douce. Ne pleure pas.

Les yeux écarquillés, le bambin fixa le visage hâlé de son protecteur et ravala ses larmes.

— Comment t'appelles-tu ? demanda Nick au moment où sa mère — non, sa grand-mère — arrivait.

— Petey, gémit l'enfant, visiblement fasciné par la note de douceur dans la voix profonde de Nick.

— Dis merci au gentil monsieur, intervint sa grand-mère, souriant avec gratitude à Nick.

Un étau serra le cœur de Cat. Elle n'avait jamais vu ce dernier avec un enfant, et il lui sembla soudain scandaleux de ne pas en avoir eu avec Glen. Les amis de son époux n'en avaient pas et il n'en avait pas voulu. En quatre ans de mariage, elle ne se souvenait pas avoir vu une seule fois un enfant dans leur immense et luxueux penthouse.

Nick rendit le garçonnet à sa grand-mère. Il dit quelques mots qui firent rire la vieille dame et les regarda s'éloigner, saluant de la main le petit garçon, avec un sourire qu'elle ne lui avait jamais vu auparavant. Elle en eut le souffle coupé.

— Qu'y a-t-il ? demanda-t-il brusquement.

— Rien, mentit-elle. J'admirais juste ta rapidité d'action.

— Quand tu grandis dans l'attente du prochain coup, tu as intérêt à être rapide.

Horrifiée, Cat leva les yeux vers lui.

— Je suis désolée, dit-elle bêtement. Je ne savais pas.

Il se rembrunit.

— J'ai eu de la chance. Les voisins étaient gentils et m'accueillaient chez eux quand les choses devenaient trop difficiles à la maison… Bon, si on allait déjeuner ?

Submergée par une énorme vague de compassion, elle le suivit dans le restaurant. À l'intérieur, on les conduisit à une table à l'abri des regards et quand ils eurent tous les deux commandé, Nick choisit le vin.

— Champagne ? s'étonna Cat après le départ du serveur.

— Pourquoi pas ? Je ne t'ai jamais vue boire autre chose.

— C'est le seul alcool que j'apprécie, admit-elle en souriant.

Le serveur déboucha la bouteille et versa le précieux breuvage.

— À notre succès, dit Nick en soulevant sa flûte.

Cat trinqua avec lui, se demandant cyniquement de quel succès il parlait. Le champagne glissa sur sa langue, frais et sec à la fois, les bulles lui piquant délicieusement la gorge.

Nick attendit qu'elle pose sa flûte avant de poursuivre.

— Tu auras besoin de vêtements et d'une bague. Pas une bague de fiançailles, mais quelque chose d'assez ostentatoire et onéreux pour prouver que notre engagement est sérieux. Tu pourras la garder quand tout ceci sera terminé, conclut-il d'un ton léger.

— Je n'en veux pas, siffla-t-elle entre ses dents.

— Tu ne l'as pas encore vue.

— Parce que toi, oui ?

Question stupide, reconnut-elle aussitôt. Depuis quand Nick laissait-il quoi que ce soit au hasard ?

— Bien sûr. Elle est assortie à tes yeux, ajouta-t-il avec un sourire ironique. Nous irons la chercher après le déjeuner.

L'appétit coupé, Cat écouta Nick discourir sur les courses de voiliers et lorsque sa salade de poulet lui fut présentée, elle était assez détendue pour prendre part à la conversation.

Glen lui avait dit que Nick était un jeune sauvageon quand il l'avait rencontré, mais il n'y avait plus rien de mal dégrossi dans l'homme qui lui faisait face. Une intelligence naturelle, alliée à une formation de qualité et à une détermination féroce, avait arrondi les angles.

— Je n'ai pas besoin de nouveaux vêtements, dit-elle à la fin du repas. J'en ai encore de convenables.

— Certes, mais démodés, répondit-il. Francesca le

remarquerait immédiatement. Considère-les comme un uniforme.

Cat pinça les lèvres. Elle ne voulait pas que Nick lui achète ses vêtements.

— Cela ne me paraît pas nécessaire, c'est tout.

— Ça l'est pour moi, assura-t-il, le regard rivé au sien.

Manifestement, il ne céderait pas.

— Je te rembourserai quand j'aurai un emploi… As-tu songé que Francesca n'apprécierait peut-être pas que je vive sous ton toit ? Certaines femmes ne… Cela les rend encore plus déterminées.

— À toi de te montrer convaincante. Je te soutiendrai, bien sûr. Et je sais que tu peux te monter aussi têtue qu'elle, ajouta-t-il perfidement.

Comme Cat gardait le silence, il changea de sujet.

— Dans quelle boutique achetais-tu tes vêtements, quand tu avais encore de l'argent ?

— Pan était ma boutique préférée, admit-elle, gênée.

— Alors, allons-y.

Cat cligna des yeux lorsqu'il entra dans l'élégante boutique avec elle. La patronne l'accueillit avec enthousiasme et nota la présence du bel homme à ses côtés.

— Je viendrai te chercher dans quelques heures, dit-il en déposant un baiser rapide sur ses lèvres, avant de se tourner vers la vendeuse. Vous allez avoir besoin de l'empreinte de ma carte de crédit.

— Certainement. Si vous voulez me suivre…

Voilà donc comment un homme paye les vêtements de sa maîtresse, réalisa soudain Cat. Submergée de honte, elle détourna les yeux pour examiner avec soin un drapé de tissu.

Une fois Nick parti, la vendeuse se tourna vers elle.

— Cette couleur ne vous va pas et ne met pas en valeur vos superbes cheveux auburn. J'ai quelque chose qui devrait vous convenir.

— Je n'ai pas besoin de grand-chose, assura Cat. Il me

faut principalement de quoi me vêtir pour les festivités liées à la Coupe Dempster.

— Je sais exactement ce qu'il vous faut, dit la vendeuse. La moitié de la ville est déjà venue ici — celle qui ne s'habille pas en Australie ou à Paris —, mais il se trouve que je viens de recevoir un nouvel arrivage et vous serez tout bonnement renversante dans certaines de ces tenues.

Cat opta pour des vêtements de sport qui ne lui seraient d'aucune utilité dans sa carrière professionnelle et deux tenues de soirée. La boutique d'à côté envoya une vendeuse avec une sélection de chaussures et elle en choisit quelques-unes, assorties à ses tenues chics.

— Cela faisait longtemps que nous ne vous avions pas vue. Vous avez changé, lui dit la patronne, quand elle eut enfin fait son choix. Vous avez davantage confiance en vous et avez développé votre propre style.

— Merci.

La porte d'entrée s'ouvrit et Nick entra. Il sourit à Cat, une lueur amusée dans les yeux. Il savait exactement l'effet qu'il lui faisait…

Parce qu'elle lui faisait le même effet, se rappela-t-elle.

— Tu as terminé ? s'enquit-il d'un ton neutre.

— Oui, merci.

— Quand seront-ils prêts ?

— Vous pouvez les prendre maintenant, répondit gaiement la patronne de la boutique. Elle a la chance d'avoir une taille idéale : aucune retouche n'est donc nécessaire.

Nick laissa son regard errer longuement sur Cat — un regard à la fois amusé et possessif.

— Alors, allons-y.

Cette fois, la voiture était une berline avec chauffeur. L'homme sortit du véhicule en les voyant approcher, leur ouvrit la portière et prit les paquets de Nick, qui lui donna l'adresse où se rendre avant de s'installer avec Cat à l'arrière.

— Quand peux-tu cesser de travailler dans ce restaurant ?

— La fille d'Andreo rentre chez elle bientôt.

Il fronça les sourcils.

— Ce n'est donc qu'un emploi temporaire.

— Oui, confirma-t-elle.

— Peux-tu démissionner avant ?

— J'ai promis à Andreo de rester jusqu'au retour de sa fille, dit-elle en secouant la tête.

Sans compter qu'elle avait besoin d'argent.

— Quand comptes-tu te chercher un emploi ? fit Nick, visiblement mécontent.

— J'ai envoyé mon CV partout, mais personne n'est intéressé tant que je n'ai pas obtenu mon diplôme. En outre, les vacances arrivent.

Il hocha la tête et ils discutèrent de son avenir professionnel comme de simples connaissances — si on ignorait la tension électrique entre eux. Nick lui fit des suggestions pertinentes et elle griffonnait à la hâte certaines d'entre elles quand la voiture s'arrêta devant un immeuble, dans une des petites ruelles du centre-ville.

Une fois sorti de la voiture, Nick lui prit le bras et l'entraîna dans l'étroite entrée anonyme. Deux étages plus haut, et après ce qu'elle considéra comme des mesures de sécurité excessives, ils arrivèrent dans la salle d'exposition d'un créateur de bijoux.

Cat regarda autour d'elle avec un intérêt qui se mua vite en admiration. Le créateur avait une touche bien à lui qui lui plaisait beaucoup, même si aucune des pièces présentées n'affichait de prix.

— Nick ! fit une voix féminine.

Cat sursauta, submergée par un sentiment de trahison quand elle découvrit que la femme qui venait d'entrer dans la pièce n'était autre que celle qui parlait avec Nick devant le restaurant.

— Catherine, voici Morna Vause, une vieille amie à moi.

Cat lui tendit la main, mais Morna s'était déjà détournée. Se sentant idiote, elle laissa retomber sa main.

— La bague est ici, lança Morna par-dessus son épaule.

Elle déverrouilla un coffre-fort et en sortit un coffret qu'elle posa sur le comptoir, le regard rivé sur Cat.

— Nick et moi avons grandi ensemble, lança-t-elle avec défi. Nous vivions à côté dans la pire rue d'Auckland. C'est grâce à lui que j'ai pu quitter ce taudis. Il est un peu le grand frère qu'on aimerait tous avoir.

Si ces propos étaient censés la rassurer, c'était raté, songea Cat avec aigreur. Quelque chose d'étrange se passait ici. Morna Vause était-elle une ancienne maîtresse ? Non, Nick ne se montrerait pas aussi grossier. Morna devait faire partie de la famille qui l'avait accueilli. Elle avait l'air d'avoir le même âge que Nick.

Lorsque Morna se pencha vers elle pour river son regard au sien, Cat subit cet examen sans mot dire, jusqu'à ce que sa rivale recule enfin.

— Tu avais raison, Nick. C'est presque la même couleur. Maintenant, si vous voulez bien m'excuser tous les deux, j'ai quelqu'un en ligne dans mon bureau.

Là-dessus, elle disparut. De ses longs doigts, Nick ouvrit le coffret. À l'intérieur se trouvait une bague sertie d'une pierre précieuse, différente de tout ce que Cat avait vu auparavant. Bleue, nuancée de violet comme un ciel d'été, elle brillait de mille feux au milieu de diamants en spirale.

Nick sortit la bague de son écrin satiné et la glissa au doigt de Cat.

— Regarde-moi, souffla-t-il.

Surprise, elle leva les yeux et le vit sourire.

— Nous ferions mieux de faire ce que Morna attend de nous, dit-il.

Et il captura ses lèvres en un long baiser passionné qui mit tous ses sens en émoi. Cat ne songea pas à l'en empêcher ; en fait, toute pensée cohérente l'avait désertée.

Grisée par ce contact, elle plongea son regard dans le sien. Ses yeux brillaient d'une lueur intense, comme s'il lisait dans son âme.

Qu'ai-je fait ? songea Cat, paniquée.

— Ça te va bien, dit Nick d'une voix douce.

Il porta sa main à sa bouche et embrassa la bague, puis sa paume. Lorsqu'elle sentit ses dents sur sa peau, elle fut parcourue par un long frisson. S'arrachant à son étreinte, elle reporta son attention sur la bague.

— Quelle pierre est-ce ? Un saphir ?

— Une tanzanite, répondit Morna.

Surprise par cette intrusion, Cat releva la tête. Elle s'attendait à ce que Nick s'écarte, mais il resta près d'elle — trop près pour ses nerfs à vif.

— Ils n'en ont trouvé que dans une seule mine de Tanzanie qui a été inondée depuis, expliqua la jeune femme. Une pierre comme celle-ci — parfaite, et d'une couleur si belle — est très rare. Elle te plaît ? ajouta Morna en se tournant vers elle.

— Elle est splendide, s'enthousiasma Cat.

Tournant son regard vers Nick, Morna lâcha un petit rire.

— Je crois qu'elle l'aime.

— Cela me paraît évident, ironisa Nick. Tu as fait un excellent travail.

— Je ferais tout pour toi, Nick, dit-elle avec l'ombre d'un sourire au coin des lèvres. Et la pierre est vraiment splendide. Elle paraît superbe sur ta main, Catherine. Nick me l'avait dit quand il l'a choisie. Mais je ne suis pas étonnée : il a très bon goût, comme tu le sais certainement.

Une fois dans la voiture, Cat fixa longuement la bague.

— Pourquoi n'as-tu pas demandé à Morna de faire ça ?

— De faire quoi ?

— Tu sais ce que je veux dire, s'énerva-t-elle. Faire semblant d'être ta maîtresse.

Le regard dirigé droit devant lui, il se renfonça dans son siège.

— Parce que nous ne sommes pas attirés sexuellement l'un par l'autre. Nous avons grandi ensemble comme frère et sœur, et cela se verrait.

Le cœur de Cat bondit dans sa poitrine. Les mains serrées sur les genoux, elle observa la tanzanite briller sous l'éclat du soleil.

— C'est une idée folle, marmonna-t-elle. Et cette bague est trop personnelle.

— Une bague de fiançailles, ou celle qu'un amant donne à sa maîtresse comme marque de reconnaissance, est toujours très personnelle.

Cat chercha les mots pour dire ce qu'elle ressentait, mais dut se contenter de platitudes.

— Des diamants auraient été plus appropriés.

Même pour elle, ces paroles parurent sonner faux. Mais elle n'allait tout de même pas lui dire à quel point cette bague, avec sa fausse promesse d'amour, la faisait souffrir.

Comme il ne répondait pas, elle l'observa à la dérobée. Il avait toujours les sourcils froncés, et son profil anguleux était tourné vers la vitre. Luttant pour ignorer la chaleur insidieuse qu'elle sentait monter en elle, Cat regarda les badauds déambuler dans la rue. Il ne fallait qu'une seule belle journée pour que les gens arborent de jolies tenues d'été.

— Pourquoi ? Parce qu'ils sont conventionnels et par conséquent sans risque ? Tout le monde doit savoir que notre relation est intime, dit Nick en se tournant vers elle. Francesca est tout aussi perspicace que toi, et elle est parfaitement capable de saisir les nuances. Pour réussir à la tromper, nous ne pouvons rien laisser au hasard. Nous ne sommes peut-être pas fiancés, mais nous devons faire croire que nous sommes obsédés l'un par l'autre — au point qu'elle jugera inutile toute ingérence de sa part.

— Obsédés ? railla Cat. Que fais-tu de l'amour ?

Sa bouche se tordit en un rictus amer.

— Je pense que Francesca croit autant en l'amour que

moi. Et que toi, Cat. L'amour, c'est pour les ingénus qui rêvent encore de contes de fées.

Réprimant un frisson, elle tourna légèrement sa main pour que la pierre capte la lumière, la faisant briller de mille feux.

— Je ne dormirai pas dans la même chambre que toi, dit-elle d'un ton buté.

— Je ne l'ai pas suggéré. Ma maison possède une suite parentale. Le salon privé peut être transformé en chambre, dit-il, enveloppant sa main de ses longs doigts hâlés. Il y a même deux salles de bains, donc tu n'auras pas à t'inquiéter de me croiser sous la douche.

Pouvait-il sentir les pulsations de son pouls ? Peut-être, mais il ignorait que tout son corps brûlait de désir. Elle essaya prudemment de se libérer de son étreinte, mais il ne fit que resserrer sa poigne.

— Je croyais que tu vivais dans l'appartement ?

— Je l'utilise comme pied-à-terre quand je suis à Auckland, mais ma vraie demeure se situe au nord de la ville.

Il porta ses mains à ses lèvres et déposa un baiser dans une paume, puis l'autre.

Cat tressaillit devant la lueur amusée et l'arrogante satisfaction qui jaillirent des profondeurs de son regard doré, avant qu'il ne repose ses mains sur ses genoux. Il savait qu'il avait le pouvoir de lui faire perdre la tête et de la rendre ivre de désir, et il utiliserait ce pouvoir si nécessaire.

— J'ai changé d'avis, dit-elle sèchement. Je refuse de jouer cette comédie absurde.

— Tu as peur, observa-t-il avec mépris, avant de se renfoncer dans son siège pour l'étudier de près. Je me doutais que ton intérêt pour cette pauvre gamine s'amenuiserait vite.

Comme elle se contentait de le fusiller du regard, il poursuivit impitoyablement.

— Pourquoi veux-tu vraiment cet argent, Cat ?

— Quel esprit suspicieux tu as ! maugréa Cat, honteuse parce que, l'espace d'un instant, elle avait oublié Juana.

— Réponds-moi.

Le ton implacable de sa voix lui rappela qu'en plus de son intelligence il avait utilisé la brutalité pour atteindre sa position actuelle. Une chose que lui avait dite Glen un jour lui revint alors à l'esprit.

« Sous le vernis de la sophistication se cache un homme rude, impitoyable et intransigeant. C'est à la fois son meilleur atout et son plus gros défaut. »

Elle voyait son côté rude à cet instant même.

— À ton avis ? fit-elle, provocatrice.

— Oh ! il y a pas mal de choses que tu peux faire avec une telle somme : payer des factures, acheter de la drogue…

— Comment oses-tu ? rétorqua-t-elle, incrédule. Les seules drogues que je prends sont les médicaments que me prescrit mon médecin. Arrête cette voiture, maintenant, je veux sortir.

Elle jeta un coup d'œil au chauffeur, mais il n'avait visiblement rien entendu derrière la cloison vitrée.

— Autoritaire, comme toujours, fit Nick en riant. Bon, d'accord, je te crois. Mais dis-moi pourquoi tu as soudain changé d'avis ?

Il en était évidemment hors de question. Lorsque Nick se rendrait compte à quel point elle était sans défense face à ses propres démons, il ne verrait sans doute plus aucune raison de ne pas lui faire l'amour.

— Ta proposition est sournoise et détestable, riposta-t-elle en baissant les yeux sur la bague. Je suis sûre que ton amie reprendrait ceci.

— Bien entendu, répondit-il posément. Quant à la sournoiserie… Eh bien, Francesca est coriace.

— Elle me paraît horrible.

— Pas du tout, s'insurgea-t-il, et je l'aime beaucoup. Elle est intelligente, divertissante et sait ce qu'elle veut, mais elle aime vivre dangereusement. Malheureusement, je ne veux pas l'épouser ; nous finirions par nous entre-tuer.

Son sourire torve prit Cat par surprise et elle dut se retenir pour ne pas le lui rendre.

— Je déteste raconter des mensonges, déclara-t-elle.

— Tu n'en auras pas besoin.

— De faire semblant, si tu préfères.

— Décide-toi, Cat, rétorqua-t-il sèchement en fronçant les sourcils. C'est oui ou c'est non.

Comme elle hésitait, il ajouta plus doucement :

— Maintenant.

Le cœur lourd, Cat songea à Juana. Elle devait le faire, elle n'avait pas le choix. Hélas, ne cédait-elle pas en partie parce qu'elle ne pouvait supporter l'idée qu'il soit la proie d'une séductrice — une séductrice qu'il appréciait beaucoup trop ?

— Juana doit être opérée le plus rapidement possible, déclara-t-elle avec réticence.

— J'enverrai au plus vite la moitié de la somme à la clinique et le reste quand les Barrington seront partis.

— Je veux un contrat écrit, dit-elle, le regard rivé au sien.

— Bien sûr, je demanderai à mon avocat d'en rédiger un, assura-t-il en extirpant de sa sacoche un agenda électronique. Viens déjeuner demain avec moi et tu le signeras.

Se sentant acculée, Cat retira la bague de son doigt, comme si elle la brûlait.

— Tu ferais mieux de reprendre ceci.

— Très bien, acquiesça-t-il, avant de la glisser dans la poche de sa veste.

Ils ne dirent plus rien, jusqu'à ce que la voiture s'arrête devant chez elle. Nick sortit avant le chauffeur et lui tint la portière ouverte, la dévisageant d'un regard indéchiffrable.

— J'enverrai le chauffeur te chercher demain à midi.

Cat acquiesça.

— Merci pour le déjeuner. C'était délicieux.

— Merci à toi, répondit-il avec une telle politesse que c'en était presque une rebuffade.

Là-dessus, Cat s'éloigna, entra dans la maison et grimpa

les escaliers jusqu'à sa chambre. Elle se changea et déambula dans la pièce, avant de s'asseoir à son bureau. Désœuvrée, elle prit un de ses manuels et lut le titre à haute voix, avant de le reposer et de placer ses coudes sur la table, capturant son visage entre ses mains.

Glen n'avait pas voulu qu'elle reprenne ses études. Il s'était souvent disputé avec elle sur le sujet, mais avait fini par accepter du bout des lèvres quand il s'était rendu compte qu'il ne pourrait pas l'en empêcher. Et même alors, il lui avait mené une guerre larvée, lui compliquant le plus possible la tâche.

Lorsque sa mère lui avait demandé pourquoi elle s'entêtait à le contrarier, elle n'avait pas su quoi lui répondre, ne sachant pas elle-même pourquoi c'était si vital pour elle de poursuivre ses études universitaires. Elle le comprenait maintenant, en revanche. Elle s'était retranchée derrière ses études pour ne plus penser à la terrible erreur qu'elle avait commise en épousant Glen.

Et elle s'apprêtait à faire aujourd'hui une erreur encore plus grande. Jamais elle ne devrait oublier que si Nick la désirait, il la méprisait bien davantage.

5.

Lorsque le chauffeur vint la chercher le lendemain matin, Cat avait passé plus d'une heure à choisir sa tenue pour finir par opter pour un pantalon étroit et un chemisier en soie acheté au marché d'Ilid.

Certes, ces vêtements ne convenaient pas tout à fait à un déjeuner au restaurant, mais elle n'avait rien d'autre de seyant à se mettre, à part son tailleur bleu, et il n'était pas question de porter deux jours de suite les mêmes habits.

Mécontente, elle s'observa dans le miroir et se détendit un peu en voyant comment le mélange harmonieux de bleu et vert de son chemisier mettait en valeur la couleur de ses yeux et l'éclat de sa peau.

Non pas que cela ait la moindre importance, parce que la dernière chose qu'elle voulait était d'éveiller l'intérêt de Nick. Cela ne ferait que compliquer les choses, alors qu'il leur fallait à tout prix dépasser cette attirance incoercible qu'ils avaient l'un pour l'autre. En effet, il était temps pour eux de sortir de ce maelström de passion et de culpabilité insatisfaite.

L'esprit en tumulte, elle saisit son sac à main et courut à la voiture. Après l'avoir saluée, le chauffeur referma la portière derrière elle. Le bruit sourd lui fit l'effet d'une porte de prison qui se refermait sur elle.

Pour l'amour du ciel, elle devait cesser de dramatiser ! Après avoir attaché sa ceinture de sécurité, elle se renfonça dans son siège et s'obligea à se détendre.

L'instant d'après, elle regardait avec étonnement par la vitre. Allaient-ils déjeuner sur la rive nord ? Non, la voiture continuait de rouler sur l'autoroute, s'éloignant d'Auckland.

Après quelques essais infructueux, Cat réussit à faire fonctionner le système de communication.

— Excusez-moi, mais où allons-nous exactement ?

— Chez Nick, madame, répondit le chauffeur. Enfin chez M. Harding.

— Oh ! Je n'avais pas réalisé.

— Je suis désolé, madame. Je croyais que vous le saviez.

— Ne vous inquiétez pas… Et surtout ne m'appelez pas « madame », je n'y suis pas habituée.

— Très bien, se contenta-t-il de répondre, même si elle perçut un sourire dans sa voix.

Satisfaite, elle s'installa confortablement. Peut-être que Nick lui avait dit qu'ils se retrouveraient chez lui ; non, elle s'en serait souvenue. Elle se rappelait chaque mot prononcé de sa voix chaude et profonde.

Nul doute qu'il voulait lui montrer la maison qu'elle était censée partager avec lui. Temporairement, se rappela-t-elle en réprimant les battements erratiques de son cœur.

L'instant d'après, elle sombrait dans un profond sommeil.

Nick avait passé la matinée à son bureau et avait prévu d'y rester pendant que Rob, son chauffeur, faisait entrer Cat dans la maison, mais lorsqu'il entendit la voiture arriver il laissa là le contrat que son avocat avait rédigé et sortit sur le perron.

Le sourire aux lèvres, Rob coupa le moteur et mit un doigt sur sa bouche, avant de sortir de la voiture. Nick plissa les yeux, s'inclina pour regarder à l'intérieur de l'habitacle et vit la tête de Cat penchée sur le côté.

Une étrange sensation d'étouffement lui coupa le souffle, et il descendit les marches deux par deux.

— Elle s'est endormie avant qu'on ne quitte l'autoroute, souffla Rob en refermant doucement sa portière.

Nick se détendit un peu. Le corps svelte de Cat était affalé sur le siège mais, même dans le sommeil, elle était gracieuse et diablement sexy. Il donnerait cher pour la voir ainsi dans son lit, songea-t-il, luttant contre le désir qui le terrassait. Il plongeait dans des eaux dangereuses, il en était conscient, mais il la désirait comme jamais il n'avait désiré une femme avant elle. Et elle brûlait de la même fièvre que lui ; à chaque fois qu'ils se touchaient, elle répondait à ses baisers avec une égale passion. À eux deux, ils embraseraient le monde.

Mais lorsque le feu aurait tout réduit en cendres, pourraient-ils reprendre leur vie ? Cela faisait deux ans qu'il attendait son heure, reconnut-il à contrecœur. Non, en fait, cela faisait six ans… Dès l'instant où il avait vu la bague de fiançailles offerte par Glen à son doigt.

Silencieusement, il ouvrit la portière et se pencha pour détacher sa ceinture de sécurité.

L'intense frustration qu'il réprimait depuis des années devait être assouvie au plus vite. Il pourrait ainsi se libérer d'elle et aller de l'avant. Bien entendu, il s'assurerait qu'elle ait un emploi décent ; terminés, les emplois de nuit dans des petits restaurants. Il savait exactement quelles ficelles tirer et une fois qu'elle serait établie, il pourrait enfin l'oublier.

Elle ne bougea pas lorsqu'il s'inclina pour la soulever dans ses bras. Elle semblait faite pour sa seule étreinte, son corps mince était si léger qu'il put se redresser sans aucun effort.

Oubliant tout le reste, il la détailla — ses cheveux cuivrés brillant au soleil, sa peau pâle, ses longs cils cachant ses magnifiques prunelles bleues…

Un léger mouvement rompit le charme. Levant les yeux, il croisa le regard de son chauffeur.

— Je vais rentrer son sac, dit Rob d'une voix sans timbre.

— Merci, rétorqua Nick en se dirigeant vers la maison.

La bouche de Cat se serra, puis se fendit d'un léger sourire tandis qu'elle murmurait quelques mots.

Aussitôt, la jalousie le transperça comme une lame. Avait-elle dit « Glen » ? Non, elle avait marmonné quelques syllabes inaudibles, du genre de celles que prononce une femme en se réveillant dans les bras d'un homme.

— Cat, murmura Nick d'un ton faussement amusé, qui ne cacha pas entièrement le désir brut qui l'animait.

Inconsciemment, elle enfouit la tête au creux de son épaule. Le petit mouvement enfantin souleva en lui une tendresse soudaine, suivie aussitôt par une peur panique. Que lui arrivait-il ? Il n'avait pourtant rien à craindre d'elle.

— Cat ! dit-il en la secouant doucement. Allons, il est temps de te réveiller.

Elle fit un autre de ces petits bruits séduisants et se réveilla, le fixant d'un regard médusé. Au moment où elle le reconnut, elle se raidit instinctivement.

Horrifiée, Cat aurait voulu disparaître sous terre. La vigueur de Nick l'enveloppait, l'entourait de la subtile mais troublante senteur qui n'appartenait qu'à lui, et sa chaleur masculine sapait son énergie et réduisait son intelligence à son seul instinct primaire.

— Tu peux me poser, dit-elle d'une voix étouffée.

Avec un sourire amusé, il accéda à sa requête, mais garda son bras autour de sa taille quand ses jambes refusèrent de la porter. Son salut lui vint du chauffeur qui lui apporta son sac.

— Merci, dit-elle en lui adressant un sourire. Je parie que les gens ne s'endorment pas souvent dans votre voiture.

Il lui rendit son sourire et lui tendit son sac.

— Je dois être un bon conducteur, dit-il joyeusement.

Nick resserra son emprise, puis la lâcha.

— Tu m'as l'air… fatiguée, dit-il en l'examinant. Es-tu restée debout toute la nuit ?

Cat se sentit rougir.

— Je me suis couchée tard, biaisa-t-elle.

— Tu as besoin d'un verre et d'un bon repas, décida Nick en lui faisant gravir l'escalier. Bienvenue chez moi.

— Je ne sais pas pourquoi, mais j'étais certaine que tu habitais sur la côte, dit-elle nerveusement.

Contre toute attente, la maison s'ouvrait sur un vaste paysage de terres agricoles, qui s'étendaient jusqu'aux collines à l'horizon. La longue bâtisse moderne, magnifique avec ses innombrables fenêtres, était bâtie sur plusieurs niveaux, protégée du froid et des vents du sud par le bush.

Bien que le terme « bush » fût inapproprié pour décrire la magnifique forêt pluviale qui entourait la vallée.

Cet endroit donnait un aperçu des rêves de Nick. Séduisante à l'œil, la maison était de façon subtile assortie à son caractère complexe. Entourée de magnifiques jardins, bordés de pâturages où bétail et chevaux paissaient tranquillement, la propriété exsudait la sérénité et la grâce.

Nick envisageait-il de fonder une dynastie ? Imaginait-il sa femme gérer sa maison et l'aider à la remplir d'enfants ?

À cette pensée, Cat ressentit une profonde douleur.

— J'avais l'intention d'acheter une maison sur la côte, admit Nick, mais quand j'ai vu cette propriété, j'ai su qu'elle était faite pour moi.

Cat feignit de s'intéresser au magnifique perron dallé et aux proportions spacieuses et élégantes de la maison.

— C'est magnifique, dit-elle d'une voix sourde, saisie d'un étrange sentiment d'appartenance — un sentiment si intense que c'en était presque douloureux.

Jamais elle n'avait ressenti pareille émotion auparavant.

La porte s'ouvrit sur une entrée dont le sol était recouvert des mêmes dalles italiennes que celles du perron ; la lumière du soleil inondait la pièce, éclairant une superbe photo de la vallée accrochée au mur.

— J'ai eu un bon architecte, dit-il. Philip Angove.

Cat en resta coite. Philip Angove était un architecte de notoriété internationale. S'avançant, elle s'arrêta devant la photographie. Un examen plus approfondi révéla qu'il ne s'agissait pas d'un cliché, mais d'une peinture à l'huile. Comme quelque chose dans la technique lui paraissait familier, elle l'examina de plus près, se rappelant la peinture de la femme nue dans son bureau.

— Qui est l'artiste ? demanda-t-elle.

Il lui dit son nom, avant d'ajouter :

— Il peint la réalité, puis la déforme.

Effectivement, derrière l'image réaliste de la vallée se dessinait un château, sombre et hostile. Sur les remparts se tenaient deux personnes — un homme en armure et une femme vêtue d'une cape. Face à cette scène empreinte de mystère, un frisson la parcourut.

— Aimerais-tu prendre une douche avant le repas ? fit Nick, la tirant de sa rêverie.

— Non merci. En revanche, j'aimerais me rafraîchir.

— Il y a un cabinet de toilette par là, dit-il en indiquant d'un geste le couloir.

Une fois en sécurité à l'intérieur, Cat jeta un coup d'œil autour de la pièce d'un luxe austère, puis s'aspergea le visage d'eau, se recoiffa et se remit du rouge à lèvres. Sa confiance un peu rétablie, elle sortit au moment où Nick entrait dans la maison.

— Il fait assez chaud pour déjeuner dehors, annonça-t-il. Mme Hannay a dressé la table dans le jardin.

Derrière la maison, la terrasse s'étendait jusqu'à la piscine. À son extrémité la plus lointaine, un rideau d'eau se jetait directement dans un jardin en contrebas.

Cat descendit une volée de marches et regarda autour d'elle, émerveillée devant ce jardin secret.

— On ne devinerait jamais qu'il y a une ravine ici. Du devant, on a l'impression que le terrain s'étend de la maison jusqu'à la colline, sans interruption.

— Ce n'est pas un cours d'eau naturel. Personne ne sait qui a creusé un fossé ici, ni pourquoi, mais j'imagine que cela avait quelque chose à voir avec l'abattage des arbres. J'allais le transformer en piscine, mais la paysagiste…

— Je suis sûre que c'était Perdita Dennison ! Elle fait des choses superbes avec l'eau, le coupa Cat.

Elle ne put s'empêcher de se demander ce que Nick avait pensé de l'ancien top-model, même s'il était de notoriété publique qu'elle et son mari filaient le parfait amour.

— Elle m'a persuadé de créer ce jardin et de mettre la piscine plus près de la maison. Je pensais le laisser à l'état sauvage et lorsqu'elle a suggéré de planter des gardénias, des cycadées et du jasmin si près du bush, je l'ai crue folle. Mais c'est elle qui avait raison. Elle est douée.

— Elle est brillante, tu veux dire, s'écria Cat en s'arrêtant en bas des marches pour admirer le jardin. Elle utilise les plantes de façon très astucieuse. Qui aurait eu l'idée de combiner des plantes méditerranéennes avec des palmiers et des fougères arborescentes ? Et j'adore les citronniers et la façon dont les orangers s'harmonisent avec la couleur des pots en terre cuite.

— Tu as l'air d'aimer les jardins, commenta Nick en la contemplant entre ses paupières mi-closes.

Elle haussa les épaules.

— Par osmose, je suppose. Mon père adorait jardiner.

— Comment est-il mort ? s'enquit Nick.

Elle trempa ses doigts dans le canal qui recueillait l'eau de la piscine et la dirigeait sur deux côtés de la cour pavée.

— C'était un accident stupide, répondit-elle, le regard rivé sur sa main mouillée. Il roulait sur la route quand un voisin sur son tracteur est sorti de son allée. Papa ne l'a pas entendu, car un camion arrivait en sens inverse — le voisin, non plus, pour les mêmes raisons. L'impact a été violent.

— Dur, commenta Nick avec compassion. Ta mère m'a dit un jour que tu te croyais responsable de ce drame.

Cat opina.

— J'avais oublié d'acheter du cumin pour un plat que je

voulais faire pour le dîner, ce soir-là. J'en ai fait toute une histoire et mon père s'est précipité en ville pour en acheter.

Un parfum entêtant provenant des buissons de gardénias se mêlait à la senteur fraîche et mystérieuse du bush, tandis que les palmiers et les cycadées donnaient un air exotique et primitif au jardin.

— Tu ne peux pas te reprocher ça, murmura-t-il. C'était un accident.

— Un accident qui n'aurait jamais eu lieu si mon père était resté à la maison

Nick soupira.

— Et puis, tu as rencontré Glen, dit-il posément.

Elle acquiesça.

— Quand et comment ?

Un immense banc bordait le jardin sur trois côtés. Cat s'assit et regarda vers la zone ombragée où quelqu'un avait dressé une longue table avec deux couverts.

— J'ai embouti sa voiture sur le parking du supermarché. Il m'a ramenée chez moi, car je n'arrêtais pas de pleurer. Il s'est montré très gentil.

— Je vois, rétorqua Nick d'une voix atone.

— Perdita Dennison est une magicienne, dit Cat d'une voix tendue. Ce jardin te ressemble.

— Je suis flatté, railla-t-il. Passons à table, si tu veux bien. En quoi le jardin me ressemble-t-il ?

— Raffinement et maîtrise de soi, alliés à un côté secret et sauvage.

Interrompu seulement par le bourdonnement des abeilles, le silence s'éternisa entre eux jusqu'à ce que Nick le rompe.

— C'est un résumé intéressant de mon caractère, dit-il froidement. Je n'avais pas compris que tu partageais l'avis de ces femmes stupides qui croient que parce que j'ai grandi dans une banlieue défavorisée je ne suis pas entièrement civilisé. Certaines sont même sexuellement excitées à l'idée de s'encanailler.

— Elles sont stupides, grommela Cat, surprise de se sentir jalouse. Cela dit, si tu as approuvé les plans de Perdita, c'est qu'ils ont dû te plaire.

— Je voulais peut-être me prouver quelque chose à moi-même… Ou tout simplement frimer, hasarda-t-il en lui avançant sa chaise.

Elle éclata de rire et s'assit.

— *Toi ?* Tu te moques de ce que les gens pensent de toi et tu as déjà largement fait tes preuves.

S'ensuivit un long silence, quelque peu menaçant. Tendue à l'extrême, Cat finit par détourner le regard pour se concentrer sur la nappe d'un bleu si sombre qu'il avait presque l'air noir. Dessus étaient posés de simples assiettes blanches et un bouquet de marguerites dans une cruche en verre qui brillait dans la lumière éclatante, tandis que les rayons du soleil faisaient étinceler les couteaux et fourchettes.

On aurait dit un décor pour un de ces luxueux magazines de décoration, mais avec un raffinement qui se mariait à merveille avec l'opulence primitive du bush.

Au grand soulagement de Cat, une femme apparut en haut des marches, tenant un plateau dans les mains. Nick se leva aussitôt pour le lui prendre et fit les présentations. Petite, trapue et la quarantaine environ, avec des sourcils épais, un menton résolu et un sourire étonnamment doux, Mme Hannay était la gouvernante de Nick.

Le plat qu'elle posa sur la table excita les papilles de Cat autant que la maison et le jardin lui avaient ravi les yeux — une soupe d'épinards, agrémentée de fromage bleu et de noix de muscade.

— C'est délicieux, dit-elle après quelques bouchées.

Avant le repas, Nick lui avait proposé du vin, mais elle avait refusé, intriguée de voir qu'un des murs cachait une alcôve intégrée qui contenait des verres et un réfrigérateur.

— L'armoire des invités, expliqua Nick en leur versant à tous deux de l'eau minérale réfrigérée. Cela évite à Mme Hannay d'avoir à monter et descendre l'escalier.

Cat prit son verre et but une longue gorgée d'eau.

— C'est si vert ici, souffla-t-elle. À Romit, tout était aride et poussiéreux, et il faisait si chaud. Puis la mousson est arrivée et avec la pluie, la boue de partout.

— As-tu assisté à des batailles ? Dis-moi la vérité, insista-t-il comme elle hésitait.

— Pas vraiment, éluda-t-elle. Quelques raids, c'est tout.

— As-tu été blessée ?

— Non. Les forces de maintien de la paix ont débarqué sur l'île avant que le gros des insurgés ait pu atteindre notre zone, mais des réfugiés et quelques soldats ont été transportés à la clinique par des parents proches.

Le visage de Nick resta indéchiffrable.

— Pourquoi n'es-tu pas partie en même temps que ton amie et son père ? demanda-t-il soudain avec colère. C'était de la folie de rester.

— Je ne suis pas restée parce que j'étais insensée ou courageuse, ni même parce que je pensais être capable de venir en aide à tous ces malheureux. Simplement, je ne pouvais pas abandonner Juana.

— Et tu t'es mise en danger — ainsi que la clinique, lui dit-il sans ménagement.

Cat se mordit les lèvres. Il avait raison, hélas.

— J'étais responsable d'elle, insista-t-elle, butée.

Manifestement, il pensait en avoir assez dit, car il changea de sujet et lui parla d'un rendez-vous qu'il avait eu la veille avec un homme connu pour son côté excentrique. L'humour quelque peu pince-sans-rire de Nick la fit rire aux éclats. Il était d'excellente compagnie, découvrit-elle — stimulant et provocateur.

À la fin du repas, Cat se leva, désolée que cette parenthèse merveilleuse fût terminée, l'instinct l'avertissant que cela avait été un moment précieux et hors du temps.

— Il y a eu un changement de plan, l'informa brusquement Nick. Tu emménages demain chez moi.

— Je ne peux pas ! Mon travail au restaurant…

— Tu as travaillé là-bas hier soir pour la dernière fois, dit-il d'un ton sans appel.

— Ce n'est pas parce que tu me prêtes de l'argent que tu peux me donner des ordres comme si tu m'avais achetée, répliqua-t-elle sèchement.

Son sourire fut lent et cruel.

— Je croyais au contraire t'avoir achetée, susurra-t-il.

— Dans tes rêves, riposta-t-elle. Je te rembourserai dès que possible.

En voyant une légère rougeur colorer ses joues, elle se demanda s'il n'allait pas perdre son sang-froid. Mais la couleur disparut presque aussitôt.

— Je ne veux pas de ton argent, fit-il d'une voix glaciale. Le contrat que tu as signé indique que ton assistance dans ce… projet annule ta dette envers moi. Mais, c'est moi qui fixe le début et la fin de ce contrat. Et j'ai décidé qu'il commencerait maintenant.

Elle retint une réplique cinglante. Il n'avait pas besoin de la menacer directement. Si elle refusait sa proposition, Juana devrait attendre pour son opération.

— J'ai appelé Andreo pour l'informer que tu ne reviendrais pas.

— Tu peux alors le rappeler et lui dire que tu t'es trompé !

— J'ai trouvé une autre serveuse pour te remplacer.

Cat le fusilla du regard.

— Il n'a pas *besoin* d'une autre serveuse, car je serai là.

— Tu vas t'épuiser au travail. Dormir dans la voiture…

— Je me suis endormie parce que…

Le feu aux joues, elle se tut. Pas question de lui avouer qu'elle était fatiguée car elle avait passé la moitié de la nuit à fantasmer sur lui.

— Ce n'est pas parce que j'ai accepté ce plan stupide que

cela te donne le droit de prendre le contrôle de ma vie. Tu n'avais pas le droit d'agir derrière mon dos.

Madame Hannay apparut alors en haut des marches.

— Un appel pour vous, Nick, dit-elle comme si de rien n'était. Voulez-vous le prendre ici ou dans la maison ?

— Si tu veux bien m'excuser, fit-il, avant de s'éloigner.

Furieuse, Cat grimpa à son tour les marches et se dirigea vers l'orée de la forêt pluviale. Elle s'arrêta à l'ombre et laissa son regard balayer la fougère arborescente. Pour qui Nick se prenait-il à régenter ainsi sa vie ? Et dire que, pour le bien de Juana, elle allait devoir subir cette servitude.

Peu à peu, le doux cliquetis des feuilles de palmier dans le bruissement du vent apaisa sa colère.

Elle examinait les délicats pétales d'une rose quand la voix de Nick la fit sursauter.

— Tu as raison, j'aurais dû te consulter avant.

Stupéfaite, elle resta bouche bée. Se redressant, elle se retourna pour lui faire face.

— Tu vas donc annoncer à Andreo mon retour ?

— Non, rétorqua-t-il avec arrogance, car je viens d'avoir un appel de Francesca Barrington. Elle arrive demain avec son père, et comme leur yacht ne sera pas là avant quelques jours encore, ils séjourneront chez moi. Chez nous. Je veux que tu joues ton rôle de maîtresse de maison de façon convaincante lorsqu'ils arriveront.

6.

— Demain ? s'écria Cat, paniquée.

Nick l'étudiait, les yeux mi-clos.

— Tu envisages de revenir sur ta parole, Cat ? s'enquit-il d'une voix menaçante.

— Non… Mais je veux voir le contrat.

— Viens le voir maintenant, proposa-t-il d'une voix où perçait l'impatience. Une fois que tu l'auras signé, je te raccompagnerai chez toi et t'aiderai à faire tes bagages.

— Personne ne m'aide à faire mes bagages, riposta-t-elle sèchement. Cela dit, je suis étonnée que tu puisses te permettre de prendre du temps libre.

Son sourire éclatant la prit à nouveau par surprise.

— Je travaille beaucoup de la maison. Allons-y.

C'était comme si elle avait été balayée par une tornade. Une demi-heure plus tard, elle était avec lui dans la voiture, le contrat signé et rangé au coffre, s'étonnant de ne pas lui avoir dit de régler tout seul cette situation ubuesque.

S'il n'avait pas craint pour ses affaires, il n'aurait pas hésité à repousser les avances de Francesca Barrington. Mais manifestement, la transaction commerciale en cours avec Stan Barrington revêtait une importance capitale à ses yeux.

Et fidèle à lui-même, Nick avait assuré ses arrières.

Elle avait attentivement lu le contrat, soulagée de voir qu'il était simple et précis, et bien qu'elle fût déterminée à lui rembourser la somme prêtée, elle l'avait signé. Il avait aussitôt téléphoné à sa banque pour leur demander de virer dix mille dollars à la clinique. Quelques minutes plus tard, un fax était arrivé indiquant que la somme avait bien été virée.

Professionnel et impersonnel à la fois.

Avec Nick, les affaires passaient avant tout. Celle qui l'épouserait — parmi le nombre incalculable de sublimes créatures pendues à son bras — l'apprendrait à ses dépens. Comme Glen, la pure adrénaline que lui conférait son travail l'excitait bien davantage qu'une femme.

Francesca pensait sans doute qu'elle avait l'avantage, car Nick briguait l'argent de son père ou son fonds de commerce. Elle comprendrait vite qu'il n'était pas sage d'essayer d'acculer Nick, songea Cat avec un petit sourire.

— Ne monte pas, dit-elle quand la voiture tourna dans sa rue. Je ne serai pas longue.

— Très bien. Préviens-moi quand tu auras fini. Et ne porte pas de grosses valises dans les escaliers.

— D'accord.

Mais au moment où elle traînait une grosse valise sur le palier, un des résidents passa devant elle.

— Tu nous quittes déjà ? s'enquit-il en regardant le carton rempli de livres qui maintenait sa porte ouverte.

— Salut, Linc, lui dit-elle en le gratifiant d'un sourire.

— Laisse-moi t'aider avec tes bagages.

— Tu n'es pas obligé…

Cat s'interrompit. Cela éviterait ainsi à Nick de voir sa chambre minable. La pauvreté était une chose, lire la pitié dans son regard en serait une autre.

— Merci.

— De rien. Lequel est le plus lourd ?

— Le carton avec les livres.

Il le souleva, puis tituba en arrière de façon théâtrale.

— Seigneur, les pages de tes livres doivent être imprégnées de plomb. Mon dos va en prendre un coup !

Après avoir glissé un mot sous la porte de la chambre de Sinead, Cat le suivit en faisant rebondir sa valise de marche en marche. Elle l'abandonna en bas de l'escalier et courut ouvrir la porte à son chevalier servant.

Nick était assis dans la voiture, la tête penchée sur des documents. En voyant Cat, il sortit pour ouvrir le coffre.

— En voilà une belle voiture, s'extasia Linc.

Cat approuva d'un signe de tête. Elle ne verrait sans doute plus jamais la maison, réalisa-t-elle soudain. D'ici quelques semaines, elle serait remplacée par un parc de stationnement sans âme. Une touche de couleur attira son attention et elle se sentit aussitôt moins triste. La maison avait peut-être fait son temps, mais les hémérocalles continueraient à pousser dans le jardin de la vieille dame.

Une fois le carton dans le coffre, elle fit les présentations et les deux hommes discutèrent quelques minutes, avant que Linc ne se tourne vers Cat.

— Je ferais mieux d'y aller. Je te souhaite bonne chance, dit-il, avant de l'embrasser, la prenant par surprise. Prends soin de toi. Ton merveilleux sourire va me manquer, tu sais.

Le compliment lui mit du baume au cœur et mue par une impulsion, elle l'embrassa sur la joue.

— Bonne chance. Et dis au revoir de ma part aux autres.

— Je n'y manquerai pas, promit-il, l'air heureux.

Nick attendit que Linc se soit éloigné avant de demander à Cat où se trouvait le reste de ses affaires.

— J'ai laissé ma valise en bas des marches.

— Reste ici, je vais la chercher.

Les sourcils froncés, Cat le regarda marcher à grands pas vers la porte. Quelque chose dans la raideur de ses épaules et sa démarche lui fit se demander ce qui l'avait mis en colère. Elle le découvrit le lendemain, lorsqu'elle vit Francesca Barrington, grande et élégante, l'embrasser sur la joue.

Ce qu'elle ressentit n'était pas exactement de la colère, mais plutôt de l'ordre de l'outrage. Comment une autre femme osait-elle toucher l'homme qui lui appartenait ? Certes, la jalousie était un vilain défaut et un sentiment dégradant, pourtant Cat ne put s'empêcher de serrer les dents.

— Cela ne te dérange pas, n'est-ce pas ? s'enquit Francesca Barrington, une lueur amusée dans le regard. Nick et moi sommes de vieux amis.

— Pas le moins du monde… Nick a tant de vieux amis.

Francesca n'était peut-être pas d'une beauté classique, mais elle dégageait un éclat et une vitalité à côté desquels Cat se sentit pâle et terne.

— Je sais. Nick attire les femmes comme le miel, les abeilles, concéda Francesca en se tournant vers lui. Depuis combien de temps vous connaissez-vous ?

— Six ans, répondit Nick négligemment. Où est Stan ? Je croyais qu'il venait avec toi ?

Derrière eux, Rob et le pilote déchargeaient les bagages de l'hélicoptère.

— Six ans ? Tu n'étais qu'une gamine, Catherine.

Nick lui avait donc dit qu'elle s'appelait Catherine ; elle n'aimait pas le surnom Cathy et ne voulait pas que Francesca l'appelle Cat. Seul Nick en avait le droit.

— J'avais dix-huit ans et je croyais tout savoir de la vie !

— Cela me rappelle des souvenirs, répondit Francesca en riant, avant de se tourner vers Nick. Papa n'a finalement pas pu venir. Il t'envoie ses plus amicales pensées et m'a chargée de te dire qu'il te verra quand le yacht accostera.

Francesca était manifestement un adversaire digne de Nick, songea Cat, amusée.

— Dommage, répliqua Nick d'un ton désinvolte. Entrons, voulez-vous ?

Il prit Cat par le coude et ils pénétrèrent tous dans le jardin.

— Bonté divine, c'est fou comment cela a poussé en quelques mois ! s'écria Francesca en regardant autour d'elle. Le climat de ce pays est vraiment excellent pour les jardins… Jardines-tu, Catherine ?

— Cat est comptable, intervint Nick.

Francesca fit la grimace.

— Je vois. C'est une profession intéressante, mais qui souffre d'un problème d'image.

Ennuyeuse, voulait-elle dire.

— C'est notre côté rusé, vois-tu, dit Cat en souriant. Nous avons le projet de prendre le contrôle du monde d'ici peu et personne ne nous aura vus venir.

Les yeux écarquillés, Francesca eut un petit rire, avant de se mettre à discuter de la nouvelle baisse du dollar.

Comme elle montrait sa chambre à Francesca un peu plus tard, Cat bénit l'architecte d'avoir divisé la maison de sorte que les chambres d'amis étaient à l'extrême opposé des chambres dédiées à la famille.

— Veux-tu que j'envoie quelqu'un défaire tes bagages ? s'enquit Cat, mal à l'aise dans son rôle d'hôtesse. Le dîner sera servi dans une heure.

— Non merci, je saurai me débrouiller. À tout à l'heure, ajouta Francesca en refermant la porte derrière elle.

Se sentant congédiée, Cat se dirigea d'un pas vif vers ce qui était désormais sa chambre.

La veille, lorsque Nick la lui avait montrée, elle avait regardé autour d'elle avec un sentiment proche du désespoir. La pièce était pourtant superbe. Les murs étaient dans les tons ivoire, avec des reflets or et bleus qui donnaient à la pièce une touche de raffinement. Un lit immense intensifiait l'atmosphère avec une tête de lit minutieusement sculptée dans un bois sombre exotique.

De larges fenêtres s'ouvraient sur une terrasse privée, protégée du reste du jardin par du feuillage et des murs en pierre. Des chaises en rotin et un transat permettaient de lire ou tout simplement de somnoler, même si Cat n'imaginait pas un instant Nick somnoler au soleil !

Jouxtant la chambre, il y avait deux salles de bains et deux dressings. De l'autre côté se trouvait le salon, qui avait été converti en chambre pour Nick.

Romit et Juana paraissaient si éloignés de cette luxueuse maison nichée dans la campagne paisible, de Francesca Barrington qui exsudait le pouvoir et l'argent…

Cat se dirigea vers la table de chevet et ouvrit un tiroir dans lequel elle déversa le contenu de son sac pour trouver la seule photo du bébé qu'elle avait en sa possession. La chambre luxueuse tranchait de façon choquante avec la mélancolie de la petite fille et le visage triste et trop mûr de sa tante. Pensive, elle posa le cadre sur la table de nuit.

Rafraîchie après une bonne douche, Cat s'enveloppa dans un drap de bain et pénétra dans la chambre, manquant de peu d'entrer en collision avec Nick.

— Oh ! s'exclama-t-elle, le feu aux joues.

Vêtu d'un peignoir en coton, il imprégnait ce vêtement si prosaïque d'une séduction toute masculine. Ses épaules paraissaient plus larges, ses jambes plus longues. Quant à ses yeux, ils détaillaient avec soin sa propre semi-nudité.

— Désolé, mais j'ai frappé, dit-il sèchement, avant d'entrer dans la salle de bains qu'il s'était octroyée.

Secouée, Cat fila dans le dressing, décidée à s'acheter un peignoir dès que possible.

Lorsqu'il réapparut, elle était habillée d'une robe bleue à manches courtes dont l'échancrure laissait entrevoir le léger renflement de ses seins tandis que le fin tissu tournoyait autour de ses jambes.

Svelte, sombre et l'air dangereux dans un pantalon noir et une chemise beige, Nick s'avança en retroussant ses manches, révélant des avant-bras musclés.

— Je vais t'ouvrir un compte bancaire, dit-il soudain. Cela te permettra d'acheter ce dont tu as besoin.

— Merci, répondit-elle en prenant sur elle.

— Il est inévitable que nous nous rencontrions ici de temps en temps.

Il releva la tête et quelque chose dans son regard la fit frissonner.

Son mari ne l'avait jamais fait se sentir ainsi. Tous ses sens étaient en émoi. Elle pouvait même sentir Nick, se rendit-elle compte, alarmée — une sorte de fraîcheur masculine acidulée avec une puissante sexualité sous-jacente qui attisait ses sens.

— Ne portes-tu jamais autre chose que du bleu ?

— *Quoi ?* s'étonna-t-elle. Si, cela m'arrive parfois.

— Mais, tu préfères le bleu.

Déconcertée, elle hocha la tête. Où voulait-il en venir ?

— Mon père aimait me voir en bleu. Je suppose que j'ai pris l'habitude d'en porter. C'est une couleur qui me va bien.

— C'est certain, approuva-t-il, avant de regarder sa main. Mets la bague.

— Bien sûr. J'avais oublié…

Elle ouvrit le tiroir, sortit l'objet en question et l'enfila d'une main tremblante sur son doigt.

— Oh ! et puis au diable tout ça !

En deux enjambées, Nick l'avait rejointe.

Cat leva la tête, les yeux écarquillés.

— Le but de cette mascarade, gronda-t-il, est de persuader Francesca que nous sommes amants. Si tu sursautes dès que je m'approche de toi, cela ne fonctionnera jamais.

Son regard se posa sur la photographie de Juana, posée sur la table de nuit. Il n'avait pas besoin de la menacer, Cat savait exactement à quoi s'en tenir. Aussi lorsque du doigt il lui releva le visage, elle ne lui résista pas. Mais au lieu du baiser passionné auquel elle s'était attendue, il ne fit qu'effleurer ses lèvres — de façon douce, presque rassurante.

Poussant un long soupir, Cat se pressa contre Nick. Il rit et déposa de petits baisers sur le lobe d'une de ses oreilles.

— Ta peau est aussi douce que la soie, souffla-t-il en lui enserrant la taille du bras.

Son cœur se mit à battre la chamade. Comment cet homme pouvait-il allumer un brasier en elle d'un simple baiser ? Oh !

il savait jouer avec les sens d'une femme ! Sans un mot, elle se laissa aller contre son torse puissant.

Lorsqu'il mordit son lobe, elle sursauta.

— Je t'ai fait mal ? s'enquit-il, inquiet.

— N… Non. Je ne m'attendais pas à ce que tu fasses ça.

— Cela t'a plu ?

— Évidemment, dit-elle d'une voix étranglée. C'était…

Il la fit taire d'un nouveau baiser et même si ce coup-ci elle s'y était préparée, elle sentit une fois de plus cette onde de choc traverser son corps.

— Tu fais ça très bien, prononça-t-elle d'une voix sans timbre.

L'instant d'après, il la relâchait.

— Et toi, tu es douée pour faire paraître un compliment comme une insulte, dit-il, le regard glacial.

— Ce n'était pas supposé être une insulte, se récria-t-elle.

Il haussa les épaules.

— Aucune importance. Oui, j'ai couché avec plus d'une femme. Francesca est elle aussi une femme expérimentée et si nous devons la convaincre…

Il inclina la tête et ses lèvres vinrent se poser sur les siennes, frémissantes. Il n'y avait aucune tendresse dans ce baiser, mais au contraire une volonté de domination.

Honteuse de la façon dont elle répondait avec empressement à ses baisers, Cat rejeta la tête en arrière. Comme Nick refusait de la lâcher, elle lui donna des coups de poing dans les côtes. On aurait dit qu'elle frappait un mur en béton. Il finit par la laisser s'éloigner, mais seulement pour la couver d'un regard froid et sans passion.

— Quand je t'embrasse, tu ne sembles plus du tout aussi virginale, susurra-t-il.

— J'espère bien, riposta-t-elle, car je ne suis pas vierge.

Il leva un sourcil dubitatif.

— Tu m'en diras tant, fit-il avant de jeter un coup d'œil

sur sa montre. Il est temps de descendre. Et n'oublie pas, tu es la maîtresse de maison, ici.

Il laissa le silence s'installer, puis ajouta méchamment :

— Tu embrasses très bien ; manifestement, tu apprends vite.

Elle n'avait pas eu le choix : Glen s'était montré particulièrement intransigeant, ne lui pardonnant aucune erreur.

Cat ouvrait la bouche pour dire le fond de sa pensée à Nick lorsqu'on frappa à la porte. Elle se figea.

— Ouvre, intima Nick, les yeux rivés sur elle.

C'était Francesca, portant ce qui semblait être un coffret. Son regard survola Cat et pourtant, elle réussit à les englober tous les deux dans son sourire.

— Désolée de vous déranger… Nick, veux-tu mettre ceci dans ton coffre-fort ? Je sais qu'il n'y a aucun risque ici, mais je préfère ne rien laisser de valeur dans ma chambre.

— Bien sûr, répondit Nick. Le coffre-fort est au rez-de-chaussée.

Le coffret dans la main, il laissa les deux jeunes femmes en bas des escaliers.

— Je reviens dans une minute.

— Voilà un homme raisonnable, murmura Francesca. Je suis sûre que personne ne sait où se trouve son coffre-fort.

Il était temps de jouer les maîtresses de maison, se dit Cat.

— Nous avons pensé prendre l'apéritif sur la terrasse, annonça-t-elle. J'adore ce moment juste avant le crépuscule, quand il fait encore chaud et que le temps semble suspendu.

Ses lèvres étaient enflées, meurtries par le baiser de Nick, et elle était pleinement consciente que Francesca l'avait remarqué.

— Alors dis-moi, Catherine… Depuis combien de temps sors-tu avec Nick ?

— Un certain temps, éluda-t-elle, mais je n'ai emménagé ici qu'hier.

Derrière elle, la voix de Nick retentit.

— Cat séjournait à Auckland pour passer ses examens.

Il était très convaincant, se dit Cat. Il devait être excellent dans le monde sans merci qu'il fréquentait. Et le sourire qu'il lui adressa était une pure merveille. Ce n'était certes pas une invitation ouverte à la séduction — il était bien trop subtil pour ça —, mais une promesse de délices à venir.

— Quels sont tes projets ? demanda Francesca. Comptes-tu travailler maintenant que tu es diplômée ?

— Oui, dit Cat avant que Nick puisse répondre.

Elle ouvrit la porte de la salle de séjour et s'effaça pour laisser entrer son invitée.

Francesca sourit.

— Est-ce que je décèle une pointe de défi chez ta petite amie ?

Cat entra dans la pièce, dont les immenses baies vitrées ouvraient sur une terrasse.

— Effectivement, renchérit Nick. Mais nous trouverons une solution.

Francesca lui rit au nez.

— En d'autres termes, tu espères obtenir gain de cause, dit-elle en se tournant vers Cat. Je ne sais pas, elle a l'air têtue. Je me demande si tu n'as pas enfin trouvé chaussure à ton pied, Nick.

Il haussa les épaules.

— Je sais me montrer galant dans la défaite, répondit-il en lançant un autre sourire intime à Cat.

Il était doué, songea Cat, furieuse, en battant des cils.

Ils traversèrent la grande salle de séjour et sortirent sur la terrasse. Mme Hannay avait dressé la table sur laquelle trônaient des bougies et des fleurs délicatement parfumées qui miroitaient à la lueur du crépuscule.

— *Galant ?* Ce n'est pas ce qu'on dit de toi dans le monde des affaires, répliqua sèchement Francesca. Lorsque papa parle de toi, il utilise plutôt des mots comme « initiative », « courage » et « fermeté », et aussi « détermination impitoyable » et « brio ». Il doit penser que la galanterie est réservée aux perdants.

— La galanterie a au contraire toute sa place dans les plus féroces négociations, riposta Nick en se dirigeant vers une table sur laquelle était posé un plateau de boissons. Avoir des ennemis est mauvais pour le commerce. Que prendras-tu, Francesca ? Un gin tonic ?

— Comme c'est adorable à toi de te souvenir de mes goûts.

Incapable de se détendre, Cat prit néanmoins plaisir à contempler le cadre magnifique. Et bien qu'il lui ait demandé de se comporter en maîtresse de maison, Nick dirigea la soirée, fixant les limites de la conversation et détournant avec habileté et bonne humeur toutes les tentatives de Francesca de flirter avec lui.

Francesca était une hôte exquise — drôle, distrayante, intelligente. Cependant, son regard restait attentif et avisé tandis qu'il passait alternativement de Nick à Cat.

Plus tard, une fois remontée dans la chambre, Cat retira sa bague pour la remettre dans son coffret et se rendit compte que ses nerfs étaient en pelote, au point qu'elle sursauta lorsque Nick frappa à la porte.

Elle devait se ressaisir, se fustigea-t-elle. Mais ses mains tremblaient en refermant le coffret et sa voix était chevrotante quand elle lui dit d'entrer.

— Tu t'es bien débrouillée, dit-il une fois dans la pièce.

— Merci. Ce n'était pas difficile.

— Maintenant, tu sais pourquoi cette farce est nécessaire.

Elle acquiesça et alla s'asseoir sur une chaise devant la fenêtre.

— Je pensais que tu exagérais, mais ma présence ici est visiblement une déception pour elle.

— J'aime beaucoup Stan et je suis en affaires avec lui. J'aime aussi Francesca et je ne veux pas l'embarrasser ou l'humilier. À ce propos, porte une tenue sexy au lit ce soir.

— Si tu crois que…

— Elle ne va pas lâcher prise si facilement, coupa-t-il.

Cat secoua la tête, incrédule.

— Elle ne va pas revenir frapper à la porte, tout de même ?

— Elle est comme son père. Persévérante et têtue.

— Il y a juste un petit souci, dit Cat, les sourcils froncés. Je n'ai pas de tenue sexy. Je porte des T-shirts au lit.

Il inclina la tête vers la porte du dressing.

— C'est tout aussi bien alors que j'aie rajouté des petites choses à ta commande de l'autre jour. Choisis une tenue qui est faite pour être enlevée lentement, amoureusement.

Sa voix avait beau rester neutre, presque impersonnelle, quelque chose dans ses paroles et la lueur dans son regard la liquéfièrent.

— D'accord, marmonna-t-elle.

— Je te fais entièrement confiance.

Des heures plus tard, vêtue d'une superbe nuisette en soie ivoire, Cat se tournait et se retournait dans le lit, incapable de trouver le sommeil et se demandant si Francesca avait été la maîtresse de Nick.

Mais rien ne put gâcher le plaisir — effrayant et hautement suspect — qu'elle avait ressenti à l'écoute des derniers mots qu'il avait prononcés. Une telle douceur était presque plus dangereuse que la passion brûlante qui les liait l'un à l'autre, et pourtant, elle souriait quand elle sombra enfin dans un sommeil profond.

Cat se réveilla au son d'un coup frappé à la porte et au soudain abaissement du matelas de l'autre côté du lit.

— Quoi ? s'écria-t-elle en se redressant.

— Tout va bien, répondit Nick, de bien trop près.

Tournant la tête, elle le scruta dans la lumière nacrée de l'aube. Il venait sans doute d'arriver, mais il avait l'air d'avoir passé la nuit avec elle. Sous son regard stupéfait, il se leva et repoussa les couvertures, laissant derrière lui son odeur masculine et l'empreinte de son corps sur le matelas.

Cat déglutit. Il était entièrement nu.

Le cœur battant à tout rompre et la peau soudain moite, elle ferma les yeux et se renfonça dans son oreiller. Elle ne put toutefois effacer l'image du corps de Nick — svelte, hâlé et tout en muscles — exsudant une force brute qui mit aussitôt tous ses sens en émoi.

— J'arrive, dit-il quand on frappa pour la deuxième fois.

Après le léger clic que fit la porte en s'ouvrant, Cat tendit l'oreille pour écouter ce que disait Francesca.

— Monter à cheval ? s'étonna Nick, avant de se tourner vers elle. Chérie, veux-tu faire une balade à cheval ?

Cat se souvint vaguement qu'elle devait convaincre l'autre femme que Nick était son amant. Bâillant à s'en décrocher la mâchoire, elle se leva et vint les rejoindre, heureuse d'avoir choisi une légère robe de chambre qui ne cachait pas grand-chose de ses atours. Nick la saisit par la taille et l'attira à lui.

Il émanait de lui une odeur dangereuse, troublante — une expérience érotique en elle-même.

— C'est le milieu de la nuit, coassa-t-elle.

Debout sur le seuil, Francesca les observait en souriant.

— Paresseuse ! Mais peut-être ne montes-tu pas ?

— J'adore l'équitation, au contraire, riposta-t-elle avec dignité.

Si elle bougeait un peu sa joue, elle pourrait sentir le doux frôlement des poils du torse de Nick sur sa peau, songea Cat tandis qu'un flot d'images sensuelles lui venaient à l'esprit.

— Tu veux monter maintenant ? lui demanda-t-il en resserrant ses bras autour d'elle.

— Je… Eh bien, pourquoi pas ?

— Nous serons en bas dans dix minutes.

— Parfait, dit Francesca en s'éloignant d'un pas raide.

Nick baissa son bras, laissant à Cat la possibilité de s'écarter. Une fois la porte fermée, elle se tourna vers lui.

— Elle a vraiment l'air amoureuse de toi.

— Pas du tout, corrigea-t-il d'un ton brusque. Même si elle ne s'en rend pas compte, elle fait surtout en sorte de donner à son père ce qu'il désire — des petits-enfants.

Les enfants de Nick. Une douce chaleur l'envahit à cette idée.

— En es-tu sûr ?

— Son père la titillait là-dessus lorsqu'ils m'ont rendu visite, la dernière fois. Avant cela, elle flirtait avec moi — flirter est une seconde nature chez elle —, mais il n'y avait là rien de sérieux. Maintenant, c'est différent, pourtant je suis persuadé qu'elle n'est pas plus intéressée par moi que par un autre. Tout homme convenable qui aura gagné le respect de son père fera l'affaire. Or, je n'épouserai jamais une femme pour qui je ne suis qu'un simple reproducteur, sélectionné pour être le père de ses enfants.

Un mélange complexe de sensations submergea Cat — sensations qu'elle refoula aussitôt. Ce n'était pas le moment de se demander s'il avait une candidate en vue pour le mariage. Pas entièrement convaincue de l'analyse de Nick quant aux intentions de Francesca, elle lui adressa un sourire.

— J'espère qu'elle ne va pas nous tendre sans arrêt des embuscades.

Nick baissa les yeux et l'observa longuement entre ses paupières mi-closes.

— Cela a intérêt à être la dernière fois, répliqua-t-il sévèrement. Je me demande pourquoi elle est si suspicieuse.

— Peut-être parce qu'elle sait que je ne sors pas avec toi depuis longtemps.

— Peut-être, répondit-il, l'air peu convaincu. Allons, il est temps de nous préparer. As-tu des vêtements d'équitation ?

— Un jean. Je ne savais pas que tu montais à cheval.

— Pendant les vacances scolaires, Glen m'envoyait souvent chez son cousin, qui avait un ranch à moutons à la périphérie de Gisborne. Ses enfants m'ont appris à monter et je ne me débrouille pas trop mal.

7.

C'était un euphémisme. Chevauchant à la suite du grand hongre rouan de Nick, Cat admira son aisance et sa maîtrise totale, alliées à l'élégance du bon cavalier. Et Francesca était encore meilleure que lui.

— J'ai grandi dans un élevage de bétail, lui dit-elle quand Cat la complimenta. Je montais à cheval avant même de savoir marcher.

Elle talonna son cheval bai comme ils débouchaient dans un grand pré.

— Allez, mon grand, l'encouragea-t-elle, avant de mettre sa monture au grand galop, suivie de près par les autres.

Devant eux, Cat vit une barrière qui séparait le pâturage où ils se trouvaient du prochain pré de vaches. Elle ralentit aussitôt sa docile jument, mais Francesca accéléra.

— Non, Francesca ! cria Nick.

Son ton était si autoritaire que Cat ne fut pas surprise de voir le hongre ralentir peu à peu et finir au pas.

— Trouble-fête, souffla Francesca par-dessus son épaule.

— Je ne veux pas que tu sautes au milieu du bétail, dit-il en s'arrêtant à côté d'elle. Ces animaux font la joie et la fierté de mon régisseur, et il serait capable de démissionner si quelque chose leur arrivait.

Haussant les épaules, Francesca se tourna vers Cat.

— Se montre-t-il toujours aussi autoritaire ?

— Toujours, confirma Cat d'un ton solennel.

— Le terme « autoritaire » est si démodé qu'il en devient presque insultant, commenta Nick avec un rire bref.

Francesca tourna bride, et ils cheminèrent lentement vers la maison.

— Peut-être es-tu un homme du passé. Le genre impitoyable, dominateur et autoritaire que les femmes désirent secrètement, même si elles prétendent le contraire, déclara-t-elle en riant devant l'expression narquoise de Nick. Bon, j'arrête de te taquiner… Sais-tu que ce serait un endroit fabuleux pour élever des enfants ?

— Les Néo-Zélandais aiment à penser que leur pays tout entier est un endroit idéal pour élever des enfants, dit Nick.

Il tourna la tête comme s'il sentait que Cat le regardait. Quelque chose passa entre eux — une émotion partagée qui, pour une étrange raison, la ravit.

Elle devait faire attention, songea Cat. Elle était ici pour faire un travail. Bien sûr qu'elle trouvait Nick séduisant et grâce à l'indiscrétion de Francesca, la situation était aussi sulfureuse que possible. Mais cela n'irait pas plus loin, entre eux.

Elle frissonna et serra machinalement ses rênes, faisant renâcler sa jument. S'obligeant à relâcher la pression de ses doigts, elle comprit que l'attirance sexuelle qui la liait à Nick ne lui suffisait pas. Elle voulait aussi son respect. Hélas, elle avait peu de chance de l'obtenir.

Le soleil était intense et se reflétait sur les eaux tranquilles de la piscine, baignant le corps des deux jeunes femmes d'une lumière dorée, bien qu'elles soient à l'abri du parasol.

— Quand allez-vous vous marier ? demanda Francesca en levant une main languide pour chasser une mouche.

Cat leva les yeux de son livre.

— Nous n'en avons pas encore discuté, admit-elle.

La jeune femme tourna la tête vers elle. Cat portait un

chemisier transparent au-dessus de son maillot de bain relativement pudique, mais l'élégant bikini de Francesca mettait en valeur sa poitrine et ses jambes interminables.

— Vous n'avez pas discuté de la date ou n'avez pas discuté mariage ? s'enquit-elle sans ménagement.

— Cela ne te regarde pas, répondit Cat aussitôt.

Le visage de Francesca se figea.

— Pour qui te prends-tu ?

— Pour ce que je suis, riposta Cat. En revanche, je ne vois pas pourquoi mes affaires t'intéressent autant ?

— Juste celle-ci, dit-elle d'un ton brusque.

Elle s'apprêtait à en dire plus quand des voix à l'intérieur de la maison la réduisirent au silence.

Lorsque Nick apparut, Cat faisait semblant de lire et Francesca était allongée sur le ventre sur la chaise longue, le visage tourné vers Cat mais les yeux clos. Pourquoi Nick n'épousait-il donc pas Francesca ? se demanda Cat. Et pourquoi cette pensée suscitait-elle une telle douleur en elle ?

Nick s'approcha, s'assit sur le bord de sa chaise longue et inclina la tête pour déposer un rapide baiser sur son épaule.

— Tout va bien ?

Le contact de ses lèvres sur sa peau lui fit l'effet d'une brûlure. Du coin de l'œil, elle vit Francesca se raidir, puis se détendre. Regrettant amèrement le marché diabolique qu'elle avait conclu avec Nick, Cat posa son livre.

— Il fait trop chaud pour lire, dit-elle. Je vais me baigner.

Elle détourna son regard de l'eau scintillante de la piscine et fixa le profil de Nick tandis qu'il parlait à Francesca.

— Quel regard sombre, commenta cette dernière en se redressant. Aurais-tu les idées tristes, Cathy ?

— Juste un choix difficile à faire pour le menu de demain, répliqua-t-elle d'un ton léger.

— Je viens de me rappeler où j'ai entendu parler de toi. Tu es la femme de Glen Withers, n'est-ce pas ?

— La veuve, corrigea Nick.

Francesca fit la moue.

— Et Glen était ton mentor, Nick... Il t'a sorti de la rue et tout ça. Comme c'est fascinant...

Les yeux rivés sur Francesca, Nick saisit la main de Cat.

— « Fascinant » semble un mot bien étrange, déclara-t-il d'un ton plaisant, mais dur.

Francesca haussa les épaules.

— Comprenne qui pourra... Mais que penserait Glen en voyant sa femme — sa veuve — installée dans ta chambre ?

— Il n'aimerait pas, rétorqua Nick. Cela dit, il est mort depuis deux ans et il ne s'attendrait pas à ce qu'elle le pleure pour le restant de sa vie.

— Quelqu'un a-t-il découvert pourquoi il s'est suicidé ?

Cat poussa un cri de surprise tandis que Nick resserrait son emprise sur ses doigts.

— Glen ne s'est pas suicidé ! s'écria-t-elle. C'est ridicule, voyons ! Il aimait bien trop la vie ! Il est mort dans un terrible accident. Il a toujours roulé trop vite et arrivant tout juste d'Angleterre, il souffrait du décalage horaire.

— Alors, pourquoi toutes ces rumeurs ?

— Il y a toujours des rumeurs lorsqu'un éminent citoyen connaît une fin tragique, intervint Nick d'une voix calme.

Francesca leva un sourcil dubitatif.

— Cat est partie à l'étranger pendant un an après la mort de son mari. Elle travaillait dans une clinique à Romit. Oui, durant l'insurrection, ajouta-t-il comme l'expression de Francesca se modifiait. Elle n'est pas revenue en Nouvelle-Zélande avant le début de l'année, et nous avons commencé à nous voir quelques mois après.

Il marqua une pause, puis ajouta d'une voix basse, menaçante :

— Et je n'hésiterais pas à étouffer tout commérage qui me parviendrait aux oreilles.

L'espace d'un instant, Francesca soutint son regard, puis baissa la tête.

— Désolée, j'ai été indiscrète et ce n'est pas mon style. Mais même toi tu ne pourras empêcher les gens de cancaner.

— Détrompe-toi, la contredit Nick d'une voix glaciale.

Il affichait une expression si dure que Cat frissonna.

Sans transition, il se mit à parler d'un détournement d'avion en Afrique. Étonnamment, Francesca rebondit sur le sujet, démontrant une compréhension approfondie du jeu de puissance complexe entre rivalités tribales et locales. Dix minutes plus tard, on aurait pu croire que cette conversation désagréable n'avait jamais eu lieu. Mais Francesca semblait désormais convaincue que Nick et Cat étaient amants, et elle ne leur tendit plus d'embuscade.

Au cours des jours suivants, cependant, l'accusation de Francesca concernant Glen lui revint sans cesse à l'esprit. Cat essaya d'aborder le sujet avec Nick, mais il refusa tout bonnement d'en parler.

— Laisse tomber. Elle voulait seulement se montrer désagréable.

Le sujet revint sur le tapis à l'arrivée de Stan Barrington. Lorsqu'il fut à Auckland, Nick les conduisit Francesca et elle à sa rencontre, sur l'immense et opulent vaisseau, où tous montèrent à bord.

Cat lui fut présentée par Francesca. Grand et mince, Stan avait les mêmes yeux verts et intelligents que sa fille.

— Je suis surprise que vous ne vous soyez pas rencontrés plus tôt, commenta Francesca en prenant son père par le bras. Cat était l'épouse de Glen Withers, l'icône de la publicité. L'homme qui a élevé Nick.

— Je me souviens très bien de lui et j'ai été désolé d'apprendre sa mort.

En entendant la subtile note de sympathie dans sa voix, Cat réalisa qu'il avait lui aussi entendu les rumeurs, mais aussi ce qui la tracassait depuis quelques jours. Lorsque Francesca avait parlé du suicide de Glen, Nick avait été furieux… mais pas surpris.

Cat rongea son frein jusqu'à ce que Nick et elle rentrent chez eux après un somptueux dîner. Les courses débutant le lendemain, Francesca leur avait proposé de passer la nuit à bord, mais Nick avait décliné l'invitation, prétextant du travail.

— Tu es bien silencieuse ce soir, dit-il sur le chemin du retour. À quoi penses-tu ?

— Tu as toujours su que les gens croyaient que Glen s'était suicidé, l'accusa-t-elle.

Les phares d'une voiture venant en sens inverse éclairèrent le visage de Nick, révélant une expression sombre et prudente.

— Oui, admit-il.

— Comment diable ont-ils eu cette idée ? souffla-t-elle, consternée.

— Les gens adorent les ragots, rétorqua-t-il en haussant les épaules. Il suffit de les ignorer.

— A-t-il dit ou fait quelque chose avant de mourir qui pourrait laisser penser que… ?

— Je ne sais pas. À toi de me le dire…

— Non, rien, dit-elle précipitamment.

Mais avant sa mort, Glen ne l'avait pas touchée durant trois mois. Elle avait cru qu'il avait une nouvelle liaison.

— Alors, il n'y a pas lieu de s'inquiéter.

— Non, c'est juste que… Glen aurait détesté être pris pour un lâche.

— Glen est mort, lui assena Nick sans ménagement. Et tu devrais savoir que les rumeurs étaient la dernière chose au monde dont il se souciait.

— Tu as raison, renchérit-elle, soulagée. Merci.

Pensif, Nick engagea la voiture dans l'allée. Cat l'aurait-elle remercié si elle avait su tout ce qu'il lui cachait ? Elle n'avait manifestement pas entendu l'avalanche de ragots qui avaient suivi le décès de Glen, alors qu'elle risquait sa vie à Romit.

Quelles que soient les raisons qui l'avaient poussée à épouser Glen, elle prenait au sérieux son rôle de bienfaitrice. À moins, bien sûr, que l'enfant n'ait été qu'un prétexte pour entrer à nouveau en contact avec lui. Peut-être voulait-elle plus d'argent que Glen lui en avait laissé, et qui était le mieux placé pour servir ses intérêts que l'idiot qui avait reconnu avoir une passion pour elle ?

Il serra les dents tout en négociant un nid-de-poule, la puissante voiture répondant à merveille à ses sollicitations. Comme Cat, songea-t-il avec un sourire. Elle recherchait peut-être la sécurité, mais elle prenait vie sous ses caresses, son corps menu palpitant de désir.

Il avait passé les derniers jours à l'habituer à la douce caresse de ses doigts sur sa joue, aux légers baisers déposés sur sa nuque et sur les contours de sa bouche sensuelle. Rien de provocant, mais à chaque fois il avait entendu son souffle s'accélérer tandis qu'une légère rougeur colorait sa peau soyeuse.

Ce ne serait plus très long, maintenant. Bientôt, elle viendrait à lui, animée d'un désir aussi puissant que le sien.

Ce soir ? Il risqua un regard vers son visage pâle, éclairé par la lueur des phares. Non, elle était encore sous le choc de ce qu'elle venait d'apprendre, se dit-il, refoulant l'étrange besoin de protection qui le saisissait de temps en temps. Elle avait de la chance d'être si fragile et vulnérable qu'elle éveillait le côté chevaleresque en lui.

Il avait patienté six ans pour elle ; il pouvait bien patienter encore quelques jours. Lorsqu'ils feraient l'amour, il ne voulait pas que l'ombre de Glen plane au-dessus d'eux. Il la voulait entièrement sienne.

Étouffant un bâillement, Cat se retourna dans son lit et ouvrit les yeux pour voir les rayons du soleil illuminer sa chambre. Elle serait triste de quitter la maison de Nick, se dit-elle en repoussant à contrecœur les couvertures. Et pas seulement parce qu'elle serait sur le territoire de Francesca.

Elle adorait cette demeure et s'était sentie chez elle dès

l'instant où elle y avait posé le pied. L'appartement qu'elle avait partagé avec Glen était situé en front de mer, non loin du port de plaisance. Il était décoré dans un style minimaliste qu'elle avait essayé de rendre plus joyeux en y ajoutant des fleurs et des plantes. Hélas, les seuls végétaux qui se mariaient bien avec les grandes pièces blanches étaient loin d'être chaleureux.

La maison de Nick était au contraire claire et spacieuse. En hiver, lorsque la pluie se déverserait sur la vallée et que le vent froid soufflerait, elle serait à n'en pas douter accueillante, chaude et confortable. Ce serait l'endroit idéal pour élever des enfants. Les enfants de Nick…

Aucun yacht, aussi beau soit-il, ne pouvait rivaliser avec une telle maison.

— Tu te sens bien ?

Vêtu d'un peignoir, Nick entra dans la pièce.

Surprise de le voir, car ils avaient instauré une rotation leur permettant de s'éviter jusqu'à ce qu'ils soient tous les deux habillés de pied en cap, elle soutint son regard autoritaire.

— Ai-je dormi trop longtemps ?

— De quelques minutes seulement.

Mal à l'aise, elle lutta contre l'envie de se glisser à nouveau sous les couvertures. Heureusement, son T-shirt la couvrait complètement.

— Pourquoi t'es-tu coupé les cheveux ? demanda-t-il sans préambule. Lorsque je t'ai vue pour la première fois, ils te descendaient jusqu'aux fesses.

Glen n'aimait pas ses cheveux longs, se rappela Cat. « Joli, lui avait-il dit, mais pas très sophistiqué. »

— J'avais l'air d'une gamine, répondit-elle, sur la défensive.

— Et en quoi était-ce si grave ? Tu étais une gamine.

Sa réponse calme l'agaça.

— Pas tout à fait, riposta-t-elle.

— Était-ce ton idée ou celle de Glen ?

Lorsqu'elle baissa les yeux sans répondre, il poursuivit.

— Celle de Glen, donc. Je peux comprendre pourquoi, mais à mon avis c'était une erreur. Cette nouvelle coupe ne te rend pas plus mûre pour autant

— Je l'aime bien. C'est soigné et facile d'entretien.

Il s'approcha, s'assit sur le bord du lit et repoussa une mèche de cheveux tombée sur sa joue. De ses longs doigts, il traça le contour de son oreille.

Le cœur de Cat battait si fort qu'il devait sûrement l'entendre. Mais si ce fut le cas, son expression demeura indéchiffrable.

— Les laisserais-tu pousser si je te le demandais ?

— Ils n'auront pas le temps de pousser beaucoup avant le départ de Francesca et de son père, dit-elle d'une voix hésitante.

Bien sûr, il lui demandait bien plus qu'un simple changement de coiffure. Il voulait savoir si elle serait prête à laisser la prudence et le bon sens aux oubliettes, afin de répondre à ses désirs.

Il baissa la tête et embrassa doucement, légèrement, le creux à la base de son cou. Le souffle court, Cat voulut s'écarter de lui mais, à son grand désarroi, en fut incapable.

— Lorsque je t'ai vue pour la première fois, dit-il d'une voix rauque qui la fit frissonner, j'ai pensé que tes cheveux ressemblaient à une cascade de feu. Cela m'a fait un choc, de voir que tu les avais coupés.

— Il y en avait trop, murmura-t-elle, la bouche sèche. Ils dissimulaient mon visage.

— Je ne suis pas de cet avis, commenta-t-il en s'allongeant à côté d'elle pour lui embrasser la nuque.

De délicieux frissons parcoururent son corps. Jamais elle n'avait ressenti un tel plaisir auparavant, si aigu qu'il en était presque douloureux.

— Nick, marmonna-t-elle, essayant de se rappeler pourquoi l'embrasser n'était pas une bonne idée.

Sa bouche n'était qu'à un souffle d'elle et il ne la touchait pas, pourtant elle fut incapable de bouger, comme en transe devant son sombre sortilège d'enchanteur.

— Un seul de tes regards suffit à enflammer mes sens, murmura-t-il, avant de tracer du doigt le contour de sa bouche. On dirait un fruit mûr, promesse de délices interdits et de plaisirs infinis.

De ses mains douces, il lui releva la tête. Elle s'obligea à croiser son regard doré, incandescent. Quelque chose se brisa au plus profond d'elle-même et elle sut sans l'ombre d'un doute qu'elle ne serait plus jamais la même.

— Fougueuse, intelligente, délicate, forte et gracieuse, susurra-t-il en l'embrassant entre chaque mot. J'ai tellement envie de toi. Dis-moi que tu partages ce sentiment.

Elle ne pouvait le contester, et pourtant quelque chose en elle se rebella.

— Nick, il ne s'agit pas…

Il la fit taire d'un baiser. Vaincue, tant par ses paroles que par ses baisers, elle entrouvrit les lèvres et se laissa envahir par sa langue chaude et hardie, s'abandonnant si totalement qu'elle ne songea pas un instant à résister lorsqu'il la repoussa contre les oreillers.

Son sourire révéla une détermination si farouche qu'elle aurait eu peur si son propre désir n'avait pas égalé le sien. Certes, elle savait qu'elle encourrait un danger à laisser libre cours à sa passion, mais son attirance brûlante pour Nick noya toute pensée raisonnable en elle.

Glissant la main sous le peignoir de Nick, elle entoura de ses bras ses larges épaules et l'attira à elle. Sa peau était brûlante contre la sienne et une douce chaleur l'envahit comme ils s'embrassaient à perdre haleine.

Il finit par relever la tête et d'un seul mouvement lui ôta son T-shirt. Il s'était déjà débarrassé de son peignoir et Cat put voir le jeu de lumière se répandre sur ses épaules et son torse, la lente flexion des muscles la mettant en garde contre sa puissance masculine. Mais la prudence était bien la dernière chose qu'elle avait en tête ; levant les yeux, elle soutint son regard tandis qu'il l'étudiait, la pointe de ses seins se durcissant sous ce regard ardent.

— Magnifique, assura-t-il en embrassant ses tétons, si sensibles qu'elle ne put retenir un cri.

— Ça va ? demanda-t-il en relevant la tête.

— Oui, c'est juste… trop pour moi, souffla-t-elle.

Rassuré, il inclina à nouveau la tête et saisit un mamelon dans sa bouche.

Submergée par un océan de sensations, elle creusa les reins pour mieux s'offrir à lui.

Trop pour elle… Et pourtant, elle en désirait davantage.

Lorsqu'il releva la tête, elle étouffa un cri de déception, mais sa main remplaça sa bouche, caressant ses seins tout en déposant des baisers sur sa taille et explorant de la langue le petit creux autour de son nombril.

Aussitôt, elle sentit une langueur irrésistible se diffuser en elle tandis que le désir se déployait dans son corpse. Ce feu sensuel prit peu à peu de l'ampleur jusqu'à ce qu'elle se contorsionne sous son intensité. Agrippant ses épaules, elle y enfonça ses ongles, ressentant le besoin de s'accrocher à quelque chose de solide pour ne pas devenir folle.

Lorsque Nick trouva le point sensible entre ses jambes, elle s'arc-bouta et poussa des petits gémissements de plaisir.

— Oui, l'encouragea-t-il en glissant deux doigts dans son intimité.

Ivre de désir, elle cria son nom d'une voix si aiguë qu'elle ne la reconnut pas.

— Cat, dit-il d'un ton brusque, avant d'embrasser la peau soyeuse de ses cuisses.

— S'il te plaît, supplia-t-elle en le ramenant vers elle.

Elle sentit ses muscles se bander. Déroutée, elle regarda son visage qui arborait une expression de marbre. Seuls ses yeux trahissaient une émotion et sa bouche était encore meurtrie par ses baisers.

— Touche-moi, intima-t-il.

Le feu aux joues, Cat fit courir ses mains sur son torse, caressant ses pectoraux durs et la douce toison qui descendait en flèche vers sa taille et plus bas encore. Sous ses mains, il exsudait à la fois la chaleur et la fermeté — fierté masculine et virilité.

Lorsqu'elle effleura son long sexe tendu, il retint son souffle.

— Pas là. Pas maintenant, dit-il d'une voix rauque.

Pour une raison qu'elle ignorait, ces mots lui redonnèrent confiance. Enivrée du désir que ses caresses exquises avaient fait jaillir en elle, elle embrassa son épaule. Puis, mue par une impulsion, elle mordit la chair tendre, avant de la lécher, s'imprégnant du goût de sa peau salée et piquante — véritable aphrodisiaque.

— Je dois mettre un préservatif, souffla-t-il.

— Je prends la pilule.

— De nos jours, ce n'est pas suffisant.

Quand ce fut chose faite, il enfouit la tête dans le creux de son cou, puis se rapprocha du point sensible sous son oreille, faisant naître des étincelles délicieuses dans tout son être. Et ensuite, il l'embrassa avec une passion non dissimulée.

Elle répondit avec empressement à ses baisers, et lorsqu'il prit sa tête entre ses mains pour mieux mêler leurs langues, elle se noya dans son baiser. Enfin, il s'enfonça profondément en elle, et elle creusa les reins pour mieux le recevoir. Il alterna avec dextérité les mouvements lents et rapides, la pénétrant à peine pour ressortir aussitôt.

Perdue dans un océan de volupté, Cat fit son maximum pour le contenter, jusqu'à ce qu'elle se rende compte à son grand étonnement que son corps était parcouru de sensations jamais ressenties jusqu'à présent — un besoin fervent et aigu qui la stimulait comme jamais.

Des vagues de sensations — timides au début — parcoururent son corps. Au plus profond d'elle-même, quelque chose se développait peu à peu, jusqu'à ce qu'elle soit submergée par sa puissance, par la surcharge sensorielle d'odeurs et de pure énergie masculine qui émanait de lui.

Et pourtant, sa propre excitation était au diapason. Le souffle court, elle aspirait à découvrir l'apogée d'une expérience inoubliable, quand un orgasme aussi soudain que violent la projeta dans un tourbillon de sensations inouïes.

Nick la suivit en laissant échapper une longue plainte sourde, avant de retomber sur elle. Grisés par cette expérience inoubliable, ils reprirent peu à peu leur souffle.

Silencieusement, Nick roula sur le côté en la serrant contre lui.

— Pourquoi pleures-tu ? demanda-t-il, interloqué.

Inerte et si totalement épuisée qu'elle pouvait à peine parler, elle se tourna vers lui.

— Je ne sais pas, marmonna-t-elle en s'essuyant les yeux sur le mouchoir qu'il avait miraculeusement sorti de nulle part.

À sa vive consternation, elle eut envie de bâiller.

— Tu es fatiguée, dit Nick. Viens dans mes bras et dors.

— Les Barrington, protesta-t-elle.

— Nous ne sommes pas attendus avant le début de l'après-midi, assura-t-il. Nous avons tout notre temps.

Une main pressa sa tête contre son épaule tandis que l'autre s'attardait sur sa hanche.

— Dors, lui intima-t-il.

— Mais…

Il la fit taire d'un baiser.

— Dors, Cat.

Elle ferma les yeux. Le sourire aux lèvres, elle tourna son visage vers sa poitrine et s'abandonna au sommeil.

8.

Lorsque Cat se réveilla, elle était seule.

Glacée, elle remonta les couvertures jusqu'au menton et fixa le plafond. Nick lui avait fait l'amour avec une infinie tendresse. Mais pourquoi s'était-il montré si doux ?

Un rapide coup d'œil au réveil lui révéla qu'elle n'avait pas le temps d'approfondir la question. Elle se leva à la hâte, se doucha, se sécha puis revêtit un jean et un top en coton rayé vert et blanc, tout en s'interdisant de réfléchir. Se peignant les cheveux, elle scruta la femme qui se reflétait dans le miroir, et le sourire qui ourlait sa bouche.

— Voilà donc ce qu'est l'extase…

Rien ne serait plus jamais pareil pour elle.

Lorsque Cat arriva en bas de l'escalier, la gouvernante vint à sa rencontre.

— Bonjour, la salua celle-ci avec un sourire. Cherchez-vous Nick ? Il m'a demandé de vous prévenir qu'il est dans son bureau.

Cat lui rendit son sourire, mal à l'aise.

— Merci.

Elle n'était jamais entrée dans le saint des saints, mais cela ressemblait plus à une convocation qu'à une invitation.

Elle s'éloigna d'un pas lent, comme un élève convoqué dans le bureau du directeur. Une fois devant la porte, elle hésita, puis redressa les épaules avant de frapper.

— Entrez.

Refoulant son appréhension, elle ouvrit la porte et entra.

Contrairement à son attente, Nick n'était pas assis à son bureau, mais debout devant une photographie — celle de son défunt mari qui était autrefois accrochée dans le hall d'entrée de leur appartement. Cat avait donné la photographie à Nick après la mort de Glen. Son époux avait toujours admiré la façon dont l'artiste avait capturé son charme un peu canaille, mais il n'avait jamais remarqué l'insécurité sous-jacente que le photographe avait révélée dans son visage.

Cat s'arrêta devant la porte, réagissant par instinct à la tension dans l'atmosphère, si tangible qu'elle pouvait presque la sentir.

— Les rumeurs étaient fondées, dit Nick sans la regarder. Glen s'est suicidé. Il a foncé dans un pont volontairement.

Cat s'attendait à tout, sauf à ça. Sans voix, elle le dévisagea longuement, le visage blême.

— Je ne te crois pas, finit-elle par dire en prenant une profonde inspiration. Pourquoi aurait-il fait ça ?

— Il avait un cancer.

Il tendit une belle main fine vers la photographie, comme pour la toucher, puis la laissa retomber.

— Il a attendu des mois avant d'aller voir un spécialiste. On lui a dit que sa seule chance de survie résidait dans une opération qui l'aurait laissé à la fois stérile et impotent.

Cat secoua la tête. Ces trois derniers mois sans relations sexuelles prirent soudain tout leur sens.

— Oui, poursuivit Nick. Pourquoi ne l'as-tu pas obligé à consulter un médecin, Cat ? Tu devais bien te douter que quelque chose n'allait pas, quand il a cessé de te toucher.

— J'ai cru qu'il avait une maîtresse, se défendit-elle. Cela n'aurait pas été la première fois. Ni même la seconde. Et à l'époque, je m'inquiétais beaucoup de l'état de santé de ma mère. Ce n'est certes pas une excuse… J'aurais dû me rendre compte qu'il n'allait pas bien.

— Il savait qu'après son opération il ne pourrait plus être un mari pour toi au sens biblique du terme.

— Quoi ? demanda-t-elle d'une voix fêlée.

— Il n'a jamais compris que tu recherchais la sécurité auprès de lui, et non le sexe. Aussi longtemps qu'il aurait pu t'offrir cela, tu serais restée avec lui. C'est la raison pour laquelle tu l'as épousé, après tout.

— Je n'aurais jamais dû l'épouser, avoua-t-elle à contrecœur. Tu avais raison quand tu es venu me voir ce jour-là — la veille du mariage. Je cherchais une figure paternelle, mais j'ai fait de mon mieux pour être une bonne épouse.

— Avant d'aller en Angleterre, il est venu me voir et m'a parlé de sa maladie. J'ai cru avoir réussi à le convaincre de se battre, mais je m'étais trompé.

L'esprit en tumulte, Cat s'affala dans un fauteuil.

— Je ne l'aurais pas quitté, dit-elle d'une voix atone.

— Il pensait n'être plus d'aucune utilité pour toi. Il s'est donc suicidé et je t'ai embrassée juste après les funérailles. Je m'en suis terriblement voulu par la suite. Mais lorsque tu m'as touché… Eh bien, j'ai perdu l'esprit.

— Je te réconfortais, dit-elle d'un ton sec.

Elle avait touché son visage, se souvint Cat. Et avait été submergée d'une passion qui, pendant un bref instant, lui avait fait tout oublier… À part Nick.

— Au début, peut-être, mais tu me désirais, assura-t-il.

— Oui, admit-elle en se mordant les lèvres.

— Et moi aussi, dit-il en lui jetant un regard torve. As-tu passé les quatre années de ton mariage à fantasmer sur moi ?

— Non, j'ai toujours refoulé les sentiments que j'éprouvais pour toi. J'avais bien trop peur. J'ai ignoré mon…

— Infidélité ? proposa-t-il laconiquement.

Elle releva la tête, le regard flamboyant.

— C'est un bien grand mot — un mot qui décrit davantage l'attitude que Glen a eue à mon égard. Il a eu au moins deux liaisons durant notre mariage.

— Elles n'étaient pas importantes à ses yeux, éluda Nick.

Certes, c'est l'excuse classique de l'homme adultère, mais c'est vrai. Peut-être pensait-il que cela t'était égal.

— L'adultère était pour lui une façon de me punir. Il a eu sa première liaison lorsque j'ai repris mes études.

— Ce genre de choses est assez habituel, hélas. Et réciproque. Quand un homme épouse une femme beaucoup plus jeune, il y a peu de chance qu'elle lui reste fidèle.

— Je n'ai pas trompé Glen… Si l'on excepte ces deux épisodes insignifiants, lâcha-t-elle avec dédain. J'étais peut-être trop inexpérimentée pour réaliser ce que je faisais en l'épousant, mais je lui suis restée fidèle, et tu ne m'as jamais montré un quelconque intérêt lorsque j'étais mariée.

— J'aimerais bien pouvoir apaiser ma conscience aussi facilement, rétorqua Nick d'un air buté.

— Pourquoi me dis-tu ça maintenant ? Après que nous avons… fait l'amour ? Je vois, tu veilles à ce que je ne me fasse pas de faux espoirs !

Jusque-là, elle ne s'était pas rendu compte à quel point elle avait rêvé de lui faire voir qui elle était vraiment — non pas une femme vénale mais une femme ordinaire.

Elle aurait pu se battre contre la piètre opinion qu'il avait d'elle, mais pas contre ses remords.

Se levant, elle lui fit face, la tête haute.

— Glen s'est suicidé car il ne pouvait tolérer l'idée d'être diminué physiquement. Eh bien, laisse-moi te dire une chose, Nick. La valeur d'un homme ne se mesure pas à ses prouesses sexuelles ! Cela ne l'a pas inquiété de me laisser seule, alors que je pleurais encore ma mère.

— Il savait que je m'occuperais de toi.

À ces mots, la colère l'emporta.

— Comment ? Il ne s'attendait tout même pas à ce que je l'oublie, que j'oublie ma mère, et que je te laisse docilement diriger ma vie ! Il me connaissait mieux que ça, lâcha-t-elle en s'éloignant d'un pas rageur.

Elle grimpa les marches de l'escalier quatre à quatre et

arracha d'un geste brusque les draps du lit. À bout de souffle, elle finit par s'arrêter et fixa les oreillers, toujours marqués de l'empreinte de la tête de Nick, tandis que des larmes brûlantes obstruaient ses yeux et sa gorge.

Comment avait-elle pu être aussi naïve ? Nick n'envisagerait jamais d'avoir une relation sérieuse avec elle. L'attirance incoercible qu'il éprouvait pour elle n'était rien, comparée à sa loyauté envers Glen.

Elle partit à la recherche de la gouvernante et lui demanda un carton. Elle retourna ensuite dans sa chambre et se mit à faire ses bagages. Après avoir retiré toute trace de sa présence, elle se redressa et jeta un coup d'œil autour d'elle. C'était fini. À moins d'un miracle, elle ne reverrait plus jamais cette pièce magnifique.

Nick entra dans la chambre comme elle bouclait sa valise.

— Tu prends la fuite ? s'enquit-il d'un ton où perçait une sourde menace. Nous avons passé un marché, souviens-toi. Si tu ne tiens pas ta part de ce marché, alors je ne le ferai pas non plus.

— Je n'ai pas changé d'avis, riposta-t-elle, mais Francesca ne reviendra pas ici et je n'ai donc plus rien à faire chez toi.

À ces mots, Nick dévisagea Cat, pour tenter de lire en elle. Ni sa voix ni l'expression de son visage ne révélaient ses sentiments, et si elle s'était détournée de lui, Nick devinait qu'elle était tendue. Le désir familier le consuma, brouillant son esprit. Il pouvait l'avoir comme bon lui semblait, se dit-il cyniquement, se souvenant de sa réaction désinhibée avec une clarté qui enflamma ses sens. Et c'était là le problème. S'il lui faisait encore une fois l'amour, serait-il capable de renoncer à elle ensuite ?

Glen s'était suicidé pour elle. Et elle n'était sûrement pas restée fidèle à sa mémoire… À moins qu'elle ait commencé à prendre la pilule juste après l'avoir revu. Soudain, une autre pensée terrifiante afflua à son esprit.

— Je ne m'attends pas à ce que tu reviennes, dit-il d'un ton posé. Je sais à quel point tu peux te montrer responsable.

Elle releva brusquement la tête. Lorsqu'il vit la douleur dans son regard, il dut se retenir pour ne pas se précipiter vers elle.

Francesca vint les accueillir en bas de la passerelle. Toute de blanc vêtue, elle était assortie au yacht — un minipaquebot qui grâce à l'habileté du concepteur paraissait élégant, malgré sa plate-forme pour hélicoptère et l'équipement de navigation qui encombrait le mât.

— Montez à bord, les exhorta Francesca avec un grand sourire, même si ses yeux s'attardèrent sur Nick.

En dépit d'un sentiment de possessivité, Cat ne pouvait lui en vouloir. Comparés à Nick, tous les hommes paraissaient insignifiants, songea-t-elle en gravissant la passerelle étroite.

— Voici le ravitailleur, dit Francesca, indiquant de la main une grande embarcation amarrée le long du yacht. Très pratique pour s'asseoir quand nous organisons de grandes fêtes — ce qui n'est pas le cas de celle de ce soir.

Elle les mena ensuite dans un salon extérieur ombragé, protégé par l'avancée du pont supérieur. La veille, Cat avait remarqué les sofas blancs, agrémentés d'un grand nombre de coussins dans divers tons de bleu et blanc. Il y avait aussi un bar, nota-t-elle, et la composition florale avait été changée.

— J'adore toute cette effervescence, déclara Francesca. J'ai hâte de voir la course de demain ; ces grands voiliers sont si élégants. Saviez-vous que certains propriétaires ont parié des millions sur le résultat ?

Nick haussa légèrement les sourcils.

— Tu n'approuves pas ? le provoqua Francesca.

— Je ne suis pas joueur.

Francesca rejeta la tête en arrière et éclata de rire.

— Vraiment ? Qui a quitté un emploi bien payé pour

s'aventurer dans le monde sauvage et inconnu de l'Internet ? Tu as certes réussi, mais c'était un immense défi à l'époque.

Cat se sentit étrangère à la conversation. C'était le monde de Francesca. Et de Nick, se rappela-t-elle tristement.

Alors qu'elle se tenait sous le soleil brûlant, l'eau se reflétant dans les yeux de Nick et illuminant ses traits sombres, elle réalisa à quel point elle l'aimait — désespérément, irrévocablement. Après avoir fait l'amour avec lui, elle savait que plus rien ne serait jamais pareil, mais le calice qu'elle avait choisi de boire était amer. Pour elle, il n'y aurait pas d'autre homme dans sa vie.

— Tu te sens bien ? demanda Nick en lui prenant le bras pour suivre Francesca qui entrait dans le salon.

Cat se raidit. Ses pensées se lisaient-elles sur son visage ?

— Très bien, dit-elle, marchant comme un automate.

Une fois dans la pièce, elle lui tourna le dos et fit semblant de regarder autour d'elle. Depuis que Nick et elle avaient fait l'amour, tout lui paraissait onirique, un peu comme si en se réveillant ce matin-là elle avait pénétré dans une autre dimension. Sentant une douce chaleur monter en elle, elle refoula à la hâte ses pensées.

— J'espère que tu n'es pas sujette au mal de mer, mais si c'est le cas, sache que nous avons une excellente pharmacie à bord, dit Francesca avec un sourire.

Cat lui rendit son sourire.

— Ne t'inquiète pas pour moi, dit-elle ton léger.

— Ton père est-il à bord, Francesca ? coupa Nick.

— Il est au téléphone… Non, le voilà !

Les sourcils froncés, Stan entra dans la vaste pièce, mais se dérida à la vue de Nick.

— Bonjour, Cathy. Bienvenue à bord, la salua-t-il. Nick, viens avec moi et dis-moi ce que tu en penses. Le vieux Leo Orlich prépare quelque chose, et je crois savoir ce que c'est.

Francesca adressa aux hommes un sourire lumineux.

— Lorsque les affaires appellent, nous les femmes savons rester à notre place. Viens, Cathy, je vais te montrer ta cabine.

— Je ne serai pas long, dit Nick, enveloppant Cat d'un long regard, avant de reporter son attention sur les documents que Stan venait de lui mettre dans les mains.

Cat traversa aux côtés de Francesca l'immense salon aux lambris dorés et aux nombreux canapés et fauteuils en cuir.

Quelle extravagance, songea-t-elle, enveloppant de cynisme le profond désarroi qu'elle ressentait en songeant à la grisaille de sa vie future. Une telle opulence la déconcertait, mais elle n'avait qu'à la considérer comme une incursion dans un monde qui lui redeviendrait étranger une fois cette farce terminée.

— Nous y voilà, dit Francesca en la faisant entrer dans une vaste cabine. Si tu as besoin de quoi que ce soit, demande à l'hôtesse quand elle viendra défaire tes bagages. L'apéritif sera servi dans une heure, ce qui te laisse le temps de te préparer.

Cat regarda la porte se refermer derrière elle. Elle était sur le territoire de Francesca, à présent, et son instinct l'avertissait que celle-ci ne lui ferait pas de cadeaux. Si Juana devait espérer avoir son opération, Cat devrait jouer son rôle à la perfection.

Paniquée, elle sentit une sueur froide recouvrir sa peau.

Le salon aurait pu se trouver dans une maison — une luxueuse maison, se dit-elle en scrutant le magnifique tapis et les meubles en bois encastrés. Un immense lit recouvert d'un drap bleu et blanc remplissait une bonne partie de la pièce, et un canapé en cuir blanc s'étendait sur un des côtés. Derrière une porte entrouverte se trouvait une petite salle de bains en marbre rose. Lorsque Cat eut fini de tout explorer, elle prit une douche et s'enveloppa d'un grand peignoir bleu, avant de songer à s'apprêter.

Une soirée décontractée, avait dit Francesca.

Cat réprima son malaise ; elle savait quelle tenue porter pour ce genre d'occasion. Elle opta pour une robe droite en soie, décolletée et sans manches. Le fin tissu était de plusieurs tons plus clair que ses cheveux et moulait à la perfection ses formes féminines. Pour finir, elle enfila des talons aiguilles de couleur cuivre.

Puis, elle fit appel à des aptitudes qu'elle n'avait pas exercées depuis longtemps et se maquilla légèrement, s'abritant derrière cette fragile armure.

Lorsqu'elle sortit enfin de la minuscule salle de bains, elle vit Nick extirper un pantalon de la commode. Aussitôt, son cœur fit un bond dans sa poitrine tandis que la pièce semblait se rétrécir.

— Que fais-tu ? s'enquit-elle brusquement.

Il haussa les sourcils.

— Je choisis une tenue pour ce soir.

Même en jean et T-shirt, il avait l'air d'un pirate — à la fois dangereux et élégant. Son nez droit et ses hautes pommettes lui conféraient un air altier et il exsudait une autorité masculine qui perçait ses défenses avec une facilité déconcertante.

— Mais…, commença-t-elle, puis elle fixa ostensiblement le grand lit.

À la vue de son visage en feu, Nick se mit en colère.

— Tu ne t'attendais tout de même pas à dormir seule ?

— Je croyais… Francesca… ?

— Nous lui avons dit que nous étions amants, Cat. Elle n'est pas assez stupide pour essayer de nous séparer.

— Je ne dormirai pas avec toi ce soir, se contenta-t-elle de répondre.

— Tu peux dormir sur le canapé si tu veux, mais toi et moi allons partager cette chambre.

— Je ne dormirai *pas* avec toi, répéta-t-elle, butée.

— Et pourquoi ? Tu n'as pas dit non, ce matin, persifla-t-il. Et si tu demandes une autre cabine, toute cette farce aura été inutile.

— Bien sûr que je ne vais pas demander une autre cabine.

— Je dormirai sur le canapé… Tu es superbe, ajouta-t-il gauchement. Cette couleur te va bien.

Les mots restèrent suspendus entre eux. Un frisson de désir parcourut Cat, qu'elle refoula aussitôt.

— Merci, marmonna-t-elle pour briser le charme.

— Je vais prendre une douche et me changer, dit-il brusquement, comme s'il regrettait son compliment.

Accablée, Cat s'affala dans un fauteuil et ferma les yeux. Dans l'espoir d'apaiser la tension dans ses épaules, elle se renfonça dans son siège et écouta le léger chuintement de l'eau dans la salle de bains, puis le bourdonnement du rasoir.

Ce matin, la barbe naissante de Nick avait été comme de la soie rêche contre sa peau ; elle pouvait presque encore sentir cette friction sensuelle. Elle refoulait tant bien que mal la brusque chaleur qui s'était emparée d'elle quand Nick entra dans la pièce, les reins ceints d'une serviette.

S'emparant à la hâte d'un magazine, Cat fit semblant de lire pendant qu'il s'habillait, douloureusement consciente de ses joues empourprées.

— Tu peux regarder maintenant, dit-il d'un air narquois.

Relevant la tête, Cat se figea une seconde, sous l'effet du choc que lui causait la vue de Nick. Avec ses cheveux noirs encore humides, son visage viril et ténébreux fraîchement rasé, il était beau comme un dieu.

Cat lui adressa un sourire froid.

— Tu boudes encore ? s'enquit Nick.

En deux enjambées, il la rejoignit et la mit debout, relevant son visage d'une main implacable.

— Dis-moi pourquoi tu as fait l'amour avec moi ce matin, comme si ta vie en dépendait ?

— Non, souffla-t-elle, ivre de désir.

Il traça du doigt le contour de sa bouche. Sa caresse était à la fois douce et éloquente. Pouvait-il sentir la légère palpitation de son souffle et l'accélération de son pouls ? Oui, il savait l'effet qu'il avait sur elle.

— Tu ne peux pas ou tu ne veux pas ? demanda-t-il en lui décochant un sourire railleur.

Elle essaya de se libérer.

— Les deux, admit-elle.

Il la lâcha, mais un sourire ourla ses lèvres. S'il voulait lui faire l'amour ce soir, serait-elle capable de lui résister ?

Pire, le voudrait-elle ?

— Mets ça, intima-t-il en sortant un coffret à bijoux d'un tiroir, qu'il lui tendit.

Comme elle ne faisait aucune tentative pour le prendre, il leva les yeux au ciel.

— Ça ne va pas exploser, railla-t-il. Considère-le comme un outil de travail.

Ouvrant le coffret, Cat découvrit de magnifiques perles.

— Elles viennent aussi de chez Morna ?

— Oui. Ne sois pas stupide, Cat, ajouta-t-il en la voyant secouer la tête.

Avant qu'elle puisse protester, il noua le collier de perles autour de son cou. Puis, les mains sur ses épaules, il la fit pivoter pour qu'elle se voie dans le miroir.

— Elles te vont bien, commenta-t-il.

Le cœur de Cat fit un bond dans sa poitrine. Elle ne regardait pas les perles mais leurs deux corps reflétés dans le miroir : sa petitesse au regard de la haute taille de Nick, ses cheveux telle une flamme contre sa chemise, les larges épaules de Nick offrant protection et force, ses courbes féminines formant un éloquent contraste avec sa silhouette svelte.

— Oui, répondit-il à sa question implicite.

Il captura ses seins de ses grandes mains, observant avec satisfaction ses tétons durcir sous ses caresses.

— Tu ne peux le nier, ajouta-t-il brusquement. Tu hantes ma vie depuis toujours. J'ai cru que te faire l'amour tuerait le désir que j'avais pour toi, car rien n'aurait pu être plus sensuel que mes rêves.

— Et c'est le cas ?

— Non, je me suis trompé. Tu es bien plus sensuelle que

dans mes rêves, dit-il tout en laissant courir sa main sur son corps. Et je te désire toujours autant.

La passion enfla en elle sous ses caresses expertes, alors qu'une chaude moiteur se répandait entre ses cuisses.

— Effectivement, murmura-t-elle, le souffle court.

Éclatant d'un rire sonore, il posa les mains sur ses hanches et la fit pivoter vers lui. Consumée de désir, elle frissonna.

Il allait l'embrasser, elle le savait. Elle se tenait déjà sur la pointe des pieds pour répondre à ses baisers quand elle entendit des voix à l'extérieur.

— Nous devons y aller, dit-elle d'une voix incertaine.

— Oui, confirma-t-il en la couvant du regard. Mets la bague. Ce soir, je veux que tout le monde sache que tu es à moi.

9.

Au cours de l'heure suivante, comme elle buvait de l'eau minérale, savourait de délicieux canapés et discutait avec les invités des Barrington, Cat se remémorait les dernières paroles de Nick. Même si ses propos avaient été proférés avec un certain détachement, il savait qu'il suffisait de la toucher pour qu'elle soit sienne.

Soudain, une voix familière l'interpella.

— Stephanie ! fit-elle, ravie. Quand donc êtes-vous rentrés ?

— Il y a trois jours.

Après une brève étreinte, son amie recula d'un pas pour l'examiner d'un œil critique.

— J'ai appelé chez toi, et on m'a dit que tu étais partie, mais personne ne savait où. Je me suis même demandé si je ne devais pas m'inquiéter. Que diable fabriques-tu ?

Stephanie Cowdray et son mari, Adam, étaient les seuls vrais amis que Cat s'était faits durant son mariage avec Glen. Belle rousse au teint d'albâtre, Stephanie avait essayé de persuader Cat de vivre dans leur maison pendant qu'elle et son mari rendaient visite à leur famille en Angleterre, mais la propriété où Adam cultivait ses roses de renommée mondiale était trop excentrée.

— Je n'ai pas eu le temps de te prévenir, car tout s'est passé très vite mais…

— Je l'ai enlevée, intervint Nick derrière elle.

Il ne la touchait pas, mais elle le sentait proche. Suffisamment pour que des picotements viennent courir sur sa nuque — hommage à sa virilité.

— Je vois, dit Stephanie d'une voix atone.

S'approchant, Francesca appela Nick. Il fronça les sourcils mais se tourna poliment vers elle.

— Chéri, je veux te présenter quelqu'un, roucoula-t-elle en souriant à Cat. Désolée de vous interrompre, mais M. Penn est un homme adorable et si important que les marchés financiers tremblent dès qu'il fronce les sourcils. Je vous ramène Nick dès que possible, promis.

— J'arrive, dit Nick poliment, avant de se tourner vers Stephanie. Nous nous sommes déjà rencontrés, je crois. Nick Harding. Votre mari et moi jouons au golf quelquefois.

— Je ne vous ai pas oublié, dit-elle sèchement en lui tendant la main. Comment allez-vous ?

— Très bien, merci. Adam est-il là ?

— Il est sur le pont arrière, échangeant des conseils avec M. Penn sur la culture des roses.

— Des roses ? s'étonna Francesca.

Stephanie lui adressa un sourire lumineux.

— Mon mari cultive les roses, dit-elle d'un ton léger.

— Il est en passe de devenir le cultivateur le plus célèbre du monde, renchérit Nick.

— Oh ! Adam Cowdray, bien sûr ! commenta Francesca. Où avais-je la tête ? J'amène Nick voir les passionnés de roses et je reviens discuter avec vous.

Le regard de Nick s'attarda sur Cat.

— Je ne serai pas long, promit-il d'une voix caressante, avant de rejoindre Francesca.

Pensive, Stephanie les suivit un instant du regard.

— Je n'aurais pas cru que Nick Harding et les Barrington auraient grand-chose en commun.

— L'argent, je suppose.

— Le cynisme ne te va pas.

Cat se souvint trop tard que le frère de Stephanie était un magnat des affaires britannique qui avait fait fortune.

— Je suis désolée. C'était méchant de ma part.

— Cela dit, tu n'as pas tout à fait tort. Ils sont tous les deux extrêmement fortunés. Pas étonnant que M. Barrington pense le plus grand bien de Nick. Comme tout le monde, d'ailleurs. Peu de gens comprennent vraiment ce qu'est Internet, mais ils savent qu'il en a pratiquement le monopole dans cette partie du monde. Il a bien fait de se lancer et de voler de ses propres ailes. Il gaspillait son talent dans la publicité.

Cat sourit tristement.

— Glen pensait que Nick était sa création.

— Il lui a offert sa première chance, convint Stephanie. Mais Nick aurait réussi par lui-même. Il possède ce mélange d'intelligence et de bon sens, allié à un caractère impitoyable qui caractérise les magnats des affaires.

— Et tu es bien placée pour le savoir, rétorqua Cat d'un ton léger. C'est une bonne description de ton mari et de ton frère. Les hommes comme eux sont dangereux.

— Et fascinants.

— C'est certain, répondit-elle en haussant les épaules.

— Je croyais que tu ne l'aimais pas beaucoup…

Cat hésita.

— C'est une longue histoire…

— Je sais que ta mère voulait que tu épouses Glen. Son pire cauchemar était de te laisser seule après sa mort, m'a-t-elle dit une fois. Je comprenais son point de vue, même si tu es bien plus forte qu'elle ne le pensait. Tu te débrouilles très bien seule et tu n'as pas besoin d'un homme pour te soutenir — même pas de Nick Harding. Tu es peut-être attirée par lui…

— Cela se voit tant que ça ? fit Cat en rougissant.

— La tension entre vous est presque palpable ! Sois prudente, tout de même.

— Ne t'inquiète pas. Nick me désire, mais il ne veut pas s'investir dans une relation.

— Même le plus dur des hommes a du mal à composer avec une attraction sexuelle intense, lui dit Stephanie, l'air amusé. C'est même plus difficile pour eux. Ils détestent perdre le contrôle de leurs émotions. Nick décidera peut-être de ne pas donner suite, mais il ne pourra pas taire ses sentiments. À toi de décider comment gérer la situation.

— Ne t'inquiète pas pour moi.

— Si tu as besoin d'une oreille attentive, je suis là.

Comme mue par une force invisible, Stephanie tourna la tête et son visage s'illumina à la vue de son mari.

Cat retint un soupir. Le sourire éblouissant dont Adam gratifia son épouse montrait les sentiments profonds qu'il éprouvait pour elle — contraste douloureux avec la relation creuse qu'elle entretenait avec Nick.

Une heure plus tard, Cat entrait dans le salon. Elle avait joui d'une vie aisée avec Glen, dénuée de tout souci financier, mais rien de comparable au faste qu'elle découvrit ici. Et dire que c'était le monde de Nick !

Le voir frayer avec certains des hommes les plus puissants de la planète accentua l'estime qu'elle avait pour lui. Il avait peut-être grandi dans les bas-fonds d'Auckland, mais son intégrité et sa remarquable intelligence lui avaient gagné le respect de ces hommes. Ils le considéraient comme leur égal.

Et pourtant, leur opinion importait peu. Nick avait ses propres valeurs et ambitions, et ne se souciait guère de l'opinion d'autrui.

Comme s'il sentait son regard posé sur lui, Nick leva les yeux et lui sourit tendrement, avant de lui faire signe de le rejoindre. L'orgueil l'exhorta à tourner les talons… Jusqu'à ce qu'elle se souvienne de la raison de sa présence ici. Lentement, elle traversa la pièce pour le retrouver.

Glissant un bras autour de sa taille, Nick la tint serrée contre lui dans un geste possessif.

Un des invités, petit et un peu trop élégamment vêtu, la fixa de ses yeux bleu pâle.

— Vous êtes néo-zélandaise, je présume, mademoiselle Courtald ?

— Tout à fait, confirma Cat.

Julian Forrester leva les yeux vers Nick.

— Vous avez de jolies femmes dans ce pays.

— Et intelligentes aussi, renchérit celui-ci d'un ton qui fit naître un frisson le long de sa nuque.

Gênée, elle baissa les yeux, consciente du regard concupiscent de l'autre homme.

— Ne la sous-estimez pas, coupa Adam. Si vous dites quelque chose d'idiot, elle ne se gênera pas pour vous le faire savoir.

— Jamais je ne serais aussi impolie, protesta Cat en riant. Je réserve ce traitement à mes amis.

— Vous semblez mener une vie palpitante, Harding, susurra Julian Forrester.

— Assez, en convint Nick, avant de changer de sujet.

Cat ressentait une profonde aversion pour l'Anglais et fut soulagée quand Nick mit poliment fin à la conversation et s'éloigna avec elle.

— Tu bois de l'eau depuis que nous sommes arrivés, dit-il. Veux-tu une coupe de champagne ?

— Bonne idée.

Comme par enchantement, un serveur avec un plateau se matérialisa devant eux.

— Si nous allions dehors ? proposa Nick en lui tendant une coupe. C'est plus calme là-bas. Nous pourrions observer la vie nocturne.

Le cœur battant, elle fendit la foule et le suivit sur le pont arrière, qui était en effet plus calme car vide.

— Oh ! c'est tout simplement merveilleux !

Elle s'affala sur un canapé moelleux et laissa son regard errer sur le quai et les nombreux restaurants et bars. Quel dommage qu'elle n'ait pas rencontré Nick seulement maintenant. Sauf que dans le cours normal des choses, elle n'aurait jamais rencontré Nick. C'était Glen qui les avaient réunis.

— À quoi penses-tu ? s'enquit-il en s'installant confortablement, ses longues jambes étendues devant lui.

L'espace d'un instant, elle fut tentée de le lui dire, mais préféra finalement s'abstenir.

— Tu as acheté le bon collier. Les perles noires semblent être à la mode cette année. Trois femmes m'ont demandé d'où elles provenaient et je leur ai donné l'adresse de Morna.

— Bien. Elle aurait besoin d'un peu de publicité.

— Elle a beaucoup de talent, admit-elle.

— C'est vrai… Qu'achètent-elles d'autre, ces femmes fortunées ? s'enquit Nick en sirotant son champagne.

— Des caisses de vin. Surtout du vin blanc, même si elles s'échangent aussi des noms de vins rouges. Et du mobilier de jardin.

— Du mobilier de jardin ? répéta Nick, interloqué.

— Une femme a tellement aimé une marque de chaises longues qu'elle a acheté un entrepôt entier !

— Aux fabricants de mobilier de jardin et à la consommation ostentatoire, dit-il en riant doucement.

Il leva son verre et après un instant d'hésitation, Cat fit de même. Ensemble, ils trinquèrent.

La marée s'était retirée entre-temps et le pont arrière était désormais sous le niveau du quai, les mettant à l'abri des regards des badauds. À l'intérieur, les invités parlaient et riaient, leur bourdonnement sonore assourdi par les lourdes baies vitrées. Les senteurs marines se mêlaient au parfum entêtant des fleurs dans les grands vases.

Cat jeta un regard oblique vers Nick dont le profil se découpait dans la faible lumière émanant de la salle. Cette parenthèse se terminerait sous peu et chacun repartirait de son côté. Mais comment pourrait-elle supporter de vivre sans Nick ?

La question brutale résonna désespérément en elle tandis qu'elle discutait à bâtons rompus avec lui dans l'obscurité, tout en sirotant son champagne.

Lorsque la plupart des invités furent partis, le dîner fut servi dans la salle à manger pour ceux qui restaient — dont l'Anglais au regard concupiscent, remarqua Cat, mal à l'aise.

— Je crois qu'il y a un excellent night-club sur la jetée, dit Francesca à la fin du dîner. Qui veut venir ? Cathy ? Nick ?

— Ne compte pas sur moi, Francesca, répliqua ce dernier.

L'image d'un grand lit vint aussitôt à l'esprit de Cat, mais elle avait conclu un marché et entendait l'honorer.

— Je ne viendrai pas non plus, renchérit-elle.

Nick repoussa les protestations de Francesca, mais quand Julian donna raison à Nick en adressant un sourire grivois à Cat, une lueur dangereuse s'alluma dans son regard.

— Bon, d'accord, grommela Francesca, ses propos discourtois tempérés par un grand sourire. Ceux qui veulent danser, suivez-moi.

S'ensuivit un joyeux tintamarre tandis que les convives se levaient de table et descendaient la passerelle en bavardant.

— Que diriez-vous d'un café ? leur proposa Stan.

— Excellente idée, dit Nick en prenant la main de Cat.

Elle sentait les émotions affleurer au bout de ses doigts — un courant électrique à la fois excitant et troublant.

Dans un coin du salon, Stan versa du whisky pour Nick et lui-même et de l'eau minérale pour Cat. Tenir son verre lui donna une excuse pour lâcher la main de Nick.

— Quand allez-vous donc vous marier ? demanda Stan.

C'était quoi ça encore ? se dit Nick, sur le qui-vive. Si Francesca croyait pouvoir utiliser son père pour se mêler de leurs affaires, elle découvrirait vite son erreur. Et Stan aussi. Mais Cat le devança.

— Lorsque je serai prête, dit-elle effrontément.

Leur hôte éclata de rire en secouant la tête.

— Je ne sais pas ce qu'il y a avec votre génération. Qu'est-ce qui vous empêche de convoler ?

— Je me suis mariée très jeune, avant de savoir vraiment ce que je faisais. Cette fois, je veux être sûre de moi, conclut-elle en baissant la voix.

Nick ne put s'empêcher de l'admirer. L'expression grave et presque nostalgique, elle jouait son rôle à la perfection.

— Vous avez pourtant pris votre décision, dit Stan d'un air pensif.

Nick affronta Stan du regard.

— *J'ai* pris ma décision, mais je ne te laisserai pas la pousser à s'engager si elle ne se sent pas prête, dit-il en prenant la main de Cat dans la sienne. Mais ne t'inquiète pas, tu seras le premier informé de nos projets.

Une demi-heure plus tard, ils allèrent se coucher, au grand soulagement de Cat. Jouer la comédie toute la soirée l'avait épuisée. Une fois dans la chambre et la porte fermée, Nick se tourna vers elle.

— Je ferai en sorte que tu ne sois jamais seule avec Julian Forrester. Encore une de ces réflexions grivoises et je lui mets la main dans la figure.

Cat haussa les épaules.

— Certains hommes considèrent les femmes comme des proies… ou des marchandises.

La tanzanite brilla de mille feux quand elle retira la bague et les perles de Morna.

— Et qu'entends-tu par là ?

Soupesant les perles dans sa main, elle répondit posément.

— Je ne suis pas ta fiancée, mais ta maîtresse à leurs yeux. Je parade avec des bijoux luxueux et il est clair que c'est toi qui dictes les règles au sein de notre couple de façade. Comment blâmer Forrester de penser qu'on peut m'acheter ?

Il s'avança vers elle, la dominant de toute sa taille.

— Ce n'est pas une bague de fiançailles ou une alliance qui fait la différence entre une femme vénale et une autre qui ne l'est pas. Ne redis jamais une chose pareille, dit-il d'une voix menaçante.

— Pourquoi ? N'es-tu pas le premier à me croire intéressée par l'argent ?

Le silence sembla s'éterniser. Les traits de Nick étaient tendus à l'extrême, comme s'il faisait de son mieux pour garder le contrôle. Lorsqu'il parla enfin, sa voix était douce et terrifiante.

— C'est ce que j'ai cru au début, oui. Ce n'est qu'après avoir rencontré ta mère et appris ce qu'avait été ton éducation que j'ai compris ta situation.

— Quelle considération de ta part ! rétorqua-t-elle, cachant son amertume derrière un masque de froideur. Tu as dû avoir des conversations intéressantes avec ma mère.

— Assez pour savoir que tu étais une enfant chérie, élevée dans l'esprit que les hommes prennent soin des femmes.

— C'est en partie vrai, mais quand j'ai accepté d'épouser Glen, je croyais vraiment l'aimer. Puis, je t'ai rencontré et tu m'as regardée comme si j'étais une traînée.

Il la fixa un instant sans rien dire, puis détourna le regard.

— Je n'ai jamais pensé une chose pareille. Tu étais très jeune. Je ne t'ai jamais blâmée d'avoir essayé de trouver un moyen de t'en sortir facilement.

Avait-il changé d'avis à son sujet ? Un vague espoir la submergea, espoir qu'elle n'osait affronter. Elle croyait qu'il allait en dire davantage, mais il se tut, le visage fermé.

— Pourquoi Stan s'est-il montré indiscret ? finit-elle par demander.

— Il veut pouvoir dire à Francesca qu'elle n'a pas l'ombre d'une chance.

— Oh ! dit Cat, rongée par la culpabilité.

— Veux-tu utiliser la douche ? Je vais dormir sur le sofa.

Jusqu'alors, Cat n'avait pas réalisé qu'elle avait attendu toute la journée qu'il l'attire dans ses bras et la caresse langoureusement de ses mains expertes.

— Ne sois pas ridicule, balbutia-t-elle. Il y a largement assez de place dans ce grand lit pour nous deux.

— En es-tu sûre ?

— Oui. Je vais prendre une douche.

Lorsque Cat émergea de la salle de bains, la chambre était vide. Elle revêtit silencieusement une chemise de nuit et se mit au lit, espérant trouver le sommeil. Une demi-heure plus tard, la porte grinçait et Cat n'eut pas besoin d'ouvrir les yeux pour savoir qui venait d'entrer. Un sixième sens le lui révéla.

Alors que la porte de la salle de bains se fermait quelques instants plus tard, elle s'efforça de se détendre, mais son esprit resta obstinément en alerte jusqu'à ce qu'elle entende ses pas feutrés dans la chambre. Le dos tourné, elle s'obligea à respirer calmement pendant qu'il se glissait sous les draps.

C'était ce qu'elle voulait, non ? Pas de relation sexuelle tendre et passionnée qui risquerait de lui briser le cœur.

Alors, pourquoi se sentait-elle si triste et perdue ?

— Dors, Cat, grommela Nick.

Elle se réveilla quand l'aube miroita à travers le hublot et fixa le plafond, légèrement désorientée, avant de se souvenir où elle était. Malgré la climatisation, elle avait repoussé les draps. Frissonnant dans le froid du petit matin, elle tourna lentement la tête. Nick était allongé à côté d'elle et lui tournait le dos. Fascinée par la façon dont un rayon de soleil brunissait l'arrondi de son épaule, par le contraste saisissant entre sa peau tannée, ses cheveux noirs et les draps blancs, elle se raidit en voyant des égratignures sur son dos.

Et s'empourpra aussitôt. Elle avait labouré celui-ci de ses ongles lorsqu'elle avait crié son nom en convulsant d'extase.

Hier, à la même heure, elle n'avait pas encore fait l'amour avec Nick. Elle n'avait pas encore vécu.

Hier, à la même heure, elle ignorait qu'elle l'aimait. Elle se savait en danger, mais n'avait pas conscience d'aller droit vers un cœur brisé.

Hier, à la même heure, elle était encore en relative sécurité.

Maintenant, allongée à côté de lui et pour la première fois de sa vie, elle comprenait ce qu'être une femme voulait dire. Jusqu'à ce que Nick lui fasse l'amour avec tant de passion, elle ne savait pas qu'un tel bonheur pouvait exister.

Cela lui mit du baume au cœur. Mais voulant à tout prix éviter de souffrir, elle tenta de se convaincre qu'elle se sentait mieux parce qu'il ne la méprisait plus autant qu'avant. Cette pensée ne lui fut d'aucun réconfort. Elle voulait infiniment plus que sa passion brûlante. Elle voulait partager avec lui les bons et les mauvais moments…

Elle voulait rire avec lui, se disputer et se réconcilier avec lui, s'appuyer sur lui et le réconforter. Elle voulait ce que Stephanie avait avec Adam : la certitude d'aimer et d'être aimée en retour.

Hélas, quels que soient les sentiments qu'il avait pour elle, Nick ne s'autoriserait jamais à l'aimer.

Il se réveilla brusquement et roula sur le dos.

— Bonjour, dit-il d'une voix légèrement rauque, en rivant son regard au sien.

— Bonjour.

Il bâilla et s'étira avec la souplesse et la désinvolture d'un grand fauve. Médusée, Cat dut prendre sur elle pour ne pas toucher cette peau tannée et laisser courir ses doigts sur sa barbe naissante et son torse…

Et s'offrir à lui.

— Tu es si vaillante que j'oublie parfois à quel point tu es en fait petite et délicate, murmura-t-il en la caressant du regard.

— C'est toujours mieux que grand et balourd, commenta-t-elle, avant de rire en voyant son expression étonnée.

— Grand et balourd ? Est-ce que je marche d'un pas pesant ?

— Non. Tu te déplaces comme une panthère — tout en grâce et élégance.

L'espace d'un instant, ils se défièrent du regard. Puis il l'attira à lui avec un sourire carnassier. Les prémices de l'aube illuminaient ses traits taillés à la serpe, mettant en relief l'aile de son nez, sa bouche ciselée et sa mâchoire résolue.

— Une panthère ? Nous sommes bien assortis alors, parce que, à certains moments, tu as un sourire de félin qui me rend fou.

Alors, il effleura sa bouche de la sienne, excitant tous ses sens. Son corps réagit aussitôt à cette douce sollicitation, mais si elle ferma les yeux pour savourer cet instant magique, elle conserva toutefois assez de lucidité pour refréner cette passion, pour ne pas céder à l'incoercible attraction de ses lèvres, et réussir à le repousser.

Il grommela des paroles si explicites qu'elle tressaillit. Puis sans un mot, il se leva d'un mouvement souple.

Consumée de désir après ce doux baiser, elle le regarda entrer dans la salle de bains. Nu et le teint doré dans la lumière du matin, il ressemblait à un dieu des temps anciens.

Elle était toujours au lit quand il ressortit, les reins ceints d'une serviette, ses cheveux et ses épaules parsemés de gouttelettes.

— Lève-toi, lui intima-t-il en se dirigeant vers la garde-robe.

Elle eut l'impression de recevoir une gifle. Animée d'un esprit rebelle, Cat repoussa les couvertures et s'étira langoureusement, heureuse de porter une des chemises de nuit en soie ivoire sélectionnée par Nick.

Elle avait maintenant toute son attention.

— Cela ne marchera pas, Cat, tu avais raison. Coucher

ensemble est un jeu de dupes, dit-il d'une voix détachée, presque indifférente.

Humiliée, elle se mit debout.

— Combien de temps restons-nous sur ce yacht ?

— Aujourd'hui et demain. Nous allons naviguer vers l'île Kawau.

— Cela promet d'être intéressant…

— Exaspérant plutôt, corrigea-t-il, sans pouvoir cacher totalement l'intérêt qu'elle suscitait en lui.

10.

Le déjeuner fut servi sur une île inhabitée — un pique-nique préparé par les stewards et présidé par le chef cuisinier. Ensuite, chacun joua des coudes parmi les spectateurs pour obtenir une bonne place avant le début de la régate.

— L'après-midi est idyllique, s'enthousiasma Francesca. Juste assez de vent pour rendre la course intéressante !

À peine eut-elle fini de parler qu'un coup de feu retentit et le départ fut donné.

Cat ne connaissait rien aux courses de voiliers, mais ce n'était pas grave ; un bonheur fugitif emplit son cœur — bonheur que rien ni personne ne pourrait entacher.

Une fois la course terminée et le vainqueur acclamé, la flottille navigua dans la baie de l'île Kawau et y jeta l'ancre.

La fête se tenait dans le jardin d'une vaste maison victorienne — l'ancienne demeure d'un gouverneur, décédé depuis longtemps. À en juger par les plantes qu'il avait collectionnées, il avait dû être un botaniste amateur. Alors que le crépuscule tombait, chaque spécimen scintillait de guirlandes électriques. Accompagné du bruit des chaînes d'ancrage, le personnel accomplissait à la hâte les dernières tâches et l'air était empli du bruit des joyeux fêtards, déterminés à s'amuser.

Cat revêtit sa robe de soirée, une robe cintrée bleue qui moulait son corps à la perfection et dévoilait ses épaules et le léger renflement de ses seins. Jetant un coup d'œil par le hublot, elle vit que certains sentiers étaient bétonnés et d'autres gravillonnés. Les escarpins qu'elle avait enfilés n'en seraient pas affectés, même si elle devait penser à les retirer si elle voulait marcher sur la plage. Cette fois, elle ne portait aucun bijou, à part sa bague en tanzanite.

D'autres n'avaient pas été si avisés. La plupart des femmes — et certains hommes — croulaient littéralement sous les bijoux. Les invités avaient sorti leurs plus beaux atours et semblaient tout droit sortis des pages d'un magazine. Mais tout ce luxe tapageur ne put éclipser le magnifique paysage, cette ensorcelante combinaison de terre et de mer qui aurait émerveillé le plus blasé des voyageurs.

Cat était heureuse de découvrir toute cette beauté au bras de Nick. Il était resté à son côté toute la journée.

Après le dîner, néanmoins, ils furent séparés par un homme dont le visage était familier à Cat.

— M. Penn souhaite connaître l'histoire des jardins, dit-il poliment à Nick. Il a été très impressionné par la conversation que vous avez eue avec lui hier soir.

En d'autres termes, le puissant homme d'affaires voulait avoir une conversation privée avec Nick. En effet, M. Penn étant confiné dans un fauteuil roulant, il programmait ses conversations un peu comme des audiences royales.

Voyant Nick hésiter, Cat l'encouragea.

— Un peu de calme me fera du bien. Je vais sur la plage m'asseoir sous l'immense figuier.

— Je te rejoins dès que possible, dit Nick.

Cat acquiesça avant de se diriger lentement vers le figuier. Une personne bien intentionnée avait placé des chaises sous l'immense feuillage — inoccupées pour le moment.

Heureuse d'être seule à regarder la lune argenter les eaux de la baie, Cat s'assit.

Soudain, un mouvement attira son attention. La lumière éclaira des boucles brunes et un corps svelte habillé de noir. Cat avait beau ne l'avoir vue que deux fois auparavant, elle la reconnut aussitôt... Morna Vause. L'amie d'enfance de Nick, la créatrice de sa bague et de son collier de perles.

— Bonjour, Cathy, la salua cette dernière.

Quelque chose dans son regard légèrement trouble alerta Cat. Avait-elle bu un peu trop de champagne ?

— Ravie de te revoir, répondit-elle prudemment.

Lui jetant un sourire narquois, Morna s'assit à son tour.

— La bague te va à ravir. Les acheteurs ne se rendent pas toujours compte que chacune de mes créations doit aller à la personne qui la porte. Lorsque Nick a commandé le collier, j'ai choisi des perles de taille moyenne avec l'éclat le plus pur que j'ai trouvé. J'aurais pu en choisir de plus grosses, mais elles auraient noyé ton visage.

Cat baissa les yeux sur la bague, qui avait fini par symboliser toute l'imposture de leur relation.

— Tu es un génie.

— Pas vraiment, rétorqua-t-elle en faisant la moue. Je te connaissais parfaitement, vois-tu.

Quelque chose clochait. Le malaise qu'elle avait ressenti en voyant Morna revint en force.

— Je suppose que Nick m'a décrite.

— Je savais à quoi tu ressemblais. Des *amis* bien intentionnés m'ont envoyé des photos de votre mariage. Je savais donc que tu étais petite, fine, jolie… et jeune.

— J'ai peur de ne pas…

— Nous ne nous sommes jamais rencontrées avant que tu ne viennes avec Nick à la salle d'exposition, car lorsque Glen a décidé de t'épouser, il m'a envoyée à l'étranger pour éviter que je ne cause un scandale.

Cat se raidit.

— *Pardon ?*

Morna éclata d'un rire nerveux.

— Je n'en reviens toujours pas que personne n'ait daigné te mettre au courant ou que tu ne t'en sois pas rendu compte par toi-même. Notre rupture a pourtant fait la une des journaux, railla-t-elle en sirotant son champagne.

— Ce n'est pas l'endroit pour avoir ce genre de conversation.

Malgré tout, le visage pâle de Morna et son air décidé semblaient indiquer qu'elle n'allait pas en rester là.

Une chose que sœur Bernadette lui avait dite lui revint soudain en mémoire. Cat soignait une femme qui venait de perdre sa famille entière, assassinée par les insurgés au plus fort de la guerre. Lorsque la femme avait sombré dans le délire, Cat s'était sentie particulièrement impuissante.

« Si seulement je pouvais faire quelque chose pour elle, avait-elle dit avec amertume. Je n'arrive pas à trouver les mots pour la consoler. Je me sens si inutile…

— On ne peut rien faire de plus, avait répondu la religieuse. Laisse-la s'épancher. Les gens veulent une oreille attentive et alléger un peu leur fardeau. Fais ça et tu l'aideras bien plus que tu ne l'imagines. »

Cat pouvait faire ça pour l'amie de Nick. Elle pouvait l'écouter raconter son histoire.

— Je n'aurais sans doute pas d'autre occasion de m'approcher de toi, fit Morna avant d'éclater de rire. Et si Nick ne m'adresse plus la parole après ce que je vais te dire, tant pis. Je dois me soulager de ce que j'ai sur le cœur. Il se sent responsable, bien sûr, parce que c'est lui qui m'a présenté Glen. Je suis tombée amoureuse de lui et nous avons vécu ensemble cinq ans. Je pensais que nous nous marierions, aurions des enfants et que nous serions heureux jusqu'à la fin de nos jours.

Il y avait une telle souffrance dans sa voix que Cat prit ses longues mains fines dans les siennes.

— Je ne veux pas de ta pitié, s'écria Morna en s'écartant brutalement. Glen ne voulait pas se marier avec moi. Il t'a rencontrée — douce, charmante et innocente — et l'instant d'après, il m'expédiait à New York. Quelle chance ! me diras-tu. J'ai en effet étudié dans les meilleurs studios de création, mais ce voyage était bel et bien un baiser d'adieu.

— Je l'ignorais, fit Cat, même si elle se rappelait maintenant les regards sournois et les insinuations qu'elle avait subis avant son mariage.

Comment avait-elle pu être aussi aveugle ?

— Je voulais qu'il me dise pourquoi il me plaquait, mais il ne l'a pas fait. J'ai fini par comprendre : Glen était si peu sûr de lui qu'il aimait s'entourer de jeunes gens qui l'admiraient. Voilà les qualités qu'il recherchait chez une épouse : une femme discrète, douce et malléable — tout l'inverse de moi !

— Je sais, renchérit Cat.

Et quand son épouse s'était avérée moins obéissante que prévu et avait insisté pour faire des études, il s'était empressé d'avoir une liaison.

Morna haussa les épaules.

— Nick a pris mon parti, au moins. Il a pris soin de moi, est venu me rendre visite à New York lorsque j'étais déprimée… S'il n'avait pas été là pour moi, je me serais suicidée.

— Je suis désolée, assura Cat, essayant d'oublier qu'à la mort de Glen elle n'avait eu personne pour la réconforter.

Non, ce n'était pas tout à fait vrai ; elle avait eu ses amis.

— Oui, je te crois, fit Morna en la fixant longuement. Je t'ai observée. Tu es amoureuse de Nick, même si tu essayes de le cacher. Ce sentiment n'est pas réciproque, tu le sais j'espère. Il s'amuse avec toi, mais cela n'ira jamais plus loin. La loyauté est une arme à double tranchant et Nick restera loyal envers Glen et moi. Lorsqu'il t'aura quittée, nous pourrions peut-être nous retrouver et échanger nos impressions sur la trahison ?

— Il ne me trahira pas, assura Cat.

Elle avait en effet accepté la fin de leur liaison avant même qu'elle n'ait commencé. Elle partirait avec dignité. La fierté était à peu près la seule chose qui lui restait.

— C'est peut-être ton côté naïf et confiant qui l'attire, dit Morna, une inflexion étrange dans la voix. Enfin… Votre liaison ne durera pas longtemps. Nick ne fait pas confiance aux femmes. À part moi, bien sûr, et ce ne sera plus le cas une fois qu'il apprendra ce que je t'ai raconté.

— Il n'est pas obligé de le savoir, rétorqua Cat.

Morna ignora l'interruption.

— Sais-tu pourquoi il est si méfiant ? Sa mère l'a abandonné quand il avait sept ans. Il est rentré de l'école un jour et elle était partie. Une nouvelle famille avait pris possession des lieux.

— Oh, mon Dieu ! s'écria Cat, horrifiée.

— Son nouveau petit copain ne voulait pas de Nick, donc elle s'est débarrassée de lui. Ma mère l'a accueilli chez nous. Non pas que vivre chez nous fût tellement mieux, ricana Morna.

— Ta mère devait être quelqu'un de gentil.

— Seulement parce que c'était plus facile pour elle que de se mettre en colère. Elle regardait la télévision toute la journée et ne s'est jamais occupée de nous. Mais Nick et moi rêvions d'un avenir plus glorieux. Rapidement, nous nous sommes alliés contre le reste du monde. Je pouvais compter sur lui et lui sur moi. Il m'a trouvé un apprentissage chez un joaillier et quand Glen m'a larguée, il l'a quitté et s'est lancé seul.

— Je vois, répondit Cat, se demandant si c'était la vraie raison pour laquelle Nick avait coupé les ponts avec Glen.

— Je t'ai détestée pendant des années. Pourquoi détestons-nous la personne qui nous a supplantés et non pas celle qui nous a quittés ? C'est la nature humaine, je suppose. Bizarrement, je ne te déteste plus et je pense même avoir pardonné à Glen.

— Je suis désolée que tu aies traversé des moments si difficiles et suis ravie que Nick t'ait soutenue dans cette épreuve.

— Tu crois que je m'apitoie sur mon sort, n'est-ce pas ? dit Morna, passant outre ses protestations. On verra comment tu te sentiras quand Nick partira — et crois-moi, il le fera. Il ne laissera jamais une femme le quitter comme sa mère l'a fait. Quand bien même il t'apprécie et que tu l'as ensorcelé.

Là-dessus, elle termina son verre et le posa sur la table.

— Ce que j'aimerais comprendre, c'est pourquoi les deux hommes les plus têtus que je connaisse ont perdu la tête pour toi. Tu n'es pas exactement une poupée Barbie.

— Je prends ça pour un compliment, rétorqua-t-elle avec un sourire.

Elle aurait volontiers aidé Morna. Lui prêter une oreille attentive ne semblait pas servir à grand-chose, mais elle ne la connaissait pas assez bien pour faire davantage.

— En fait, je me sens mieux après t'avoir parlé, décréta Morna. Un peu comme si j'avais… réduit la pression.

À son vif étonnement, Cat vit des larmes briller dans ses yeux.

À cet instant, Nick apparut, l'air furieux.

— Que se passe-t-il ici ?

— Tout va bien, répondit nerveusement Morna. Cathy et moi venons juste d'avoir une petite conversation.

Un vif émoi saisit Cat lorsque Nick contourna la table pour prendre Morna par la main.

— Sur quel voilier es-tu ?

— Le *Seamew*. Le yacht de Lolly Applegate.

— Je vais te raccompagner.

Entourant ses épaules de son bras, il la fit se relever.

— Je vais bien, dit Morna, sans un regard pour Cat. En fait, je me sens mieux. Vidée, mais dans le bon sens.

Nick lança un regard à Cat.

— Cela t'ennuie si…

— Bien sûr que non, le coupa-t-elle.

Il la dévisagea un instant, puis sourit à Morna.

— Allons-y.

Le cœur de Cat se serra tandis qu'ils s'éloignaient. Certes, il n'y avait rien de sexuel dans la façon dont Nick se comportait avec Morna, mais il témoignait à son amie une tendresse qu'il ne lui avait jamais manifestée. Et cette constatation la blessa plus que tout.

— C'est plutôt impoli de partir avec une autre femme !

Avant même d'enregistrer la présence de l'intrus, Cat avait reconnu l'accent anglais. Elle afficha un sourire contraint sur ses lèvres comme Julian Forrester s'asseyait.

— Superbe fête, n'est-ce pas ? dit-elle prudemment.

— Surtout maintenant que je vous ai vue. Voulez-vous un autre verre ?

— Non, merci, rétorqua-t-elle sèchement.

— J'ai essayé de comprendre pourquoi vous n'arriviez pas à vous intégrer. Puis, j'ai compris que c'était dû à votre visage patricien. Je reconnais toujours une bonne lignée.

— Vraiment ? s'enquit-elle en haussant les sourcils.

Ses propos, tout comme son regard appréciateur, la faisaient plutôt se sentir comme une bête de concours.

— Vous vous démarquez de ces nouveaux riches comme une fleur dans un champ de chardons, dit-il en balayant d'un regard de dédain les invités.

Cat n'en revenait pas. Cette approche un peu lourde plaisait-elle aux femmes ? Peut-être avec celles qui manquaient d'amour-propre ?

— Ces *nouveaux riches*, comme vous dites, ont travaillé dur pour en arriver là. La plupart des gens considèrent cela comme un trait de caractère plus louable que de compter sur la fortune gagnée par ses ancêtres. Et cela dénote un manque total de savoir-vivre que de critiquer les personnes dont on a accepté l'hospitalité, conclut-elle en se levant.

La main de Julian jaillit pour empoigner son poignet avec une force surprenante.

— Pour qui vous prenez-vous ? lâcha-t-il d'une voix pâteuse. Vous n'êtes qu'une traînée qui rôde autour des milliardaires dans l'espoir de profiter de leur fortune. Asseyez-vous ou je ferai en sorte que votre dernier amant en date manque l'affaire qui lui tient tant à cœur.

— Vous ne savez pas de quoi vous parlez.

— Détrompez-vous, ricana-t-il. Il a peut-être l'argent,

mais moi les contacts, et si j'exerce une légère pression… son nouveau projet ne verra jamais le jour.

— Vous êtes d'une vulgarité sans nom, lâcha-t-elle d'un ton méprisant.

— Mais vous aimez la vulgarité, sinon vous ne coucheriez pas avec un homme issu de la rue, dit-il perfidement. À moins, bien sûr, que l'argent ait plus d'importance à vos yeux qu'un comportement civilisé.

— Lâchez-moi, siffla-t-elle entre ses dents.

— Lorsque vous serez à nouveau assise.

— *Lâchez-la.*

La voix de Nick était si menaçante que Cat sentit un frisson naître le long de sa nuque, tandis que l'homme la lâchait brusquement.

— On se calme, dit-il en se levant.

Nick l'ignora et saisit la main de Cat. Sans rien dire, mais le regard noir de colère, il examina les marques rouges que les doigts de Julian avaient laissées sur sa peau.

— Non, dit-elle en s'efforçant de parler d'un ton calme. Il n'en vaut vraiment pas la peine.

Avec un sourire, Nick porta sa main à ses lèvres, avant de la relâcher presque aussitôt. Puis, il regarda l'homme en face de lui, qui cachait tant bien que mal son agitation.

— Écoutez-moi, Forrester, dit Nick d'un ton tranchant, si je vous vois vous approcher à moins de dix mètres d'elle, je vous donnerai ce que vous êtes venu chercher.

— Oh ! je me rends compte que je n'ai pas votre force, ricana Julian, mais vous ne me faites pas peur.

Nick eut un rire bref.

— Ne vous inquiétez pas, votre visage ne risque rien. Votre entreprise, en revanche…

Julian le fixa, le visage blême.

— Qu'est-ce que mon entreprise a à voir là-dedans ?

— Continuez à ennuyer Catherine et vous verrez bien. Je n'hésiterai pas un instant à vous ruiner.

— Pour une femme ? s'enquit Julian d'un ton incrédule. Hé, mon vieux, pourquoi nous disputer à propos de…

— Ça suffit, le coupa Nick d'une voix tranchante en prenant Cat par le bras. Dégagez de ma vue.

Julian le fixa longuement, puis la colère froide de celui-ci sembla enfin l'atteindre.

— J'ai toujours cru qu'en dépit de vos manquements vous étiez intelligent, dit-il avec mépris, mais manifestement je me suis trompé.

Le regardant s'éloigner, Cat se tourna vers Nick.

— Il a dit qu'il pouvait te causer du tort, dit-elle, inquiète.

— Aucune chance. Il faut qu'on parle, ajouta-t-il en jetant un coup d'œil rapide autour de lui.

— D'accord, répondit-elle d'une voix lasse. Que se passe-t-il ?

— Mon assistante m'a transféré un message de l'hôpital de Romit. Ils n'arrivaient pas à te joindre, donc ils m'ont contacté. Le message étant urgent, le capitaine me l'a transmis aussitôt.

Cat blêmit. Elle avait oublié de les prévenir de son déménagement, tant elle était obnubilée par Nick.

— S'agit-il de Juana ?

— J'ai bien peur que oui.

Les guirlandes électriques éclairaient son visage, révélant clairement qu'il avait une mauvaise nouvelle à lui annoncer.

— Elle a contracté une infection bactérienne. Ils ont fait ce qu'ils ont pu, mais elle doit être hospitalisée d'urgence en Australie.

Cat se mordit les lèvres jusqu'au sang.

— Je vais les rappeler et leur demander de la mettre sur le prochain avion, dit-elle d'une voix décidée.

— C'est fait. Elle devrait décoller dans une demi-heure.

— Merci, souffla-t-elle.

Son visage reflétait une si vive émotion que Nick ressentit une profonde jalousie envers Juana. C'était typique de la part de Cat de quitter une telle soirée à cause d'une enfant.

Il l'avait observée alors qu'elle circulait au milieu des élites fortunées, leur parlant avec une cordialité doublée d'excellentes manières. Et pourtant, même si elle semblait apprécier les bonnes choses que l'argent peut acheter, elle n'avait pas paru particulièrement impressionnée par tout ce faste.

Étonnamment, la détermination de Cat à faire le maximum pour l'enfant l'avait lui aussi contaminé, mais il voulait s'assurer que ceux qui géraient la clinique ne profitaient pas de la crédulité de celle-ci. La jeune femme était seule au monde, ce qui expliquait sans doute pourquoi elle éveillait son instinct protecteur.

Il sourit. Qui essayait-il de berner ? Ces derniers jours lui avaient révélé ce que son esprit borné avait toujours refusé d'accepter. Un seul coup d'œil à Cat, et plus rien n'avait été comme avant.

— Comment va Morna ? demanda Cat, coupant court à ses pensées.

— Que lui as-tu dit ?

— Rien de particulier. Je l'ai juste écoutée. Elle avait besoin de s'épancher, car elle gardait tout pour elle depuis…

— Depuis que Glen l'a quittée, termina-t-il alors qu'elle hésitait. En tout cas, ton intervention a eu son effet. Depuis six ans, elle s'enivre de travail. Ce soir, elle semblait différente, presque paisible, comme si le fait de t'avoir parlé pouvait l'aider à oublier Glen.

— J'espère qu'elle le pourra. Il n'en valait pas la peine. Aucun homme n'en vaut la peine, ajouta-t-elle durement. Pourquoi ne m'as-tu pas dit ce que Glen avait fait ?

— Parce que ce n'était pas mon secret !

— Je comprends mieux pourquoi tu m'as tout de suite détestée.

— Cette histoire n'a rien à voir avec les sentiments que j'ai pu avoir pour toi. C'est Glen qui a trahi Morna… Pas toi. Veux-tu te rendre auprès de Juana ? ajouta-t-il en changeant de conversation.

Elle lui jeta un regard incertain.

— J'avais promis de rester avec toi. Et puis, Juana ne me reconnaîtra pas. Elle ira très bien du moment que Rosita reste auprès d'elle. Et les religieuses auront sûrement trouvé quelqu'un pour prendre soin d'elles durant leur séjour en Australie.

Son regard triste démentait ses propos. Nick voyait bien qu'elle voulait y aller.

— Demande au steward de préparer nos bagages, dit-il. Je m'occupe du vol. As-tu ton passeport sur toi ?

— Oui, mais Nick…

— Quel est ton problème ?

— Je n'ai pas de problème. Je suis juste étonnée que mon opinion ait désormais de l'importance pour toi.

Nick la dévisagea longuement. La douce lumière argentée de la lune brillait dans les yeux de Cat, éclairant les courbes sensuelles de sa bouche, de sa gorge et le léger renflement de ses seins. Soudain, le désir le terrassa.

— Ton opinion a toujours eu de l'importance pour moi.

Il allait devoir passer les six prochains mois seul sur une plage avec cette femme s'il voulait la sortir de son esprit. Coucher avec elle n'avait rien changé. Peut-être devrait-il lui proposer un arrangement plus prosaïque. La routine finirait sans doute par avoir raison de sa passion.

Le désespoir l'envahit. Dès l'instant où il avait rencontré Cat, il avait été confronté à des émotions qu'il ne pouvait contrôler. Il n'avait jamais pensé tomber amoureux un jour, à moins qu'il ne s'agisse d'une véritable obsession. Dans tous les cas, c'était dangereux, parce que cela menaçait le fragile équilibre qu'il avait mis tant de temps à établir.

— Dépêche-toi, dit-il brusquement, ou nous allons rater notre avion.

11.

Le jet privé les attendait sur le tarmac. Cat s'affala sur le siège luxueux, exténuée. Elle avait l'impression d'avoir été prise dans le tourbillon d'une tempête qui l'avait propulsée de l'atmosphère glamour de la fête à la dure réalité. Une réalité où des enfants innocents et sans défense mouraient, car ils avaient la malchance de naître au mauvais endroit, au mauvais moment.

Sauf que ce n'était pas encore la réalité — Juana était vivante, et Cat ne devait pas perdre espoir.

— À qui appartient cet avion ? demanda-t-elle.

— À Stan, répondit Nick d'un ton bref.

Il s'était montré presque silencieux depuis leur discussion sur l'île. Qu'avait-il voulu dire en affirmant que son opinion avait toujours compté ? se demanda-t-elle sans oser lui poser la question.

— C'est gentil de sa part de te le prêter.

— Oui.

Quelque chose dans le ton de sa voix l'alerta.

— Tu l'as loué, c'est ça ?

— Peu importe, rétorqua-t-il d'une voix atone. Je demanderai à l'hôtesse de faire le lit quand nous aurons atteint notre vitesse de croisière. En attendant, essaye de te détendre.

Docilement, Cat s'adossa au siège, mais rien ne put chasser de son esprit l'image de Juana mortellement malade et en route pour l'hôpital. Elle réussit finalement à se convaincre que s'inquiéter ne servait à rien et, éludant la question, médita le dernier échange qu'elle avait eu avec Francesca avant leur départ.

« Bonne chance, avait dit Francesca. Pour la petite fille, je veux dire. *Toi*, tu n'en as pas besoin, je pense. J'ai su qu'il n'y avait aucun espoir pour moi le jour où j'ai vu que Nick avait peint l'intérieur de sa maison dans des tons qui te correspondaient. »

Stupéfaite, Cat avait pivoté pour la regarder.

« Ne me dis pas que tu n'as pas remarqué… ! avait ajouté Francesca. Étiez-vous amants, Nick et toi, avant la mort de ton mari ?

— Non.

— Mais il t'aimait, avait-elle insisté.

— Non », avait murmuré Cat, le cœur serré.

La seule chose qui les avait toujours liés était une attirance interdite, qui s'était muée en une passion torride.

Francesca l'avait observée longuement.

« Donc vous n'aviez pas de liaison… Je te crois. Mais est-ce le cas de tout le monde ?

— Je me moque de l'opinion des gens.

— Hum, je m'en moquerais aussi, si Nick me désirait. Peut-être auras-tu besoin de chance, en fin de compte… Je doute que Nick soit un homme facile à aimer. »

Francesca avait tort. Malgré tous ses efforts, Cat ne pouvait s'empêcher d'aimer Nick.

La petite Juana était allongée dans une chambre de l'unité de médecine tropicale, un masque à oxygène sur le visage. Agenouillée à côté de son lit se tenait sa tante, en larmes, tandis qu'une infirmière s'occupait de la perfusion.

— Rosita, souffla Cat, la gorge nouée par l'appréhension. Ne pleure pas.

Elle courut se jeter dans les bras de la jeune fille.

— Elle n'a plus de fièvre et m'a même souri, murmura

Rosita. Elle ira mieux dans quelques jours, a dit le médecin. C'est un miracle, elle va guérir.

— Une fois la bactérie identifiée, nous savions quel antibiotique lui donner, expliqua l'infirmière. Elle a répondu à merveille au traitement.

Cat laissa échapper un soupir de soulagement.

— Dieu merci ! Rosita, voici Nick Harding, s'empressa-t-elle de dire comme la jeune fille regardait par-dessus son épaule. Nick, voici Rosita.

Celle-ci joignit les mains et s'inclina, comme on le lui avait appris dans sa jeunesse avant la guerre, puis lui serra la main.

— Comment allez-vous ?

— Très bien et vous, Rosita ? s'enquit-il en lui souriant.

Radieuse, elle lui rendit son sourire.

Encore une victime de son charme, songea Cat, résignée. Le cœur battant, elle se pencha sur le lit pour murmurer le nom de Juana. Lentement, la petite ouvrit les yeux et sous le masque à oxygène, sa bouche se mua en un large sourire.

Les larmes aux yeux, Cat embrassa le front du bébé, qui se rendormit presque aussitôt.

Se redressant, elle croisa le regard de Nick. Il la fixait d'un air dénué de toute expression, comme s'il venait de recevoir un coup en pleine poitrine. Mais très vite, il redevint lui-même. Peut-être avait-elle imaginé sa réaction. Et pourtant, elle sentait que quelque chose l'avait fait se retrancher derrière les barrières qu'elle connaissait si bien.

Un peu plus tard, le médecin les informa qu'à moins d'une rechute Juana pourrait quitter l'hôpital à la fin de la semaine, et leur demanda s'ils avaient programmé l'intervention chirurgicale dont elle avait besoin.

— C'est prévu, dit Nick. Dès qu'elle ira mieux, elle sera opérée par le professeur Geddy.

L'expression révérencieuse du médecin démontra que le professeur en question était un excellent chirurgien.

— Vous ne pourriez trouver mieux, s'enthousiasma-t-il.

— Mlle Courtald restera ici et ramènera Rosita et Juana à Romit après la convalescence de la petite.

— Cela me paraît idéal, approuva le médecin en ignorant le regard stupéfait de Cat.

Une fois de retour à l'hôtel, Cat remercia Nick de s'être occupé de tout.

— C'était le moins que je pouvais faire. Demain, Rosita et toi emménagerez dans un appartement. J'ai pensé que tu préférerais cette solution à un hôtel.

— Je n'ai pas les moyens de…

— C'est l'appartement que j'utilise quand je viens ici, la coupa Nick. Je t'ai ouvert un compte en banque et j'y ai versé l'autre moitié de la somme que je te dois, ainsi qu'une somme qui couvrira tes besoins pendant ton séjour. Si tu as besoin de plus, appelle-moi.

Cat se mordit les lèvres.

— Je saurai me montrer raisonnable, dit-elle froidement.

— Tes billets pour Romit ont été payés, ajouta Nick sur le même ton impassible. N'hésite pas à me contacter si les choses tournent mal.

— Quand pars-tu ? demanda-t-elle, le cœur serré.

— Maintenant, répondit-il après une brève hésitation.

Cat leva la tête et réussit à sourire malgré sa peine.

— Merci. Je devrais te dire que je n'ai pas besoin de ton argent, mais ce n'est pas le cas. Je te rembourserai.

— Je ne veux pas que tu me rembourses, dit-il sèchement.

— J'y tiens, pourtant, fit-elle en lui tendant la main. Alors… Bonne chance, Nick.

Il la saisit en fronçant les sourcils.

— Bonne chance, dit-il.

Après quoi il prit Cat dans ses bras pour l'embrasser à en perdre haleine.

Le désir se répandit en elle comme un feu de forêt en réponse à son baiser passionné. Mais l'instant d'après, il la relâchait.

— Prends soin de toi, dit-il brusquement.

Lorsque la porte se referma derrière lui, Cat comprit que Francesca avait raison. Il ne se laisserait jamais aller à l'aimer, de peur d'être une fois de plus rejeté.

Elle ne pleura pas, ni sur le coup ni durant les longues semaines qu'il fallut à Juana pour se rétablir, puis retourner à l'hôpital pour sa chirurgie reconstructrice. Il était donc possible de mener une vie en apparence normale, tout en ayant le cœur en miettes.

Enfin, vint le jour où ils s'envolèrent pour Ilid. Vue d'avion, la petite ville paraissait toujours ravagée par la guerre, mais il y avait des signes évidents de reconstruction.

— Sœur Bernadette, s'écria Cat dans la moiteur tropicale. Quelle joie de vous revoir tous !

— Bienvenue ! la salua la religieuse, radieuse.

Une foule les entourait — des visages familiers du village qui jouxtait la clinique. L'accueil fut prolongé et bruyant.

— Vous avez un nouveau camion ! constata bientôt Cat. Il est superbe !

Le vieux camion vétuste avait explosé sur une mine peu avant le départ de Cat. Celui-ci était plus grand et visiblement neuf, même si la poussière rouge de l'île recouvrait déjà la carrosserie d'une particule fine.

— Il est bien plus adapté que notre vieux tacot. Je suis ravie qu'il te plaise, parce qu'une partie de ton argent a servi à son achat.

Cat avait prévu de rester une semaine, même si elle savait qu'elle repoussait le moment de son retour. Elle devait trouver un travail et un endroit pour vivre… et surtout refaire sa vie — une vie sans Nick.

Ils communiquaient brièvement et de façon formelle, mais une fois rentrée au pays, elle couperait tout lien avec lui ; elle ne supportait plus ce purgatoire sans fin.

À la fin de la semaine, Cat marchait le long de la véranda de la clinique et saluait de la main les enfants qui jouaient à l'ombre d'un arbre quand quelqu'un la héla. Elle crut halluciner. Le cœur plein d'espoir, elle pivota pour voir Nick marcher vers elle, accompagné de sœur Bernadette.

— Que fais-tu ici ? demanda-t-elle d'une voix altérée.

— Il est venu nous surveiller, répondit la religieuse. Il voulait être certain que nous n'étions pas une association de malfaiteurs en train de te saigner à blanc.

Cat regarda tour à tour son visage amusé, puis celui de Nick — toujours aussi irrésistible mais les traits tirés. Il avait l'air d'avoir perdu du poids, songea-t-elle tristement.

— Mais enfin, Nick ! s'insurgea-t-elle. Qu'est-ce qui t'a pris de…

— Je suis heureuse qu'il l'ait fait, coupa sœur Bernadette. Tu as un grand cœur, Catherine, et quelqu'un doit veiller sur tes intérêts. Bon, j'ai du travail et vous avez beaucoup de choses à vous dire, je vous laisse.

L'esprit en tumulte, Cat remarqua à peine son départ.

— Tu n'avais pas le droit de nous espionner.

— Allons-nous toujours nous battre ? Sans doute. Je ferai ce que je pense devoir faire et tu émettras des objections.

— De quoi parles-tu ? fit-elle, incrédule.

— T'ai-je manqué ? Je l'espère, car pour ma part j'ai pensé à toi nuit et jour. La seule chose qui m'a permis de tenir était de savoir que j'allais bientôt te revoir.

D'une main tremblante, elle agrippa la rambarde.

— Pourquoi me dis-tu cela ? Je ne peux pas — *ne veux pas* — vivre à nouveau cette épreuve.

— Pourquoi pas ?

— Je ne suis pas masochiste ! riposta-t-elle.

Nick lui releva le menton, l'obligeant à le regarder.

— Ces dernières semaines ont été un enfer pour moi, parce que la vie sans toi est insipide, dit-il en traçant des doigts le contour de sa bouche. J'ai besoin de savoir si tu ressens la même chose que moi.

— Évidemment, mais ce n'est pas suffisant, n'est-ce pas ? Tu ne te pardonneras jamais de m'avoir désirée quand j'étais la femme de Glen.

— Tu n'as jamais été la femme de Glen, rétorqua-t-il en s'écartant d'elle. Pourtant pendant des années, j'ai voulu me convaincre que c'était la culpabilité qui me faisait éprouver des émotions si vives en ta présence.

— Que veux-tu dire ?

Nick s'accouda à la rambarde et laissa son regard errer sur la cour et les enfants.

— J'ai toujours su que si nous faisions l'amour, tu annulerais le mariage. J'ai cru que seule ma loyauté envers Glen m'empêchait de t'entraîner au lit.

Cat eut un hoquet de surprise.

— Ce n'était pas faux, mais pas l'entière vérité, poursuivit-il d'un ton impassible. Dès l'instant où je t'ai vue, j'ai su que tu étais la femme de ma vie, ma raison d'être.

— Si tu m'avais dit ça quand tu m'as demandé d'annuler le mariage, je l'aurais fait, souffla-t-elle.

Il eut un rire bref.

— C'est bien pour ça que je n'ai rien dit. Tu croyais aimer Glen et je n'avais rien à t'offrir. Tu n'étais pas prête pour le mariage ; tu avais besoin de temps pour devenir adulte.

— Tu me connaissais mieux que moi-même, dit-elle tristement.

— Aucun de nous deux n'était particulièrement averti, je dois dire. Je me suis toujours méfié des sentiments et jamais je n'aurais admis avoir eu le coup de foudre pour une fille que je connaissais à peine ! Mais la semaine dernière, Morna m'a ouvert les yeux en me disant que je n'avais jamais accepté l'abandon de ma mère… Elle t'a raconté son départ brutal, m'a-t-elle dit.

— J'en ai été malade, admit-elle d'une voix altérée.

Il lui sourit tendrement.

— J'imagine que j'ai toujours inconsciemment comparé les femmes à ma mère et j'ai fini par comprendre que je te voyais à travers un verre déformant.

— C'est compréhensible, dit Cat doucement.

— Je ne crois pas. J'aurais dû m'apercevoir que tu étais différente. Pourtant, quand je t'ai fait cette proposition dégradante que tu as acceptée, je me suis demandé si tu recherchais un autre mari qui pourrait te procurer la sécurité.

— Oh ! vraiment ? s'enquit-elle d'un ton sinistre.

— Oui, admit-il avec un sourire penaud. Mais j'ai vite compris que je m'étais trompé et lorsque tu as quitté sans hésitation la fête pour te rendre au chevet de Juana, j'ai su que je t'avais mal jugée et que si je n'avais pas osé te faire l'amour avant ton mariage avec Glen, c'était par crainte d'être rejeté.

— Oh ! Nick, dit-elle, émue.

— C'est surprenant de voir à quel point j'étais aveugle. Et même si je t'ai embrassée sous l'emprise de la colère, j'espérais malgré tout que tu renoncerais à Glen.

— C'était la veille de notre mariage, se défendit-elle. Trois cents personnes avaient été invitées et je me voyais mal leur dire que j'avais changé d'avis. Un simple baiser n'est pas une raison suffisante pour briser des vies et causer tant de souffrance. Ma mère a vécu sereine les quatre dernières années de son existence, grâce à mon mariage avec Glen.

Nick eut un rire bref qui la fit frissonner.

— Et cela en valait la peine ? Tu as opté pour la sécurité au détriment de l'amour.

Le crépuscule tombait doucement et les derniers rayons du soleil illuminèrent le visage de Nick, le faisant ressembler à un dieu de bronze des temps anciens.

— J'étais une gamine à tout point de vue. Et tu es entré dans ma vie, sinistre, dangereux et *très* séduisant ! Les femmes te regardaient du coin de l'œil et se pâmaient en parlant de toi. Pas étonnant que j'aie trouvé Glen plus rassurant ! Je croyais l'aimer. Je ne comprenais pas l'effet que tu me faisais. Pour moi, le coup de foudre était un mythe et tu étais un inconnu.

— Après t'avoir écoutée prononcer tes vœux dans cette satanée église, j'ai décidé d'abandonner la vie que Glen avait tracée pour moi. J'étais déterminé à réussir et à te jeter ma fortune à la figure.

Il marqua une pause, avant de poursuivre d'un ton amer.

— J'ai été lâche. J'espérais que tu romprais tes fiançailles ; je ne voulais pas être celui qui trahirait Glen, même si j'étais conscient que le simple fait de te regarder ainsi était une trahison. Je te désirais tant, et tu étais si jeune…

Dépitée en songeant à toutes ces années perdues et douloureusement consciente qu'il n'avait pas encore parlé d'amour, Cat soupira.

— Il y a six ans, tu n'étais pas non plus très âgé, Nick.

— Suffisamment pour comprendre que ce qui se passait entre nous était… spécial. J'ai alors tout fait pour te sortir de ma tête et j'ai cru avoir réussi, jusqu'à ce que tu entres dans mon bureau d'Auckland pour me réclamer de l'argent.

— Je ne t'ai pas réclamé d'argent !

Il rit doucement.

— Mais si ! Et j'ai réalisé alors que tous mes efforts avaient été vains. Je voulais te garder auprès de moi, même si je n'étais toujours pas prêt à admettre que mes sentiments pour toi étaient plus qu'une simple tocade. Loin d'atténuer mon désir, ta présence n'a fait que l'exacerber. En effet, j'ai su très vite que faire l'amour avec toi ne serait pas suffisant. Je voulais plus, bien plus.

Le cœur de Cat bondit dans sa poitrine. Elle était incapable de bouger, de réfléchir.

— Et cela m'a fait très peur, conclut Nick. Je ne voulais pas tomber amoureux de toi.

— Pourquoi ? s'étonna-t-elle.

— Je ne voulais pas que tu te fasses des idées.

Pour la première depuis le début de cette conversation

difficile, il la regarda. Le soir était tombé et l'ombre des arbres s'accentuait tandis que le soleil déclinait rapidement.

— Je suis désolé, souffla-t-il d'une voix sincère.

— Ce n'est rien, Nick.

Il resta silencieux quelques instants.

— À l'hôpital, lorsque tu t'es penchée sur Juana, j'ai enfin compris que je ne pourrais jamais te sortir de mon esprit. Je t'aime et je voulais que tu m'aimes aussi. Et l'instant d'après, j'ai réalisé que je n'avais rien à t'offrir.

— Pour un homme intelligent, tu peux parfois te montrer obtus, s'écria-t-elle en s'avançant vers lui. Cela ne t'a jamais traversé l'esprit que je voulais simplement *ton amour* ?

— Jamais il ne m'est venu à l'esprit que mon amour valait quelque chose à tes yeux, rétorqua-t-il sans bouger.

— Oh ! Nick ! Je ne te blâme pas, car c'est en vivant sous ton toit que j'ai pris conscience que je t'aimais depuis toujours…

Il la fit taire d'un baiser chaste. Mais lorsque Cat se hissa sur la pointe des pieds, son baiser s'approfondit.

— Excuse-moi. Je ne voulais pas te faire peur, marmonna-t-il en s'écartant enfin.

— Je ne suis plus une gamine, Nick. Je suis une adulte, maintenant, dit-elle en riant, avant de recouvrer son sérieux. La seule chose qui me ferait peur serait que tu me quittes.

— Jamais je ne ferais ça, promit-il.

Mais malgré sa joie, Cat voulait éclaircir un dernier point.

— Et Glen ? Son ombre va-t-elle planer au-dessus de nous pour le restant de notre vie ?

— Non, assura-t-il en baissant les yeux sur son visage. J'ai enfin tourné la page. Les regrets sont inutiles. Glen n'était sans doute pas parfait, mais il m'a donné ma chance. De son vivant, aucun de nous deux n'a trahi sa confiance, et tu étais une bonne épouse pour lui.

— C'est vrai. Lorsque Morna m'a appris la façon cruelle dont il l'avait traitée, j'ai pu me montrer bien plus objective.

— Il a regretté à la fin de l'avoir fait souffrir, et il lui a laissé assez d'argent pour lui permettre de créer son entreprise. C'est pour ça qu'elle est rentrée au pays. Et maintenant, elle va beaucoup mieux et va pouvoir aller de l'avant. Je ne sais pas ce que tu lui as dit, mais…

— Rien. Je l'ai juste laissée parler.

Nick rit doucement en la serrant contre lui.

— Elle avait sans doute besoin de s'épancher. Quoi qu'il en soit, elle va s'en sortir maintenant. Et nous aussi.

Un mouvement furtif attira leur attention et les fit se séparer. Sœur Bernadette sortit de la pénombre.

— Vous avez réglé vos différends, je vois !

— Je crois que oui, confirma Nick. Pouvons-nous nous marier ici, ma sœur ?

— Bien sûr, mais je ne sais pas si ce sera légal sur un plan juridique.

— Dans ce cas, nous referons une cérémonie en Nouvelle-Zélande, déclara Nick avec un grand sourire en capturant sa main dans la sienne. Mais je crois que Cat aimerait se marier ici, entourée de ses amis.

S'appuyant contre son torse solide, elle s'enivra de la tendresse dont elle avait tant rêvé.

— J'aimerais beaucoup.

Vêtue d'une petite robe à fanfreluches et un bouquet de fleurs à la main, Juana les accompagna à l'autel dans l'église improvisée. Rosita et les villageoises avaient habillé Cat de la tenue de mariage traditionnelle — soie écarlate et bleu, et diadème d'orchidées pourpres et crème — peu soucieuses que les couleurs jurent avec ses cheveux.

Et au milieu de leurs amis, Stephanie et Adam Crowdray, et des villageois, le prêtre les maria.

— Le mariage est légal en Nouvelle-Zélande, lui assura Nick un peu plus tard, dans la maison de Fala'isi, une île du Pacifique Sud où ils s'étaient rendus en voyage de noces. Non pas que cela change grand-chose. J'ai l'impression d'être ton mari depuis qu'on a fait l'amour. Si j'avais eu le moindre bon sens, j'aurais compris à ce moment-là que je t'aimais.

Cat lui jeta un regard brûlant.

— Nous avons été idiots tous les deux, dit-elle langoureusement. Cette maison t'appartient-elle ?

— Non, elle appartient à Stan Barrington. Nous pouvons rester ici aussi longtemps qu'il nous plaira. Selon lui, Francesca est en passe de tomber amoureuse. Il semblerait qu'elle ait enfin rencontré l'homme de sa vie.

— Je suis heureuse pour elle, rétorqua Cat, soulagée. Chéri, je t'aime à la folie.

Lui saisissant la main, il embrassa ses doigts un à un.

— Je t'aime aussi. Plus que je ne saurais le dire.

Retrouvez prochainement,
dans votre collection

AZUR

L'héritière et le don Juan, de Caitlin Crews - N°4598
Alors qu'elle assiste à la lecture du testament de son père, Annika voit son pire cauchemar devenir réalité. Pour garder Schuyler House, la demeure familiale remplie d'œuvres d'art et d'antiquités qu'elle adore, elle doit se marier. Et pas avec n'importe qui ! Celui qu'on lui destine n'est autre que Ranieri Furlan, l'associé de son père. Un puissant magnat qui tire de ses succès une arrogance inimaginable. Le dernier homme sur Terre auquel elle souhaiterait être liée...

Le prince vengeur, d'Emmy Grayson - N°4599
Barmaid dans la petite ville de Nowhere, Briony mène une vie monotone. Du moins, jusqu'à l'arrivée d'un magnifique étranger pour lequel elle ressent un coup de foudre immédiat. Mais son trouble se transforme en sidération quand il se présente : Cassius Morgan Adama est prince du Tulay. S'il est là, c'est pour lui révéler qu'elle est fille de roi, l'héritière cachée des Van Ambrose – et sa future épouse ! D'abord conquise par ce conte de fées, Briony déchante vite. Cassius lui propose un mariage qui servira ses sombres desseins de vengeance...

Une secrétaire à séduire, de Kim Lawrence - N°4600
Afin de conclure l'affaire de sa vie, Ezio Angelos est prêt à tout, et même à convaincre Matilda, son assistante personnelle, de l'accompagner durant six mois en Grèce... en tant qu'épouse ! Ce mariage de convenance leur sera profitable à tous les deux et restera strictement professionnel, lui assure-t-il sans trop y croire. Saura-t-il en effet résister au charme de sa délicieuse secrétaire s'ils troquent leur salle de conférence habituelle pour une suite nuptiale ?

Désir du désert, de Lela May Wight - N°4601
Malgré tous ses efforts, Akeem n'est pas parvenu à oublier Charlotte, son amour de jeunesse. Maintenant qu'il s'apprête à monter sur le trône de Taliedaa, il se rend à Londres où ils se sont connus tous deux avec la ferme intention de clore le chapitre de son passé. Et pour y parvenir il sait exactement ce dont il a besoin : une nuit avec Charlotte. Leurs retrouvailles sont houleuses, mais c'est avec la certitude d'agir pour le mieux qu'il propose à Charlotte de vivre une passion débridée avec lui, dans son palais du désert...

Ce parfum d'interdit, de Michelle Douglas - N°4602

Marjorie Mabel ne connaît que trop bien la querelle assassine qui oppose sa famille à celle des Constantinos. Les deux empires hôteliers se déchirent depuis toujours sur fond de secrets de famille. Hélas, aujourd'hui que sa sœur jumelle a disparu, elle n'a d'autre choix que de solliciter l'aide de Nikos Constantinos pour la retrouver.

Le roi qu'elle aimait, de Natalie Anderson - N°4603

Le destin pouvait-il se montrer plus cruel ? Tandis que l'avion qui devait la ramener chez elle est dévié pour urgence médicale, Elsie comprend que sa destination improvisée ne lui est pas inconnue. Cette île, ces belles villas nichées au creux des falaises, cet imposant palais défiant les éléments... elle ne les reconnaît que trop bien. Il s'agit de Silvabon, le paradis méditerranéen où elle a connu l'amour, puis le désespoir. C'est là en effet que réside Felipe, l'homme qu'elle a follement aimé et souverain du royaume...

Le scandale de minuit, de Kate Hewitt - N°4604

Héritier des palaces Rossi, Alessandro ne supporte pas de voir leur vénérable image s'étioler avec les années. Pour redonner un souffle nouveau à son empire, il est prêt à tout, et même à conquérir une influenceuse futile. Or c'est la sœur de cette dernière qui l'attire étrangement. Liane Blanchard est pourtant une discrète professeure de français qui n'appartient pas au même monde que lui. Que pourrait lui apporter cette innocente créature ? Rien, si ce n'est peut-être le frisson de la conquête...

Séduite par un Vénitien, de Lucy King - N°4605

SÉRIE : *LES FILS PERDUS D'ARGENTINE* - 2/3

Experte en relations publiques, Carla Blake ne se laisse guère impressionner par les hommes puissants. Une règle dicte d'ailleurs sa ligne de conduite : les tenir à distance. Pourtant, lorsqu'une mission la contraint à côtoyer Rico Rossi, elle sent ses résolutions vaciller. Ce loup solitaire est le plus beau spécimen masculin qu'elle ait jamais rencontré, mais le plus redoutable aussi. Saura-t-elle résister à son aura de séduction alors même qu'elle vient d'accepter son invitation à Venise ?

Honneur ou scandale, de Dani Collins - N°4606

SÉRIE : *RELATIONS PRIVÉES* - 1/3

« Je veux que vous ruiniez ma réputation. » Face à la requête de Luca Albizzi, roi de Vallia, Amy reste un moment interdite. Directrice d'une agence de relations publiques, elle a pour objectif de redorer l'image des puissants, de bâtir des épopées à la hauteur des ego de ses clients. Jamais encore on ne lui avait demandé de créer un scandale de toutes pièces ! Mais comment refuser un tel défi lancé par le plus mystérieux des hommes ?

Le rêve d'Hermione, de Jennifer Faye - N°4607

Voilà un an qu'Hermione a été promue directrice générale du Ludus Resort, une luxueuse station balnéaire. Or il s'agit pour elle de bien plus qu'un travail. Sur la petite île grecque, pour la première fois de sa vie, Hermione se sent chez elle. C'est donc avec angoisse qu'elle voit débarquer par une nuit de tempête Atlas Othonos, l'héritier des lieux. D'autant que ce dernier n'a qu'une idée en tête : se débarrasser de l'établissement cinq étoiles. Incapable de renoncer à ses rêves, Hermione est décidée à le faire changer d'avis, par tous les moyens…

La trahison d'un amant, de Julia James - N°4608

Jamais Carla n'a désiré un homme comme Cesare Di Mondave. C'est donc tout naturellement qu'elle entame une liaison avec son sublime Italien. Elle a bien conscience, alors, de piétiner toute prudence. Son amant est un séducteur, et leur relation ne manquera pas de déchaîner la rumeur. Mais comment résister à l'appel des sens ? Bientôt, hélas, Carla comprend que la situation lui a totalement échappé. Car elle a eu la folie de tomber amoureuse de Cesare, qui est sur le point d'en épouser une autre…